KYLIE SCOTT
Love Unscripted

KYLIE SCOTT

LOVE
unscripted

Roman

*Ins Deutsche übertragen
von Katrin Reichardt*

LYX in der Bastei Lübbe AG
Dieser Titel ist auch als E-Book und als Hörbuch erschienen.

Die Bastei Lübbe AG verfolgt eine nachhaltige Buchproduktion. Wir
verwenden Papiere aus nachhaltiger Forstwirtschaft und verzichten darauf,
Bücher einzeln in Folie zu verpacken. Wir stellen unsere Bücher in Deutschland
und Europa (EU) her und arbeiten mit den Druckereien kontinuierlich
an einer positiven Ökobilanz.

MIX
Papier | Fördert
gute Waldnutzung
FSC® C014496

Die Originalausgabe erschien 2021 unter dem Titel »Fake«.
Copyright © 2021 by Kylie Scott
Published by arrangement with Kylie Scott.
Dieses Werk wurde im Auftrag der Jane Rotrosen Agency LLC
vermittelt durch die Literarische Agentur
Thomas Schlück GmbH, 30161 Hannover.

Für die deutschsprachige Ausgabe:
Copyright © 2023 by Bastei Lübbe AG, Köln
Textredaktion: Andrea Kalbe
Umschlaggestaltung: Giessel Design, unter Verwendung von Motiven von
© Jacob_09/Shutterstock; Paulrommer SL/Shutterstock;
KanokpolTokumhnerd/Shutterstock; AkvarellDesign/Shutterstock
Satz: Greiner & Reichel, Köln
Gesetzt aus Adobe Caslon
Druck und Verarbeitung: GGP Media GmbH, Pößneck
Printed in Germany
ISBN 978-3-7363-1875-5

3 5 7 6 4 2

Sie finden uns im Internet unter lyx-verlag.de
Bitte beachten Sie auch: luebbe.de und lesejury.de

1. Kapitel

Er kam am Nachmittag mit seiner üblichen finsteren Miene ins Restaurant geschlichen. Ohne dem »Geschlossen«-Schild Beachtung zu schenken, setzte er sich in eine der hinteren Sitznischen. Das durfte sonst niemand. Nur er. Sein heutiges Outfit bestand aus schwarzen Jeans, Converse-Schuhen und einem Button-down-Hemd. Zweifellos Designerklamotten. Und wie die Hemdsärmel sich um seinen Bizeps schmiegten ... Also wirklich, sie sollten sich was schämen. Ich war ganz kurz davor, sie anzufahren: »Nehmt euch gefälligst ein Zimmer.«

Stattdessen fragte ich: »Das Übliche?«

Er saß zusammengesunken in der Ecke der Nische und neigte als Antwort das Kinn. Dafür, dass er so ein großer Kerl war, gab er sich wirklich verdammt viel Mühe, sich zu verstecken.

Ich sagte nichts. Worte waren weder gewollt noch erwünscht, was mir nur recht war, denn a) war ich müde und b) gab er für Ruhe und Frieden gutes Trinkgeld.

Hinten war Vinnie, der Koch, mit den Vorbereitungen für den Abend beschäftigt und machte mit dem Messer gerade kurzen Prozess mit einer Zwiebel.

»Er ist da«, sagte ich.

Ein Lächeln breitete sich auf Vinnies Gesicht aus. Er

war ein großer Fan von den Actionfilmen dieses Mannes. Von denen, die er gedreht hatte, bevor er groß rausgekommen und zu ernsthafteren, dramatischen Rollen gewechselt war. Dass er sich entschlossen hatte, ungefähr einmal im Monat im Restaurant vorbeizukommen, war für Vinnie das Größte. Insbesondere, da das Restaurant, das den Namen Little Italy trug, der Inbegriff einer Spelunke war. Hier verkehrte in der Regel keine Hollywood-Elite. Ich war zwar kein ganz so großer Fan von ihm, aber trotzdem ein Fan. Na ja, irgendwie so.

»Bring ihm sein Bier«, beauftragte mich Vinnie.

Als ob ich meinen Job nicht beherrschen würde. Also wirklich.

Er war mit seinem Handy beschäftigt, als ich das Peroni vor ihm abstellte. Kein Glas. Er trank direkt aus der Flasche, wie ein wildes Tier. In diesem Augenblick kam eine Frau in einem roten Sweaterkleid und hellbraunen Stiefeletten mit Zwölfzentimeterabsätzen zur Tür herein.

»Tut mir leid, wir haben geschlossen«, informierte ich sie.

»Ich gehöre zu ihm.« Sie marschierte direkt auf seine Nische zu und setzte sich mit mürrischer Miene ihm gegenüber. »Du kannst nicht einfach abhauen, Patrick. Du wirst dich für eine von ihnen entscheiden müssen.«

»Vergiss es.« Er trank einen Schluck von seinem Bier. »Die waren alle Scheiße.«

»Es muss doch zumindest eine geben, die akzeptabel ist.«

»Nicht mal annähernd.«

Sie seufzte. »Mach so weiter, und du bist nächste Woche passé. Vergessen. Dann ist dir nicht mehr zu helfen.«

»Geh weg, Angie.«

»Nur ein weiterer talentierter, aber leider abgehalfterter Mann in Hollywood. So liest man es in den sozialen Medien.«

»Ist mir scheißegal.«

»Lügner«, entgegnete sie gedehnt.

Ich wusste nicht recht, was ich tun sollte. Einerseits kannten die beiden sich offenbar, doch andererseits schien er sie nicht hier haben zu wollen. Und eigentlich hätte sie auch nicht hier sein dürfen. Vinnie hatte nur einer einzigen Person gestattet, sich außerhalb der Öffnungszeiten hier aufzuhalten. Allerdings würde sie vermutlich ihre Anwälte auf mich hetzen, wenn ich sie bitten würde zu gehen. Sie sah so aus.

Die Frau bemerkte, dass ich noch immer am Tisch herumstand. »Bring mir ein Glas Rotwein.«

»Sie bleibt nicht«, widersprach Patrick.

Angie bewegte sich keinen Zentimeter. »Sie waren alle brauchbar. Anschmiegsam. Jung. Diskret. Keine schrägen oder anrüchigen Sachen in ihrer Vergangenheit.«

»Das hätte sie vielleicht etwas interessanter gemacht.«

»Interessante Frauen sind der Grund dafür, dass du jetzt in diesem Schlamassel steckst.« Die Frau musterte mich stirnrunzelnd. Ich stand noch immer unschlüssig herum. Eine ihrer perfekt geformten Augenbrauen hob sich fragend. »Ja, bitte? Gibt es ein Problem?«

Nun war es an Patrick, zu seufzen und mir zuzunicken. Seine Kieferpartie und seine Wangenknochen waren traumhaft schön – genau wie alles andere an ihm. Eine klassische männliche Hollywood-Schönheit. Insbesondere mit seinem kurzen, hellbraunen, kunstvoll zerzausten Haar und den leichten Bartstoppeln. Manchmal war es wirklich schwierig, ihn nicht anzustarren. Wahrscheinlich schrie deshalb seine Persönlichkeit eher »Lass mich in Ruhe«.

Ich ging in den kleinen Barbereich im hinteren Teil des Restaurants und holte, wie es sich für eine brave, kleine Kellnerin gehörte, den Wein.

»Wir sollten das nicht hier besprechen«, meinte Angie und musterte naserümpfend den Raum. Ganz schön herablassend. Ich fand die unverputzten Backsteinwände und die klobigen Holztische cool. Ganz zu schweigen von Vinnies Sammlung alter Schwarz-Weiß-Fotos der Freeways in Los Angeles. Keine Ahnung, was dahintersteckte.

Patrick sackte noch mehr in sich zusammen. »Ich gehe nicht wieder zurück. Ich bin fertig damit.«

»Hier ist es nicht sicher.« Angie sah sich nervös um. »Lass uns –«

»Wir sind hier gut aufgehoben. Ich komme schon seit Jahren her.«

»Du bist gerade aus einem großen Filmprojekt geflogen, Patrick«, sagte sie, und es klang ein wenig verzweifelt. »In der Filmindustrie hält man dich anscheinend nicht mehr für rentabel, aber ich bin mir sicher, dass sich Klatschgeschichten über dich weiterhin sehr gut verkaufen. Diese Woche zumindest.«

Der Angesprochene gab lediglich ein Schnauben von sich.

»Der Plan wird funktionieren, wenn du es zulässt. Alles ist organisiert und startklar. Das ist die perfekte Gelegenheit, um die ganze Geschichte zu deinen Gunsten zu drehen.« Als sie das Wort »deinen« aussprach, deutete sie zur Unterstreichung mit dem Finger auf ihn. Die Frau schien es wirklich äußerst ernst zu meinen.

Ich stellte das Glas Wein vor sie, kehrte zu meinem Platz weiter hinten im Raum zurück und begann, das Besteck zu polieren, Salz und Pfeffer nachzufüllen – eben all die Dinge, die man am besten erledigte, wenn nicht viel los war. Und ja, es war neugierig und falsch, die Unterhaltung zu belauschen, aber ich konnte nichts dafür, dass es im Raum so still war, dass ich jedes Wort verstehen konnte.

»Keine von ihnen kommt mir authentisch vor«, sagte er und unterbrach sich gleich darauf, um noch etwas von seinem Bier zu trinken.

Die Frau schnaubte. »Das kommt daher, dass sie es nicht sind.«

»Du weißt, was ich meine.«

»Als du zum ersten Mal zu mir kamst, hast du gesagt, dass du ein Star werden, qualitativ hochwertige Filme drehen und einen Oscar gewinnen willst. In dieser Reihenfolge«, zählte sie auf. »So, wie die Dinge jetzt stehen, könntest du es vielleicht schaffen, deine Karriere bis zu einem gewissen Grad auf dem Indie-Markt wiederzubeleben. Hier und da eine Rolle zu finden und dich selbst langsam wieder aufzubauen. Aber das würde Jahre dauern, und du würdest wahrscheinlich niemals im Rennen um diese goldene Statuette sein. Von diesem Traum könntest du dich verabschieden.«

Patrick fuhr sich nervös mit der Hand durch die Haare. »Du hast dir den Hintern abgearbeitet, um so weit zu kommen«, sagte sie. »Willst du jetzt wirklich aufgeben?« »Fuck«, murmelte er.

»Liv ist gerade damit beschäftigt, ihren eigenen Hintern zu retten, und du bist nicht bereit, die Sache richtigzustellen. Obwohl dir momentan wahrscheinlich niemand auch nur annähernd glauben würde. Dementsprechend sind deine Möglichkeiten begrenzt.« Sie nahm ihr Weinglas, trank einen vorsichtigen Schluck und rümpfte angewidert die Nase. Da der Wein aus einem Karton stammte, war das nicht weiter verwunderlich. Sie hatte nur um ein Glas Rotwein gebeten. Von Qualität hatte sie nichts erwähnt.

»Ich weiß, dass du gehofft hast, alles würde im Sande verlaufen, aber die Leute reden noch immer. Und was die sozialen Medien angeht, war das der denkbar schlechteste Zeitpunkt, um in einen Skandal verwickelt zu werden. Doch es gibt Hoffnung. Wir können die Sache noch retten, wenn du nur mit uns zusammenarbeitest. Aber wir müssen jetzt handeln.«

Patrick war offenbar nicht willens zu antworten.

Vor einem Monat war die Geschichte überall im Internet gewesen. Fotos von ihm, wie er in aller Herrgottsfrühe Liv Anders' Haus in Malibu verlassen hatte. Und es war eindeutig ein Morgen-danach-Foto gewesen. Unverkennbar ein Walk of Shame. Er hatte völlig zerzaust ausgesehen und einen knittrigen Smoking getragen. Dass Liv die eine Hälfte des derzeitigen Vorzeigepärchens von Hollywood war, war Teil des Problems. Ebenso wie die Tatsache, dass Patrick gerade gemeinsam mit Livs Ehemann Grant einen Film gedreht hatte und die beiden angeblich die dicksten Freunde waren. Dass Patrick in seinen frühen Jahren eine ganze Reihe Models gedatet und gern heftig gefeiert hatte, sprach auch nicht gerade für ihn. Sein Ruf war inzwischen zementiert. Schlagzeilen wie »Patrick der Player«, »Walsh ruiniert Eheglück«, »Gescheiterte Freundschaft« und »Der nicht besonders heldenhafte Ehezerstörer« las man nun überall. Gut möglich, dass es in der Woche ansonsten nicht viel zu berichten gegeben hatte, aber es war trotzdem überraschend, wie viel Hass ihm von allen Seiten entgegenschlug.

Selbstverständlich musste hinter dieser Geschichte mehr stecken. So war es doch immer. Allerdings war Liv am folgenden Tag dabei beobachtet worden, wie sie mit ihrem Mann die Praxis eines Eheberaters betreten und irritierend fotogen geweint hatte. Seitdem klebten die beiden auf dem roten Teppich geradezu aneinander. Patrick dagegen war unten durch. Schlimmer noch. Er war das pure Kassengift.

Es konnte durchaus alles stimmen. Er konnte tatsächlich einer dieser nichtsnutzigen Kerle sein, die nur mit dem Schwanz dachten, heuchelten und manipulierten. Da ich auch schon einen Haufen fragwürdiger Typen gedatet hatte, hätte es mich nicht überrascht. Und eine ganze Menge Arschlöcher waren in letzter Zeit öffentlich geoutet worden. Männer, die ihren Ruhm und ihre Macht für niedere Zwecke missbraucht hatten.

Doch für mich klang das alles trotzdem eher nach einer Klatschgeschichte.

Zunächst einmal gab es keine richtigen Beweise dafür,

dass es bei dieser ganzen Angelegenheit nicht einfach nur um zwei erwachsene Menschen ging, die hinter geschlossenen Türen in gegenseitigem Einvernehmen getan hatten, wonach ihnen der Sinn stand. Patrick hatte kein Ehegelübde abgelegt, und Liv hatte ihm keine Misshandlungen oder Ähnliches vorgeworfen. Eigentlich hatte Liv zu allem überhaupt nichts gesagt. Aber dass Patrick und Grant die besten Freunde waren … Also das war wirklich ein ziemlich übler Verrat. Sofern die ganze Geschichte der Wahrheit entsprach.

»Na schön, ich mache es«, sagte er, wobei sich seine Stimme hob. »Aber nicht mit einer von denen.«

»Patrick, wir haben wochenlang Bewerbungsgespräche geführt, um diese drei Auswahlmöglichkeiten für dich zu finden«, erwiderte sie. »Eine von ihnen muss doch passabel, wenn nicht sogar perfekt sein.«

»Sie muss nicht perfekt sein. Sie muss echt sein.«

»Echt?«, fragte Angie leicht entrüstet. »Ich fasse es nicht. Das ist verdammt noch mal das Allerletzte, was wir im Moment gebrauchen können.«

Hinten in der Küche erklang die Glocke. Vinnie zwinkerte mir zu und wies mit einem Nicken auf das bereitstehende Essen: Penne Ragù und Fleischbällchen mit Parmesan. Es roch göttlich. Der Umfang meines Pos war ein deutliches Zeichen dafür, dass ich Kohlenhydrate liebte und sie mich ebenfalls. Aber was war bitte schön wichtiger: die Jeansgröße oder das allgemeine Lebensglück?

Vinnie war stolz auf sein Essen. Stolz auf sein Restaurant. Was ein Grund dafür war, dass ich gern für ihn arbeitete.

»Sie warten alle. Komm zurück ins Büro«, sagte Angie gerade, als ich den Raum wieder betrat.

»Nein.«

»Patrick, wie zum Teufel willst du denn sonst jemanden finden? Wenn ans Licht käme, was wir getan haben ...«

»Das wird nicht passieren.«

Die Frau blickte hilfesuchend gen Himmel, doch von dort kam auch keine Unterstützung. »Wen willst du sonst nehmen, wenn du dir keine von ihnen aussuchen willst?«

»Ich weiß es nicht«, grummelte er.

Ich stellte das Essen so dezent wie nur möglich vor ihm ab. Unsichtbarkeit war eine Kunstform. Eine, in der ich mich in seiner Gegenwart nicht gerade hervortat. Das war nicht meine Schuld. Attraktive Männer machten mich eben nervös. Und wie zu erwarten bekam ich das Besteck nicht richtig zu fassen, und die Gabel landete klirrend auf dem Tisch.

»Sie«, sagte er und starrte mich direkt an. Das war wahrscheinlich das erste Mal überhaupt, dass wir direkten Blickkontakt miteinander hatten. Es war, als würde man direkt in die Sonne blicken. Ich war geradezu geblendet. Der Mann war einfach zu viel des Guten.

»Was?!«, kreischte Angie.

Ich erstarrte. Er konnte unmöglich mich meinen. Außer vielleicht im Zusammenhang mit so was wie »Du bist so tollpatschig, du kriegst heute kein Trinkgeld« oder dergleichen.

»Das kann nicht dein Ernst sein«, stieß Angie hervor und musterte mich mit Augen so groß wie Vollmonde. »Sie ist so ... durchschnittlich.«

»Genau«, stimmte er begeistert zu.

Wow, ganz schön unverschämt. Ich war auf meine eigene Art hübsch. Beigefarbene Haut und lange, gewellte, blonde Haare. Die eine oder andere Sommersprosse im Gesicht. Und was meinen Körper anging – nun ja, nicht jeder in dieser Stadt musste klapperdürr sein. Aber egal. Das Wichtigste war, dass ich ein netter Mensch war. Meistens. Und ich war liebenswürdig. Zumindest versuchte ich es. Persönliche Weiterentwicklung konnte ganz schön verzwickt sein.

»Guten Appetit«, sagte ich irritiert.

»Setz dich einen Augenblick.« Patrick deutete auf den freien Platz neben sich. »Bitte.«

Ich verschränkte stattdessen die Arme.

»Ich würde gern mit dir über ein Jobangebot sprechen.«

Angie gab einen erstickten Laut von sich.

»Ich habe einen Job«, entgegnete ich. »Eigentlich sogar zwei.«

»Wie heißt du?«, fragte er.

»Du machst wohl Witze«, fauchte Angie. »Das nimmt uns kein Mensch ab.«

»Norah«, antwortete ich.

»Hey, Norah. Ich bin Patrick.«

»Ich weiß«, gab ich knochentrocken zurück.

Um ein Haar hätte er gelächelt. Seine Lippen hatten eindeutig gezuckt. Für jemanden, dessen vor Charme strotzendes, oberlässiges Grinsen schon Plakatwände im ganzen Land geziert hatte, schaffte er es ziemlich gut, sein Lächeln unter Verschluss zu halten. »Wie würde es dir gefallen, einen Haufen Geld zu verdienen?«

»Sag kein Wort mehr, bevor sie eine Vertraulichkeits-vereinbarung unterschrieben hat.« Angie presste sich die Hand auf die Brust und schien entweder zu hyperven-tilieren oder einen Herzinfarkt zu haben. »Das ist mein Ernst!«

Patrick seufzte nur. »Angie, entspann dich. Ich komme schon seit Jahren hierher, und sie hat kein einziges Mal etwas in den sozialen Medien gepostet oder heimlich Fo-tos gemacht. Ich möchte wetten, dass du keiner Seele et-was von mir erzählt hast, nicht wahr, Norah?«

Dann respektierte ich eben seine Privatsphäre. Na und? Verklag mich doch. Außerdem gefiel es mir irgendwie, ihn meinen Namen sagen zu hören. Allein, dass er ihn kannte, versetzte mir einen richtigen Kick. Ich hatte de-finitiv weiche Knie. »Du scheinst die Anonymität zu schätzen.«

»Sie hat sogar ein Mädchen davon abgehalten, mich um ein Autogramm zu bitten.«

»Die Tochter des Besitzers«, erläuterte ich. »Sie redet immer noch kein Wort mit mir.«

Wieder ein Fast-Lächeln. Seine hübschen blauen Au-gen funkelten unverkennbar amüsiert.

Angie kippte den Rest ihres Kartonweins mit einem einzigen großen Schluck in sich hinein.

Patrick und ich starrten uns an, als wäre es eine Art Wettbewerb. Wer würde es wagen, zuerst wegzusehen? Offensichtlich ich.

»Was ist das für ein Job?«

»Ich brauche dich für einige Monate in Vollzeit«, sag-te er.

»Für ein Jahr, inklusive Wohnen vor Ort«, korrigierte Angie.

Patrick verzog das Gesicht. »Sechs Monate und Wohnen vor Ort. Länger nicht.«

Angie winkte resigniert ab und gab es auf.

Ich räusperte mich. »Ähm, und was genau hätte ich zu tun? Wäre ich dein Mädchen für alles oder deine Assistentin oder etwas in dieser Art? Oder brauchst du eher einen Hausmeister oder eine Reinigungskraft?«

»Nein«, sagte er seelenruhig. »Ich möchte, dass du meine Fake-Freundin bist.«

2. Kapitel

Patrick Walsh wohnte in West Hollywood, im Stadtteil The Bird Streets – was so ziemlich die exklusivste und teuerste Gegend war. Der Wagen setzte mich in den Hügeln oberhalb des Sunset Strip am Ende einer ruhigen Sackgasse ab. Durch die Gitterstäbe des Tors hindurch konnte ich eine private Auffahrt sehen, die einen Bogen beschrieb. Viel Grün, hauptsächlich Sukkulenten und Olivenbäume. Das Mietshaus, in dem ich bisher gewohnt hatte, konnte in puncto Landschaftsgestaltung nur einen Parkplatz mit überquellenden Mülltonnen vorweisen.

Ich atmete tief durch und versuchte, meinen Mut zusammenzunehmen. So gut es eben ging. Denn das alles war zweifellos eine schlechte Idee. Eine furchtbare, grauenhafte Idee. Doch hier stand ich nun, mit unterzeichnetem Vertrag und Bargeld in der Hand. Einer ganzen Menge davon. Und es würde noch mehr kommen. Ich hatte schon dafür sorgen können, dass Gran in ihr eigenes Zimmer in einem viel schöneren Seniorenheim mit besserer Pflege und Ausstattung umziehen konnte. Außerdem hatte ich meine Jobs aufgegeben und meine Wohnung gekündigt. So viel zum Thema am Rande des Abgrunds stehen.

Plötzlich begann sich das Tor zu öffnen, und ich trat überrascht zurück. Wahrscheinlich hatte jemand die Überwachungskameras im Auge gehabt. Die Räder meines ramponierten Koffers ratterten hinter mir auf dem Asphalt. Ich hatte nur wenige Lieblingssachen dabei. Der Großteil meiner Besitztümer war eingelagert. Die notwendige Hollywood-Freundinnen-Garderobe würde mir gestellt werden. Was immer das beinhalten mochte.

Und das war in Ordnung. Alles würde super klappen. Weil ich eine erwachsene Frau war, die das alles problemlos hinbekommen würde. Das hier war ein Abenteuer, das es anzunehmen und zu genießen galt.

Verdammt noch mal, ja.

Ich glaubte genauso lange an meine Worte, bis ich ihn im Eingang des weißen, weitläufigen, einstöckigen Gebäudes stehen sah, das entweder modern war oder aber aus der Mitte des Jahrhunderts stammte oder vielleicht auch eine Mischung aus beidem war. Das Haus war cool, jedoch nichts im Vergleich dazu, Patrick Walsh in natura wiederzusehen. Er war wie ein Kunstwerk und hatte die ihm zuteilwerdende Verehrung mehr als verdient. Wenn man in L.A. aufwuchs, begegnete man zwangsläufig immer wieder Prominenten, doch das hier war etwas anderes. Wie seine Präsenz mich direkt ins Herz und in die Lenden traf. Womöglich würde ich mich niemals an ihn gewöhnen. Ziemlich ärgerlich und peinlich, denn schließlich war er jetzt mein Boss.

Ich hatte nicht erwartet, von ihm höchstpersönlich empfangen zu werden, sondern war davon ausgegangen, dass er dafür zu wichtig und beschäftigt wäre. Für jemanden wie mich. Seit neulich im Restaurant hatte ich ihn nicht mehr gesehen. Seine »Leute«, sprich seine Anwälte, hatten alles abgewickelt. Wahrscheinlich durfte ich in den kommenden sechs Monaten ohne ausdrückliche schriftliche Genehmigung nicht mal niesen.

Die Frage *Warum ausgerechnet ich?* war mir inzwischen ziemlich oft durch den Kopf gegangen. Ich war, wie Angie es so treffend formuliert hatte, durchschnittlich. Aber wahrscheinlich war mein fehlender Glamourfaktor für die Geläuterter-und-nicht-mehr-oberflächlicher-Frauenheld-Fassade, die sie inszenieren wollten, eher von Vorteil. Keine Ahnung. Doch er hatte mir viel dafür gezahlt, dass ich mein Leben auf Eis legte und seinen Ruf wiederherstellte. Und deswegen würde ich mich nach Kräften bemühen, genau das zu tun.

»Norah«, sagte er mit einem Stirnrunzeln, das sein Standardgesichtsausdruck zu sein schien. »Lass mich dir das abnehmen.«

»Okay.«

»Danke, dass du … ähm … das tust.«

»Na klar«, antwortete ich.

Mit meinem Koffer im Schlepptau ging er hinein. Auch wenn es falsch war, einen Menschen auf sein Äußeres zu reduzieren, stellte ich fest, dass der Mann einfach einen klasse Hintern hatte, den seine Jeans hervorragend zur Geltung brachten. Ich hätte mich nie als Po-Liebhaberin bezeichnet, aber dieses Exemplar war schon außergewöhnlich. Von seinen breiten Schultern ganz zu schweigen.

Das Innere des Hauses war auch nicht zu verachten.

Offene Bauweise mit glänzenden Betonfußböden und blütenweißen Wänden. Eine klobige cremefarbene Couch und ein zotteliger grauer Teppich, kombiniert mit einem offenen Kamin und diversen Kunstgegenständen. Eine Seite des Gebäudes schien nur aus verglasten Wänden oder Glastüren zu bestehen. Da es am Hang eines Hügels lag, konnte man die gesamte Stadt überblicken. Was für ein Wow-Anblick. Fast lenkte er mich vom Zittern meiner Hände ab.

Im Wohnzimmer wurden wir von zwei Personen erwartet. Eine davon war seine Pressesprecherin Angie. Alias die Drachenlady – was Drachen gegenüber ziemlich gemein und taktlos war, aber egal.

»Du musst Norah sein«, sagte eine asiatische Frau mit wunderschönem Gesicht und schulterlangem dunklen Haar. »Ich bin Mei, Paddys Assistentin.«

»Freut mich, dich kennenzulernen.«

Sie lächelte strahlend. »Also wirklich, ihr beiden seht toll zusammen aus. Die Presse wird ganz verrückt nach euch sein!«

Patrick bedachte mich mit einem genervten Seitenblick. Als wäre es nicht seine brillante Idee gewesen, mich in diesen großartigen Plan mithineinzuziehen. Idiot.

»Danke«, nuschelte ich.

»Ich habe noch was zu tun.« Er entfernte sich ein paar Schritte, blieb jedoch wieder stehen, drehte sich nach mir um und legte die Stirn in Falten. »Bis später, Baby. Babe.«

Mein Magen schlug keinen Purzelbaum. Das waren nur Blähungen oder so. »Bis später.«

»Das fühlt sich nicht richtig an.«

Ich erstarrte. »Nicht?«

»Nein. Das ist nicht der richtige Kosename.« Er kniff nachdenklich die Augen zusammen. »Daran arbeiten wir noch.«

»Okay.«

Mei schien von unserem schrulligen Verhalten entzückt zu sein. Angie hatte entschieden, dass sie unser erstes Publikum sein sollte. Eine Art Testzuschauerin, wenn man so wollte, um unsere Rollen auszuprobieren und zu sehen, ob wir als Paar auch nur ansatzweise glaubhaft wirkten. Ich bezweifelte, dass wir gute Chancen hatten, sie zu täuschen.

»Brauchst du noch irgendetwas?«, fragte er.

»Nein, danke, alles bestens.«

Er nickte und kam einen kleinen, vorsichtigen Schritt auf mich zu. Als wollte er mich auf die Wange küssen oder mir den Kopf tätscheln oder irgendetwas tun, was grob als Zärtlichkeit durchging. Doch dann überlegte er es sich im letzten Augenblick anders.

Na so was.

Gemein zu sein lag mir wirklich fern, aber was er hier ablieferte, gehörte definitiv nicht zu seinen schauspielerischen Glanzleistungen. (Ich persönlich fand seine Arbeit in *Zombie Run* weitaus besser, wo er zu einer Gruppe von Leuten gehört hatte, die gerade einen Marathon beendete, als es zu einem Virusausbruch kam. Ein cooler, aber auch ziemlich gruseliger Film.) Er vollführte eine Kehrtwende und marschierte in Richtung des anderen Endes des Hauses davon. Vermutlich lagen dort die Schlafzimmer und so weiter. Der Bereich, in dem wir uns gerade befanden, bestand aus dem Wohnzimmer, dem Esszimmer und der Küche. Draußen, am hinteren Ende des Hauses, gab es einen nierenförmigen hellblauen Swimmingpool, der in der Morgensonne glitzerte.

So lebten also die oberen Zehntausend. Nicht schlecht.

Mei beugte sich vertraulich zu mir. »Wundere dich nicht über ihn. Patrick ist es nicht gerade gewohnt, eine Beziehung zu führen. Jemanden in seinem Privatbereich um sich zu haben. Wenn du verstehst, was ich meine.«

»Ja, ich verstehe«, schwindelte ich.

»Natürlich tust du das. Dass er dich gebeten hat, hier bei ihm zu wohnen, ist schon enorm.«

»Na ja, mein, ähm, Mietvertrag war sowieso ausgelaufen, und da meinte er, *warum nicht?*«

»Das ist fantastisch. Das könnte die erste spontane Sache sein, die dieser Mann je getan hat. Wahrscheinlich merkt man es einfach, wenn man die Richtige trifft«, fuhr sie fort. »Ich habe ihm immer gesagt, dass er sich eine Zivilistin suchen soll. Eine Frau, die nichts mit dem Filmgeschäft zu tun hat. Ich kann es kaum erwarten, zu erfahren, wie ihr beiden euch kennengelernt habt und so weiter. Solche stürmischen Romanzen sind so … romantisch.«

Für diesen Augenblick hatte ich die ganze vergangene Woche lang geübt. Hauptsächlich vor dem Badezimmerspiegel. Nach einer besonders intensiven Trainingssession im Falschlächeln hatten mir dermaßen die Wangen wehgetan, dass ich sie von innen mit Wodka, Soda und Limette hatte kühlen müssen. Da ich damals in der Highschool auf die Theater-AG verzichtet hatte, musste ich einiges nachholen.

Ich lächelte. Es war mein Glückliches-und-leicht-verschmitztes-Lächeln. Nicht unbedingt das einfachste in meinem Repertoire, aber ich fand, dass es irgendwie nach »jung und verliebt« aussah – was mir für die aktuelle Situation angemessen erschien. Und da Patrick mir Höchstpreise zahlte, war es wichtig, dass ich alles gab. »Wir haben uns an meinem Arbeitsplatz kennengelernt, in einem Restaurant. Er, ähm, ist regelmäßig vorbeigekommen, und irgendwann haben wir angefangen, uns zu unterhalten, und – «

»Der Rest ist Geschichte«, beendete Angie den Satz für mich.

Mei lächelte mich noch immer strahlend an. In ihrem Gesicht war keine Spur von Skepsis zu entdecken. »Das ist so süß.«

Puh. Ich hatte es geschafft. Jemand glaubte tatsächlich, dass ich etwas mit einem Hollywood-Beau hatte. Wie befremdlich. Ein Triumphgefühl packte mich vom Kopf bis zu den Zehen. Obwohl es natürlich nicht gut war, andere zu belügen. Und Mei schien ein netter Mensch zu sein. Aber es handelte sich ja nur um eine kleine Notlüge. Mehr oder weniger. Okay, na gut, in Wahrheit war diese ganze Sache moralisch verdammt fragwürdig. Aber unterm Strich brauchte ich das Geld, und keiner würde Schaden nehmen. Und nur das zählte.

Ein aus einer Person bestehendes Publikum jagte mir weit weniger Angst ein als die unvermeidlichen Red-Carpet-Events, die mir in Zukunft zweifellos noch bevorstünden. Allein beim Gedanken daran wurde mir schlecht. Der letzte formelle Anlass, an dem ich teilgenommen hatte, war mein Abschlussball vor mehr als zehn Jahren gewesen. Mein Begleiter hatte an jenem Abend unser Date damit beschlossen, dass er besoffen in einen der Rosenbüsche meiner Großmutter gefallen war und sich von oben bis unten zerkratzt hatte. Leider hatte sich mein Männergeschmack seit damals kaum gebessert. Kein Wunder also, dass ich schon seit ungefähr einem Jahr keine Dates mehr gehabt hatte.

Angies Handy pingte. »Das werden das Kosmetikerinnen-Team und die anderen sein.«

»Das was?«, fragte ich.

»Betrachte sie einfach als deine persönlichen Problemlöserinnen«, sagte Mei.

»Um mein Äußeres in Ordnung zu bringen, braucht es gleich ein ganzes Team?« Ich lachte auf, weil oberpeinlich. »Steht es wirklich so schlimm um mich?«

Angie bleckte die Zähne zu einem Lächeln. »Allerdings.«

»Das ist Schwachsinn«, nörgelte ich.

»Na, na.« Mei tätschelte meine Hand. »Die French Nails sehen toll aus, und dein Haar ist so weich und glänzend.«

Angie nahm den Blick nicht von ihrem Handy. »Was hast du für ein Problem?«

»Sagen wir mal so: Das war ein sehr umfangreiches Waxing«, erwiderte ich. »Und ich finde wirklich, dass ich bei einigen Stellen ein Mitspracherecht hätte haben sollen.«

»Au naturel war nicht akzeptabel. Was, wenn wir im Rahmen des geplanten ›Relaxen zu Hause‹-Artikels ein

Bikini-Shooting machen wollen?«, fragte Angie. »Das geht mit einem Urwald dort unten nicht. Selbst Photoshop kommt irgendwann an seine Grenzen.«

»So schlimm war es nun auch wieder nicht. Und ein Bikini-Shooting?«, fragte ich entsetzt. »Davon hat niemand etwas erwähnt.«

»Was tun wir nicht alles aus Liebe«, sagte Mei.

Angie ignorierte mich.

Aber ich war verdammt noch mal noch nicht fertig. »Der Busch einer Frau ist heilig, und sein Zustand sollte niemanden etwas angehen außer sie selbst.«

Mei lachte auf, räusperte sich jedoch hastig. »Ja. Absolut. Sehr wahr.«

»Also«, sagte Angie und hob die Brauen, »ich wusste ja nicht, dass ihr beiden so leidenschaftlich über dieses Thema denkt.«

Patrick kam hereingeschlendert. »Welches Thema?«

Den ganzen Tag über hatte er sich am anderen Ende des Hauses versteckt gehalten, während unzählige Leute in seinem Heim ein und aus gegangen waren. Die Nageltechnikerin, die Haarstylisten, der Facialist und die Kosmetikerin, die die Ganzkörperbehandlungen und das Waxing durchgeführt hatte. Eine Stylistin, die mir meine neue Garderobe erklärt hatte, während ich wie eine Idiotin in meiner Unterwäsche herumgestanden hatte. Außerdem die Visagistin, die mir Unterricht im Shading und so weiter gegeben hatte. Und ausgerechnet jetzt musste er hier auftauchen?

»Schambehaarung«, erklärte Mei.

Patrick wurde blass. »Vergiss, dass ich gefragt habe.«

»Hab dich nicht so«, sagte Angie tadelnd, erhob sich und ging zur Tür. »Wir haben dich alle schon mit Schamhaartoupet gesehen. Wie dem auch sei, für heute sind wir hier fertig.«

»Bis dann.« Mei winkte ihr nach, während sie die Kissen auf dem großen, modernen Plüschsofa geraderückte. »Okay, Paddy, Zeit für dein tägliches Update. Ich habe deiner Mom Blumen geschickt und eine vollständige Rückerstattung für die New-York-Reise bekommen. Der neue Personal Trainer ist für morgen gebucht, und in deinem Kleiderschrank hängen einige Stücke von diesem Designer, von dem ich dir erzählt hatte. Und Mary hat das Treffen morgen Abend abgesagt.«

»Hat sie?«, fragte er und klang gekränkt.

»Ja. Tut mir leid. Sie hat nicht gesagt, warum.«

Er machte ein finsteres Gesicht.

»Braucht ihr beiden sonst noch etwas?«, fragte Mei uns.

»Nur noch einen Ausdruck von dem Freisen-Drehbuch«, sagte er und lehnte sich total cool, sexy und verdrossen an die Wand. Kein Wunder, schließlich war er schon cool und sexy, wenn er atmete oder einfach nur existierte.

»Es liegt auf dem Schreibtisch.«

»Danke.«

»Und damit bin ich fertig. Bis morgen!«

Zum allerersten Mal überhaupt waren wir allein. Ganz schön nervenaufreibend. Patrick ließ den Blick über mich schweifen und begutachtete das Werk des heutigen Tages. Das Team hatte gute Arbeit geleistet. Ich sah noch immer aus wie ich selbst, allerdings wie eine leicht verbesserte Version. Seine Miene blieb jedoch vollkommen ausdruckslos. Absolut undurchdringlich. Wahrscheinlich wäre es ihm auch egal gewesen, wenn ich mir ein Pony auf die Stirn hätte tätowieren lassen. Als Nächstes verschränkte er die Arme vor dem Oberkörper und wandte seine Aufmerksamkeit dem Ausblick zu. Ich hatte den Eindruck, dass er es selbst in seinem eigenen Zuhause nicht schaffte, sich gänzlich zu entspannen. Aber das konnte auch etwas mit meiner Anwesenheit zu tun haben.

Zwar wusste ich, dass es ihm am liebsten war, wenn ich mich still und unterwürfig verhielt, doch ich konnte unmöglich sechs Monate lang den Mund halten. »Was ist ein Schamhaartoupet?«

»Eine Perücke für untenrum. Manchmal werden sie bei Sexszenen verwendet, um das beste Stück zu verstecken.«

»Aha.«

Er sagte nichts mehr. Die Stille war überhaupt nicht unangenehm oder so.

»Wir müssen über die Wohnsituation sprechen«, sagte ich und setzte mich auf die Couch. »Im Vertrag steht nicht wirklich etwas dazu, außer dass ich niemanden ins Haus einladen und die Adresse nicht weitergeben darf und so weiter. Was vollkommen nachvollziehbar ist. Deine Privatsphäre muss geschützt werden.«

Er zog die Brauen zusammen, sagte jedoch kein Wort.

»Wenn es dir lieber wäre, dass ich die Abende außer Haus oder in meinem Zimmer verbringe –«

»Du wirst ein halbes Jahr hier wohnen, Norah. Ich erwarte nicht von dir, dass du dich die ganze Zeit über versteckst. Wir werden uns schon aneinander gewöhnen.«

Der Gute klang nicht überzeugt. Auch zurecht. Schließlich machte ich mir keine Illusionen. Das hier war ein rein geschäftliches Arrangement. Wir würden keine dicken Freunde oder was auch immer werden.

»Okay«, sagte ich.

Sein Stirnrunzeln steigerte sich auf Stufe elf. Wie konnte ein so hübscher Kerl so verdrossen sein? Er wohnte in diesem wundervollen Haus und bekam alles zu Füßen gelegt. Mal abgesehen von dem aktuellen Skandal, der seine Karriere ruiniert und ihn gezwungen hatte, sein ganzes Leben auf den Kopf zu stellen, um darin Platz für mich und dieses ganze Täuschungsmanöver zu schaffen. Vermutlich hatte ich mir meine Frage gerade selbst beantwortet.

Er seufzte. Es war wahrscheinlich der tiefste und leidvollste Seufzer aller Zeiten. Kein Mensch vor ihm war jemals derart gebeutelt, so sehr missverstanden worden. »Ich verpatze es gerade. Fangen wir noch mal von vorne an. Hast du Hunger?«

»Du musst nicht –«

»Ich weiß, dass ich das nicht muss. Aber wir müssen einander gut genug kennenlernen, damit man uns diese Nummer abkauft. Also können wir genauso gut etwas Zeit miteinander verbringen und das gleich erledigen«, meinte er. »Ich weiß nicht, wie es bei dir aussieht, aber ich bin am Verhungern.«

Ich stand auf und folgte ihm in die Küche. Sie war schön, mit einer langen, weißen, steinernen Kücheninsel/Frühstücksbar und einem großen Gasherd mit sechs Flammen. Es gab einen Kühlschrank voll mit Vitamingetränken, Obst und Fertiggerichten. Als er den Blick über den Inhalt schweifen ließ, war seine Stirn ein einziges Faltengebirge. Trotzdem sah er immer noch gut aus.

»Hähnchen, Rind oder vegetarisch?«, fragte er. »Dazu gibt es Süßkartoffelpüree und gedämpften Brokkoli. Bei der vegetarischen Variante sind auch noch Blumenkohl und Tofu dabei.«

Ich öffnete den Mund, klappte ihn wieder zu und suchte nach den richtigen Worten. Applaus für mich, dass ich nicht sofort den ersten Gedanken, der mir bezüglich seiner Ernährungsgewohnheiten durch den Kopf schoss, laut herausposaunte. »Für deinen perfekten Körper und so weiter musst du dich wohl sehr gesund ernähren.«

Seine Miene entspannte sich ein wenig. »Klingt ziemlich fade, hm?«

»Also … Ja, schon.«

»Jetzt weißt du, warum ich gerne im Little Italy vorbeischaue. Das darf ich nur nicht zu oft tun.«

»Du musst äußerst diszipliniert sein.«

Eine seiner muskulösen Schultern hob sich gleichgültig.

»Ich bin diszipliniert genug, um nach dem sechsten Pop-Tart aufzuhören, aber das war's auch schon.«

Einer seiner Mundwinkel zuckte. »Aha.«

»Ich nehme das mit Hähnchen«, sagte ich. »Vielen Dank.«

Er nickte und schob zwei Gerichte zum Aufwärmen in den Ofen. Ich stand so dicht bei ihm, dass es schier unmöglich war, ihn nicht zu riechen. Er hatte einen leicht salzigen, frischen Geruch. Ein Hauch von Holz und Salbei lag auch darin. Als wäre er dem Ozean entstiegen und durch den Wald getollt, bevor er die Küche betreten hatte. Jede Wette, dass es sich dabei um ein Eau de Cologne einer Edelmarke handelte. Und an ihm zu schnüffeln war wirklich schräg, weshalb ich das sofort sein lassen musste.

Als Nächstes stellte er einen Krug mit kaltem Wasser und zwei Gläser auf den Esstisch. Er war rund und schien aus der Mitte des 20. Jahrhunderts zu stammen. Rundherum standen vier Stühle. Anscheinend hatte er keinen Hang dazu, große Dinnerpartys zu veranstalten. Ich fragte mich, ob er die Möbel selbst ausgesucht oder ob ihm ein Innenausstatter dabei geholfen hatte. Eigentlich war ich auf so ziemlich alles neugierig, was diesen Mann betraf.

»Also, wir haben uns in diesem Restaurant, in dem du gearbeitet hast, kennengelernt, und ich habe dich gefragt, ob du mit mir ausgehen willst«, sagte er, setzte sich und goss Wasser in die beiden Gläser. Die gewandten Bewegungen, die er dabei vollführte, kamen mir bekannt vor.

»Du hast schon mal als Kellner gearbeitet«, stellte ich fest.

»Ich bezweifle, dass es Schauspieler gibt, die anfangs nicht in einem Restaurant gearbeitet oder hinter einer Bar gestanden haben.« Er lehnte sich auf seinem Stuhl zurück. »Angie meinte, wir sollten aus dem Ganzen so eine Art wahrgewordene Riesenfan-darf-Idol-daten-Fantasie machen.«

»Okay«, sagte ich gleichmütig. »Können wir machen.«

Er kniff die Augen zusammen. »Aber du bist kein Fan?«

»Das habe ich nicht gesagt.«

»Doch du hast auch nichts Gegenteiliges behauptet.«

»Muss ich denn ein Fan sein?«, fragte ich.

»Nein.« Wieder ein Fast-Lächeln. »Ich bin nur neugierig.«

»Einige deiner Filme gefallen mir. Aber du bist nicht gerade der Screensaver auf meinem Handy oder so.« Ich zermarterte mir den Kopf nach den richtigen Worten. »Ich finde, du bist ein guter Schauspieler. Und ganz offensichtlich bist du auch ein gut aussehender Vertreter des männlichen Geschlechts.«

Er saß vollkommen reglos da und sah mich an. Trotz seiner ausdruckslosen Miene war ich mir ziemlich sicher, dass er sich köstlich amüsierte.

»Du hast es ja auch nicht nötig, von mir angeschmachtet zu werden. Die Zahl deiner Follower muss in die Millionen gehen.«

Er neigte zustimmend das Kinn. »Du scheinst mir ein recht ehrlicher, direkter Mensch zu sein. Wirst du ein Problem damit bekommen, anderen bezüglich unserer Beziehung etwas vorzugaukeln?«

»Wenn es so wäre, hätte ich diesen Job nicht angenommen. Allerdings scheint Mei nett zu sein. Es gefällt mir nicht, sie zu belügen.«

Er nickte. »Ja. Ich bezweifle, dass sie es uns abkauft.«

»Tatsächlich?«

»Mei ist einer der klügsten Menschen, die ich kenne.«

Ich wusste nicht recht, ob ich mich deswegen nun besser oder noch schlechter fühlen sollte.

»Du hast erwähnt, dass du zwei Jobs gehabt hast. Was war der andere?«, wollte er wissen.

»Ach, Kontenpflege und Preiskalkulation für die Boutique eines Freundes. Nur nach Bedarf, ein paar Tage die Woche.« Ich trank einen Schluck Wasser, um meine trockene Kehle zu befeuchten. »Manchmal, wenn das Little Italy geschlossen hatte, habe ich für ein anderes Restaurant Bestellungen ausgeliefert. Bis vor einigen Monaten mein Auto kaputtgegangen ist.«

»Also eigentlich drei Jobs. Du bist tüchtig.«

Ich zuckte nur mit den Schultern. Das war doch nichts Besonderes. Ich musste eben meine Rechnungen bezahlen, wie jeder andere auch.

»College?«, fragte er.

Ich nahm die Schultern zurück und setzte mich aufrechter hin. Nicht, dass mir das Thema irgendwie unangenehm gewesen wäre oder so. »Ich habe im zweiten Jahr abgebrochen. Und du?«

»Schauspiel an der USC.«

»Aber du kommst doch ursprünglich aus Phoenix, oder?«

Er neigte den Kopf. »Du hast mich gegoogelt? Mich in der Wikipedia nachgeschlagen?«

»Ähm …«

»Ist schon in Ordnung, Norah«, sagte er. »Das war Recherche für den Job, nicht wahr?«

»Genau.«

»Was hast du herausgefunden?« Er lehnte sich ganz relaxt zurück. Mit gespreizten Beinen und einem Arm auf dem Tisch. So entspannt hatte ich ihn noch nie erlebt. Doch trotzdem blieb eine gewisse Anspannung, eine Art unterschwellige Unzufriedenheit.

»Nun, du bist sechsunddreißig Jahre alt. Geboren und aufgewachsen in Arizona, aber du lebst seit deinem achtzehnten Lebensjahr in L.A.«

»Mm-hmmm.«

»Du hast zwei jüngere Schwestern. Du hast in achtundzwanzig Filmen und einigen Fernsehserien mitgespielt«, trug ich aus dem Gedächtnis vor. »Du unterstützt die World Wildlife Foundation und bist ein Dodgers-Fan. Und vor einer Weile wurdest du zum sexysten Mann des Jahres gekürt. Herzlichen Glückwunsch.«

»Danke«, entgegnete er trocken. »Das war gute PR. So viel muss ich zugeben.«

Draußen breiteten sich die Lichter der nächtlichen Stadt aus. Und in weiter Ferne wogte das Meer so majestätisch wie üblich.

»Im Großen und Ganzen war es das«, sagte ich.

»Keine Gerüchte oder pikanten Klatschgeschichten, die du dieser Liste noch hinzufügen möchtest?«

Ich holte tief Luft. »Ich bin mir sicher, dass du weißt, wie die Leute über dich reden. Es ist nicht nötig, dass ich davon irgendetwas wiederhole.«

Er klopfte mit den Fingern leise und rhythmisch auf den Tisch. »Du musst doch neugierig sein auf die Sache mit Liv und diesem ganzen beschissenen Schlamassel.«

»Das geht mich nichts an.«

»Schon, aber früher oder später wirst du danach gefragt werden.«

»Und wenn es so weit ist, werde ich der betreffenden Person erklären, dass jeder eine Vergangenheit hat«, sagte ich. »Egal, mit wem du früher mal zusammen gewesen bist – das hat nichts mit uns hier und jetzt zu tun. Außerdem könnten die anderen mit unserer reinen, wahren Liebe ohnehin nicht mithalten. Weil gegen uns Cinderella und ihr Traumprinz arm aussehen.«

Er schnaubte, und es klang fast ein wenig fröhlich. Ein Punkt für mich.

»Oder etwas in dieser Art.« Ich hob die Schultern. »Was immer du und Angie wollen, das ich sage.«

»Hast du irgendwelche Schauspielerfahrungen?«

»Kein bisschen.«

Wieder ein Fast-Lächeln. »Du bekommst das sicher hin. Sei einfach du selbst.«

Schön, dass wenigstens einer von uns an mich glaubte.

»Erzähl mir von dir.«

»Also bitte«, sagte ich. »Ich weiß genau, dass du einen Privatdetektiv angeheuert hast, der meine Vorgeschichte zweifellos sehr ausführlich durchleuchtet hat. Die Anwälte haben es ein oder zwölf Mal erwähnt.«

Er sah mich ausdruckslos an. »Ja, Norah, das habe ich getan. Anschließend habe ich Angie gebeten, den Bericht durchzulesen und mir mitzuteilen, ob ihr irgendwelche besonders problematischen Punkte aufgefallen sind. Das war nicht der Fall, und damit hatte es sich erledigt.«

»Du hast ihn nicht gelesen?«

»Nein.«

Ich war mir nicht sicher, ob ich beleidigt oder erleichtert sein sollte. Vielleicht etwas von beidem.

»Erzähl mir von dir«, forderte er noch einmal.

»Dreißig Jahre alt. Von den anderthalb Jahren auf dem

College weißt du ja schon«, sagte ich. »Ich bin hier geboren und aufgewachsen.«

»Was wolltest du studieren?«

»Wirtschaft vielleicht. Ich hatte mich noch nicht entschieden.«

»Warum hast du abgebrochen?«

»Das Leben kam mir dazwischen.« Ich rieb mit den Händen seitlich über meine weitgeschnittenen Jeans. Sie waren hellblau und sehr hübsch. Weil Patrick Walshs Freundin zu Hause natürlich nicht in einer labbrigen, alten Yogahose herumlief. »Du weißt schon. Manchmal laufen die Dinge eben … nicht so, wie ursprünglich erwartet.«

Er nickte und ließ das Thema auf sich beruhen.

Wer hätte gedacht, dass ich eines Tages Patrick Walsh gegenübersitzen und mit ihm über mein Leben inklusive seiner diversen Fehlschläge sprechen würde? Ich war ständig versucht, mich zu kneifen, nur um zu sehen, ob ich wirklich wach war. Die ganze Situation war bizarr. Verrückt. Ein Hollywoodschwarm und ein Haus in den Hügeln. Es fiel mir schwer, mich nicht andauernd staunend umzusehen. Und wahrscheinlich konnte ich ihm nicht wirklich vormachen, dass mich das alles unbeeindruckt ließ. Aber wahrscheinlich war er es gewohnt, von Proleten wie mir voll demütigem Staunen angestarrt zu werden – was nur eine nette Umschreibung dafür war, dass ich ihn zu einem Objekt machte. Was schlimm war, aber sich verdammt noch mal kaum verhindern ließ. Ich meine, dieser Mann war der Beweis dafür, dass es einen Gott gab, und nun lebte ich mit ihm unter einem Dach. Zum Glück hatte ich meinen Vibrator eingepackt.

Was mich zu einem anderen Punkt brachte, über den ich mir schon Gedanken gemacht hatte. »Warum hast du dir nicht einfach eine Freundin gesucht?«

Er hob abrupt das Kinn. »Hmm?«

»Du bist reich und attraktiv. Jemanden zu finden kann für dich doch nicht so schwer sein. Warst du nicht versucht, dir eine echte Freundin zu suchen, die dir hilft, diese ganze Sache durchzustehen?«

»Nein«, war alles, was er darauf erwiderte.

Na gut. Ich hielt den Mund.

»Ich hatte schon genug Drama«, sagte er nach einer Minute. Sein Blick war härter geworden. Fast schien es, als hätte er eine Mauer errichtet, um mich nicht an sich heranzulassen. Als wäre er nicht auch so schon einschüchternd genug gewesen. Allein die Vorstellung, ihn zu berühren, so vertraulich mit ihm umzugehen, dass man mir die Freundinnencharade abkaufte, war absurd. Das schien er allerdings auch gar nicht wirklich zu wollen. »Bist du mit jemandem zusammen?«

»Ich?«, fragte ich. »Nein. Und das ist gut so. Dein Vertrag verlangt das ohnehin von mir. Es wäre auch keine gute Idee, sich in einer kompromittierenden Situation erwischen zu lassen.«

Ein Nicken.

»Wie regeln wir das mit Liebesbekundungen und so weiter?«

»Du meinst in der Öffentlichkeit?«, fragte er. Zwischen seinen dunklen Augenbrauen erschien eine tiefe Furche. »Stand das nicht auch in dem Vertrag?«

»Ich dachte mir, es wäre vielleicht am besten, wenn wir

diesen Punkt noch einmal besprechen würden, um sicher-
zugehen, dass keine Fehler passieren.«

»Okay«, willigte er ein. »Händchenhalten, Umarmungen, leichte Küsse. Berührungen sind beschränkt auf meine Arme oder meine Brust und meinen Rücken oberhalb
der Taille.«

»Und damit fühlst du dich wohl?«

»Ja«, sagte er und schien sich dabei so unwohl zu fühlen
wie nur irgend möglich. »Wie ist es bei dir?«

»Genauso.«

Er schwieg kurz und neigte fragend den Kopf. »Es
macht dir nichts aus, wenn ich deine Brust berühre?«

»Ha. Wenn ich es mir recht überlege, vielleicht doch.
Wahrscheinlich ist es am besten, wenn wir die Brüste
ganz außen vor lassen. Ich glaube, Angie wollte, dass alles
jugendfrei bleibt.« Ich sprang vom Stuhl auf. »Ich schaue
mal nach dem Essen.«

Schweigen seinerseits.

»Es scheint fertig zu sein«, teilte ich ihm mit. »Wo hast
du die Ofenhandschuhe?«

»Im Schrank links von dir.«

»Möchtest du, dass ich es dir auf einem Teller anrichte,
oder isst du lieber direkt aus dem Behälter?«

»Der Behälter genügt mir.« Er stand ebenfalls auf und
sein Stirnrunzeln war wieder da. »Lass mich das machen.
Du brauchst nicht –«

»Ist doch keine große Sache. Du bezahlst mir eine
Menge Geld. Das Mindeste, was ich tun kann, ist, das Essen mit aufzutragen«, sagte ich mit einem Lächeln. »Wo
bewahrst du Geschirr und Besteck auf?«

Ohne ein weiteres Wort holte er die Sachen. Und die ganze Zeit über hingen seine Mundwinkel nach unten und seine Augenbrauen blieben zusammengezogen. Ich wusste nicht, was genau ich verbrochen hatte. Doch der Mann war eindeutig unzufrieden. Vielleicht war ich ihm damit, dass ich in seiner Küche herumhantiert hatte, auf die Zehen getreten. Damit, dass ich mich dort breitgemacht hatte. Irgendwie. Wenn andere einem zu sehr auf die Pelle rückten, war das nie angenehm. Und er war ja von dieser ganzen Fake-Freundin-Geschichte auch nie wirklich begeistert gewesen. Wenn das hier funktionieren sollte, mussten wir uns wohl beide mehr anpassen.

»Es war, ähm, nett, mit dir zu plaudern. Ich werde im Büro essen«, sagte er. »Ich muss mit dem Drehbuch anfangen.«

»Okay.«

»Bei dir so weit alles in Ordnung?«

»Bestens. Danke fürs Abendessen.«

»Ist doch klar«, sagte er. »Norah?«

»Ja?«

Für einen langen Augenblick sah er mich einfach nur an. Und ich hätte jeden Cent, den er mir bezahlt hatte, dafür hergegeben, zu wissen, was in seinem Kopf vorging. »Nichts. Vergiss es.«

Und schon war er weg.

3. Kapitel

»Dieser Presssaft kostet zwanzig Dollar«, sagte ich und deutete auf das entsprechende Gebräu.

Patrick sah nicht mal hin. »Hmm.«

Ich schüttelte nur den Kopf. Promis kauften anders ein als normale Menschen. Pop-Tarts zum Beispiel waren vorerst gestrichen.

Wir besuchten im Rahmen unseres allerersten Ausflugs als Pärchen einen exklusiven, supercoolen Biomarkt. Angie hatte beschlossen, dass das der sanfteste Einstieg für mich wäre. Quasi ein Schleichangriff aufs Promileben. Patrick trug Basketballshorts, Converse-Schuhe und einen Hoodie. Ich hatte mein Minimal-Make-up im Gesicht (das aufzulegen fünfundvierzig Minuten gedauert hatte) und trug dazu einen lockeren Haarknoten, umgeschlagene Skinny Jeans, ein weißes Poloshirt im Fifties-Stil von Helmut Lang und Plastik-Pantoletten. Sie waren hässlich, aber bequem. Und vermutlich auch sehr cool, denn andernfalls hätte die Stylistin sie nicht ausgesucht.

»Nicht genug, dass dein Supermarkt ein Café hat. Man kann dort auch noch zum Schnäppchenpreis von nur fünfzehn Dollar einen Latte erstehen.« Mir stand der Mund offen. »Das ist irre.«

»Möchtest du einen?«

»Nein. Ich gewöhne mich nur daran, wie teuer und exklusiv deine Welt ist.«

Er sagte nichts und schob unseren Einkaufswagen weiter in den Gang mit Obst und Gemüse.

Dann passierte es.

Drüben bei der Auslage mit den Granatäpfeln hatte jemand sein Handy gezückt und auf uns gerichtet. Patrick merkte es offenbar ebenfalls, denn er hielt kurz inne, legte mir dann den Arm um die Schultern und zog mich an sich. Es war, als hätte man einen Schalter umgelegt. Auf einmal waren Berührungen in Ordnung und Kuscheln offenbar auch. Er war nicht mehr der große, einschüchternde, leidenschaftslose Fake-Freund, der er eben noch gewesen war. Um ihm zu zeigen, dass ich ebenfalls improvisieren konnte, schlang ich die Arme um seine Taille und trat ganz dicht an ihn heran. Himmlisch. Einfach nur himmlisch. Diesen Mann zu umarmen war wirklich ein Erlebnis, das man sich nicht entgehen lassen durfte. Er fühlte sich heiß und straff und einfach nur zum Dahinschmelzen an. Und obwohl sein Po sehr verlockend war, befanden sich meine Hände nur in den vereinbarten Berührungszonen. Eine seiner großen Hände strich auf meinem Rücken auf und ab. Sehr angenehm. Unheimlich romantisch. Der Mann hatte wirklich gute Moves drauf. Wäre ich nicht so schrecklich nervös gewesen, hätte ich das alles wahnsinnig genossen.

Dann war der Augenblick vorbei.

Völlig cool trat ich einen Schritt zurück, schnappte mir die erstbeste Verpackung, die ich in die Finger bekam, und legte sie in den Wagen. Weil wir ein total normales

Paar waren, das seine Speisekammer wieder aufstockte, mehr nicht. Obwohl es wirklich seltsam war, dass wir dabei von anderen Leuten angestarrt wurden. Was ich aber vollkommen ignorieren konnte.

»Du magst Löwenzahnsalat?«, fragte er.

»Keine Ahnung. Ich habe einfach das Nächstbeste genommen.«

Kein Kommentar seinerseits.

»Glaubst du, die führen hier auch Makkaroni mit Käse aus der Packung?«

Wieder zuckten seine Lippen. »Wahrscheinlich nicht.«

»Ich finde deine Ernährungsweise wirklich traurig, Patrick. Deine Beziehung zu Nahrungsmitteln ist irgendwie … so gar nicht genussvoll.«

Er sah mich nur schweigend an.

»Aber andererseits bist du hier derjenige mit Millionen Dollar auf dem Konto und einer ganzen Legion an Fans, weswegen du offensichtlich in deinem Leben irgendetwas richtig zu machen scheinst.«

»Danke, Norah. Das bedeutet mir viel.«

Er hatte eindeutig einen trockenen Sinn für Humor. Und er redete wieder mit mir. Nach unserem Bondingversuch am gestrigen Abend hatte zwischen uns nur noch peinliches Schweigen geherrscht. Vielleicht hatte er sich Gedanken über bedeutende Dinge gemacht. Über große, sperrige Ideen nachgegrübelt, die seinen Kopf so sehr ausgefüllt hatten, dass er nicht mehr in der Lage gewesen war, Konversation zu machen. Oder vielleicht fühlte er sich in meiner Gegenwart auch genauso unwohl wie ich mich in seiner.

»Da liegt bisher nicht viel im Einkaufswagen«, bemerkte ich und verbarg meine zitternden Hände in den Hosentaschen meiner Jeans. »Was kaufst du denn normalerweise?«

»Normalerweise gehe ich nicht einkaufen.«

»Du lässt dir diese Mahlzeiten einfach liefern?«

Er zuckte mit den Schultern. »Im Grunde ja. Manchmal schickt mir Meis Mutter gebratenen Reis und Frühlingsrollen rüber.«

»Wie wäre es, wenn ich alle nötigen Zutaten für gegrillten Lachs und einen Beilagensalat zusammensuche und wir außerdem die Vorräte von diesem Wasser auffüllen, das du so gerne trinkst?«

»Du kannst kochen?«

»Du nicht?«

»Nein, eigentlich nicht«, gab er zu.

»Okay«, sagte ich, während meine Gedanken zu rasen begannen. »Also, ich kann kochen, und ich bin willens, für dich zu kochen. Es macht mir sogar Spaß, ab und zu in der Küche so richtig loszulegen. Wenn ich Zeit dafür habe. Allerdings hat mich mein Chef vom Little Italy immer mit Resten nach Hause geschickt, weswegen ich in letzter Zeit nur selten gekocht habe.«

Schweigen seinerseits.

»Und du kannst nicht immer nur von aufgewärmten Fertigmenüs leben«, fuhr ich fort. »Das ist traurig. Ich meine, sie schmecken nicht gerade furchtbar. Besonders das Süßkartoffelpüree fand ich recht gut. Ich will nicht unbedingt wie eine Meckerliese klingen, aber ich möchte wetten, dass du dafür eine Menge bezahlst. Was verrückt ist, weil das Blattgemüse welk war und das Fleisch im Ofen trocken geworden ist. Das muss dir doch auch aufgefallen sein?«

Noch immer Schweigen.

»Ich kann verstehen, dass du auf deine Ernährung achten musst, aber ich bin mir sicher, dass es auch besser geht. In Form von gegrilltem Fleisch mit frischen, fettarmen Beilagen oder gedämpftem Gemüse zum Beispiel. Oder etwas in dieser Art.« Ich lächelte. »Du hast eine fantastische Profiküche. Es wäre doch eine Schande, sie nicht zu benutzen. Ich müsste nur wissen, ob du irgendwelche Allergien oder sonstige Unverträglichkeiten hast. Hast du welche?«

Der Gute starrte mich einfach nur an. Was vermutlich »Nein« heißen sollte.

»Das ist eine tolle Idee, dann habe ich abends auch etwas zu tun. Ich bin es nicht gewohnt, so viel Freizeit zu haben. Ich weiß nicht, wohin mit mir. Vielleicht sollte ich mir für die nächsten sechs Monate ein Hobby suchen. Also, ich werde kochen, sofern wir nicht bei irgendeinem Event oder einer Party oder was auch immer anwesend sein müssen«, fasste ich zusammen. »Klingt das gut für dich? Außerdem würde es für unsere Zuschauer ziemlich merkwürdig aussehen, wenn wir einkaufen gehen und nur Löwenzahnblätter und Wasser mitnehmen.«

Er starrte mich noch immer an, halb entgeistert, halb ehrfürchtig, als könnte er nicht fassen, dass ich so viel reden konnte. Falls in meinem Vertrag noch kein Unterpunkt existierte, der die tägliche Anzahl der Worte, die ich von mir geben durfte, beschränkte, würde sich das wahrscheinlich bald ändern. Vielleicht gehörte er zu der Sorte Prominenter, in deren Rider stand, dass niemand sie am Set ansehen und erst recht nicht versuchen durfte, sie in ein Gespräch zu verwickeln. Und ich hatte mich ihm einfach aufgedrängt. Ich war wirklich die schlechteste Fake-Freundin aller Zeiten.

»Klar«, sagte er schließlich. »Das wäre super. Danke.«

»Gern.«

Wir gingen ein paar Schritte weiter. Im Hintergrund lief The Weeknd.

»Wenn ich nervös bin, plappere ich manchmal ziemlich viel.«

»Okay.«

Lieber Gott, töte mich einfach auf der Stelle und erspare mir weitere Peinlichkeiten. Was für eine Katastrophe.

»Das macht nichts«, fügte er hinzu, doch es klang nicht wirklich überzeugend.

Am Ende des Ganges lauerte eine Frau mit einem Kinderwagen und ihrem auf uns gerichteten Handy. Patrick streckte die Hand aus und rieb mir den Nacken. Verflixt, er war gut. Seine kraftvollen Finger gruben sich in meine verspannten Muskeln, bis sie verzückt nachgaben.

»Entspann dich«, raunte er. »Du machst das gut.«

Ach, seine Finger. Mir blieb nichts anderes übrig, als die Augen zu schließen und wonnig-lüstern aufzustöhnen. Und genau in diesem Augenblick beugte er sich zu mir und drückte mir einen Kuss auf die Stirn. Wie es ein echter Freund getan hätte. Ein guter Freund. So oder so schmolz ich dahin. Womöglich war ich aber auch ein wenig ausgehungert nach Berührungen.

Ich riss mich zusammen und schlug die Augen auf. »Danke.«

Seine Mundwinkel hoben sich mindestens um zwei satte Haaresbreiten. Wir machten Fortschritte. Dann hielt er inne und musterte mich einen Augenblick. »Schatz. Süße?«

»Soll ich uns noch etwas Süßes holen?«

»Nein«, sagte er. »Ich habe nur einen anderen Kosenamen ausprobiert.«

»Ist dir das so wichtig?«

»Pärchen haben doch immer alberne, niedliche Kosenamen füreinander, oder?«

»Ich war mal mit einem Typen zusammen, der mich ständig Digga genannt hat. Das war nicht so toll.«

»Sag mir, dass du mit ihm Schluss gemacht hast.«

Ich wand mich ein wenig. »Na ja.«

Sein Stirnrunzeln intensivierte sich.

»Wie fühlt sich ›Schatz‹ für dich an?«, fragte ich.

»Immer noch nicht ganz richtig.«

»Nicht schlimm«, sagte ich. »Sollte ich mir auch einen Namen für dich überlegen?«

Er dachte einen Moment darüber nach. »Nein. Ist schon okay.«

»In Ordnung, dann sehen wir mal zu, dass wir mit dem Einkauf fertig werden.«

Angie hatte uns ermahnt, uns nicht zu lange im Laden aufzuhalten, jedoch auch nichts zu übereilen. Ein schwieriger Balanceakt. Wir wollten nicht so wirken, als würden wir es vorsätzlich darauf anlegen, gesehen zu werden. Andererseits hätte es aber auch nicht gut ausgesehen, wenn wir den Laden mit so gut wie nichts wieder verlassen hätten. Das hätte verdammt verdächtig gewirkt. Wir waren ein normales Paar, das seinen Wocheneinkauf erledigte. Nicht mehr, nicht weniger.

Patrick hielt sich hinter mir, während ich den Einkaufswagen schob und alles zusammensuchte, was ich brauchen würde. Unter anderem das teuerste Brathähnchen der Welt, grüne Bohnen und Kartoffeln. Weil ein Leben ohne Kohlenhydrate nun mal kein Leben war.

Die anderen Leute schenkten uns weiterhin viel Beachtung. Anfangs blieben sie stehen, um Patrick anzustieren. Gleich darauf verlagerte sich ihr Interesse jedoch freilich auf mich. Die Frau an seiner Seite. Beziehungsweise die Frau, die ihn durch den Supermarkt führte. Es war schon merkwürdig genug, aus der Distanz angeglotzt zu werden. Doch als wir wieder draußen waren, ging es erst richtig los. Vier Paparazzi erwarteten uns mit gezückten Kameras. Ich versteckte mich hinter einer Sonnenbrille, um zumindest ein wenig geheimnisvoll zu erscheinen. Angie wollte nicht, dass man mein Gesicht zu genau zu sehen bekam, bevor wir für die große Enthüllung bereit waren. Was immer das auch bedeuten sollte.

Als wir zu Patricks Range Rover liefen, folgten sie uns, versperrten uns teilweise sogar den Weg. Und die ganze Zeit über riefen sie uns Fragen zu: Wer ich sei? Ob wir zusammen wären? Was Liv dazu sagen würde? Ob Grant noch mit ihm redete? Ob Patrick bei weiteren Filmprojekten rausgeflogen sei? Ob seine Karriere vorbei sei? So ging es endlos weiter. Ganz schön aufdringlich. In Anbetracht der aktuellen Situation zwar auch nicht wirklich überraschend, aber trotzdem nicht unbedingt begrüßenswert.

Ich zog mit grimmiger Miene den Kopf ein und fand das alles absolut nicht lustig. Patrick versuchte, sich zwischen mich und die Paparazzi zu stellen, doch das funktionierte nicht recht. Wir waren umzingelt. Für mich war das alles wenigstens nur ein vorübergehender Zustand, und ich wurde gut dafür bezahlt. Dass es für ihn ein ganz normaler Teil seines Lebens war, mit dem er sich arrangiert hatte, war eine seltsame Vorstellung. Das war der Preis des Ruhms. Man musste die Schauspielerei, das Geld und die öffentliche Aufmerksamkeit schon wirklich lieben, um sich regelmäßig mit diesem Mist herumzuschlagen.

Ich atmete vermutlich kein einziges Mal, bis Patrick die Autotür für mich schloss und wir losfuhren.

»Alles okay?«, fragte er mit gedämpfter Stimme.

»Das war … Ich weiß auch nicht, was das war.«

»Es kann konfrontierend sein.«

»Allerdings«, stimmte ich zu. »Aber ich wusste ja, worauf ich mich einlasse. Also, ich wusste ungefähr, worauf ich mich einlasse. Das gerade war einfach …«

»Ziemlich viel auf einmal«, beendete er den Satz für mich.

»Mm.«

Sein Stirnrunzeln wirkte nun besonders sorgenvoll. »Tut mir leid.«

»Was?«, fragte ich überrascht. »Nein, das muss es nicht. Alles gut. Mir geht es gut.«

Er seufzte. »Das Medieninteresse ist der größte Nachteil. An der Schauspielerei, meine ich.«

»Genießt du es nicht, so berühmt zu sein?«, fragte ich.

»Anfangs hat es schon irgendwie Spaß gemacht. Diese Wertschätzung zu erfahren. Aber heutzutage … könnte ich darauf verzichten«, gestand er. »Geht es dir auch ganz bestimmt gut?«

»Absolut.« Ich setzte ein Lächeln auf. »Wir haben unseren öffentlichen Ausflug überstanden. Juhu.«

Die Beunruhigung in seinem Blick machte dezenter Belustigung Platz. Was mir deutlich lieber war.

Und ich hatte es geschafft. Ich hatte die erste Herausforderung gemeistert. Den ersten Test bestanden. Klar hatte es Augenblicke gegeben, in denen ich mich gefragt hatte, was zum Teufel das alles sollte, und in denen ich mich total unwohl gefühlt hatte, aber ich hatte es geschafft. Ich würde es hinbekommen.

Ich würde es nicht hinbekommen. Nie im Leben.

Anfangs war es gar nicht so schlimm. Die Fotos waren okay, abgesehen von denen, die aus furchtbaren Winkeln aufgenommen worden waren. Doppelkinn-Albtraum. Niemand hatte auch nur den blassesten Schimmer, wer ich war. Die Schlagzeilen reichten von »Patrick Walsh mit neuer, mysteriöser Frau gesichtet« bis »Liv bricht das Herz, Patrick schaut nach vorn«. Als hätte sie nicht den gesamten letzten Monat einen auf glücklich-verliebt-in-ihren-Ehemann gemacht. Ich bezweifelte, dass sie sich überhaupt dafür interessierte. Erstaunlich, welchen Schwachsinn die Medien sich ausdachten, und Clickbaiting sollte eigentlich strafbar sein.

Doch einige Stunden später begann mein Handy plötzlich vibrierend eine eingehende Nachricht nach der anderen zu signalisieren. Gefolgt von einer ganzen Lawine aus Anrufen. Hauptsächlich von Nummern, die ich nicht kannte. Offensichtlich waren alle superneugierig. Doch ich reagierte auf keinen einzigen.

»Jemand hat dich identifiziert«, sagte Angie, die mit einem Glas Wein in der Hand auf dem Sofa saß. »Nicht mehr lange, und dein Name kursiert überall im Internet. Ich hoffe, du bist bereit.«

Tief und gleichmäßig atmen, das war jetzt entscheidend. Eine Panikattacke wäre nicht hilfreich. Ich hatte mich auf all das eingelassen. Zeit, sich zusammenzureißen und mit der Show weiterzumachen. Meine fünfzehn Minuten Ruhm standen kurz bevor.

»Reagiere einfach nicht. Tu gar nichts.«

»Du kannst sowieso nicht kontrollieren, was sie sagen«, meinte Mei mit einem mitfühlenden Lächeln. »Am besten gehst du einfach nicht dran. Niemals. Ohne meinen Job würde ich mein Handy bis zum Ende aller Tage auf lautlos lassen.«

Das klang wie eine vernünftige Lebensweisheit.

»Wir geben in Kürze ein Statement heraus«, fuhr Angie fort. »Aber jetzt lassen wir sie sich erst mal in Ruhe in die Suche nach Informationen über dich und die Beziehung reinsteigern. Das dient unserer Sache.«

»Draußen vor dem Tor stehen Paparazzi«, sagte Mei. »Seitdem ihr vom Einkaufen zurückgekommen seid, versammeln sie sich dort.«

Angie nickte. »Das war zu erwarten. Aber selbst mit einem Teleobjektiv sieht man von dort oben nichts. Das war einer der Gründe, warum Patrick dieses Haus gekauft hat.«

»Er schätzt seinen Freiraum.« Mei lächelte. »Aber das ist dir inzwischen bestimmt auch schon aufgefallen, wo ihr beiden doch in getrennten Schlafzimmern schlaft.«

»Ich schnarche«, log ich. »Ja … So richtig schlimm. Manchmal wecke ich mich sogar selbst auf.«

Ihre Augenbrauen hoben sich. »Oh.«

Patrick hatte sich direkt, nachdem er die Einkäufe hereingetragen und geholfen hatte, sie aufzuräumen, mit seinem Personal Trainer in seinen heimischen Fitnessraum verzogen. Es war schwierig, zu beurteilen, wie es ihm gerade ging. Sein stoisches, emotionsloses Gebaren schien nie ins Wanken zu geraten. Obwohl er diesem ganzen Unterfangen zugestimmt hatte, musste es hart für ihn sein. Er hatte eine Wildfremde in seinem Haus. Und dazu noch diese ganze zusätzliche Aufmerksamkeit, die er damit auf sein Leben zog.

Mein Handy begann auf dem Couchtisch wie verrückt zu vibrieren, und auf dem Display leuchtete ein Name auf, den ich nicht ignorieren konnte. »Verdammt.«

»Schwierigkeiten?«, fragte Mei.

»Nein«, antwortete ich. »Na ja, wahrscheinlich nicht.«

»Erklären«, forderte Angie.

Ich ergriff stattdessen das Handy und ging dran. »Hi, Gran.«

Sie räusperte sich und ließ mich warten. Weil die Frau nach wie vor genau wusste, welche Knöpfe sie bei mir drücken musste. Das Alter hatte sie kein bisschen milde gestimmt. »Norah, gibt es etwas, was du mir sagen willst?«

»Ähm, ja. Äh …«

»Hier bei mir ist ein netter junger Mann von der Presse, der mich um einen Kommentar zu der aufregenden neuen Beziehung meines geliebten Enkelkinds mit einem Superstar gebeten hat.«

»Verdammt«, murmelte ich noch einmal.

»Ungefähr so habe ich auch reagiert.«

Das hatte ich mir alles selbst zuzuschreiben. Sich zu drücken rächte sich immer. Das Leben mit all seinen Konsequenzen ließ sich eben nur selten in kleine, ordentliche, kontrollierbare Päckchen packen. »Es tut mir so leid, Gran. Ich wusste ja nicht, dass sie dich ausfindig machen würden. Und dann auch noch so schnell.«

»Wie ist ihre Adresse?«, wollte Angie wissen. »Ich schicke ihr sofort Security.«

»Sie steht in der Akte.« Mei stand auf und ging ins Büro.

»Ich habe ihr gerade erst eine neue Wohnung besorgt«, sagte ich.

»Wissen wir.«

Natürlich wussten sie das. Sie und ihre Privatdetektive. Ich holte tief Luft und atmete langsam wieder aus. »Gran, sie schicken dir jemanden, der dafür sorgt, dass du nicht wieder belästigt wirst. Tut mir schrecklich leid, dass das passiert ist.«

»Halt. Norah. Erklär mir, was los ist.«

»Also, ich habe jemanden kennengelernt. Ist das nicht toll?«

»Du hast gesagt, du hättest genug von Männern. Dass du dir eine Auszeit nimmst.«

»Schon«, räumte ich ein. »Aber gibt es da nicht diesen Ausspruch, dass Pläne das sind, was man macht, während das Leben passiert?«

»Und er ist Schauspieler«, sagte sie.

»Ja. Patrick Walsh. Er ist nett. Eher ruhig … Du weißt schon, der starke, schweigsame Typ Mann. Ich glaube, du würdest ihn mögen.«

»Wann hast du ihn kennengelernt?«

»Vor ungefähr einer Woche wurde das zwischen uns ernst. Aber davor ist er schon eine ganze Weile regelmäßig ins Restaurant gekommen.« Zwar war das nicht die ganze Wahrheit, aber auch keine Lüge.

»Das ist nicht lang.«

»Nein, ist es nicht«, stimmte ich ihr zu. »Aber, ähm, wir lassen uns Zeit und lernen einander richtig kennen, wie reife, verantwortungsvolle Erwachsene. Allerdings bin ich vor einigen Tagen bei ihm eingezogen. Er hat ein schönes Haus in den Hügeln. Es hat einen Pool und so weiter. Tolle Kunstwerke überall und – «

»Du bist mit ihm zusammengezogen?«, blaffte sie. »Jetzt schon?«

»J-ja.«

»Das könnte man durchaus als überstürzt, wenn nicht gar dumm bezeichnen.«

»Was gemein, aber wahrscheinlich auch berechtigt wäre.«

»Hmm«, kam es von Gran. »Ich dachte, du hättest bei Mason deine Lektion gelernt, was passiert, wenn man vorschnell handelt.«

»Aber er ist nicht Mason. Er ist ein vollkommen anderer Mensch und hat mich noch kein einziges Mal darum gebeten, ihm meine Kreditkarte für eine ganz besondere, geheime Überraschung auszuleihen. Aber ja, ich verstehe, was du damit sagen willst.« Stirnrunzelnd dachte ich daran zurück. »Aber wenn Patrick nebenbei noch zwei Freundinnen und eine Verlobte hätte, hätte die Presse das mit Sicherheit inzwischen herausgefunden. Sie sind Tag und Nacht hinter ihm her.«

»Norah«, sagte sie tadelnd. »Nimm das nicht auf die leichte Schulter. Wie kannst du dir bei diesem Jungen sicher sein?«

»Dieser ›Junge‹ ist ein sechsunddreißigjähriger Mann. Und ich dürfte mit dreißig auch schon als erwachsen gelten. Manche würden sogar behaupten, dass ich in der Lage bin, meine eigenen Entscheidungen zu treffen.«

Sie schnalzte mit der Zunge. »Beantworte meine Frage.«

»Bitte, bilde dir nicht vorschnell eine Meinung über ihn. Er ist ein netter Mensch. Wirklich.«

»Anfangs scheinen sie doch alle nett zu sein.« Sie seufzte. »Ich möchte nicht, dass du verletzt wirst.«

»Und das weiß ich zu schätzen.«

»Und ich möchte auch nicht, dass du nach der Pfeife deiner Muschi tanzt.«

»Deine Wortwahl schockiert und verblüfft mich«, sagte ich. »Ich dachte, du wärest eine nette alte Dame.«

Sie schnaubte amüsiert.

»Ich muss Schluss machen. Kann ich dich später anrufen?«

»Du wirst zweifellos viel zu sehr damit beschäftigt sein,

ihm verliebt in seine hübschen blauen Augen zu starren, und mich darüber völlig vergessen.«

»Höchstwahrscheinlich.« Merke: Der Apfel fiel in puncto Sarkasmus bei mir nicht weit vom Stamm. »Du hast dich über ihn schlaugemacht, was?«

»Attraktiven Männern habe ich schon immer misstraut. Und er ist … Ach du lieber Himmel.«

»Ja, nicht wahr?« Ich lächelte. »Hab dich lieb, Gran.«

»Ich habe dich auch lieb. Bis dann. Und pass auf dich auf.« Sie legte zuerst auf. Gran war so Punk.

Angie und Mei beobachteten mich aufmerksam. Aber wenn sie eine Akte über mich hatten, wussten sie wahrscheinlich auch über meine katastrophale Vorgeschichte in Sachen Männer Bescheid.

»Er wollte deine Kreditkarte für eine besondere, geheime Überraschung leihen?«, fragte Mei, deren Stimme vor Verachtung troff.

»Ja.«

»Hast du sie ihm gegeben?«

»Nein«, sagte ich. »Das Limit war überzogen, weil ich mit einigen Rechnungen im Verzug war. Zum Glück. Bald darauf hat er mit mir Schluss gemacht. Wahrscheinlich war ich für seinen Geschmack nicht wohlhabend genug. Man kann niemanden um Geld betrügen, das gar nicht da ist. Dann hat mich eine Frau online kontaktiert und mir Fragen gestellt. So kam das mit seinen zahlreichen Freundinnen heraus.«

Mei stöhnte. »In der Vergangenheit einer Frau gibt es immer diesen einen Mistkerl, wegen dem man sich am liebsten untenrum zunähen würde.«

Das stimmte. Mein Problem war, dass ich mich so sehr danach gesehnt hatte, geliebt und akzeptiert zu werden, dass ich einige Dinge toleriert hatte, die ich mir vielleicht lieber nicht hätte gefallen lassen sollen. Wahrscheinlich lag das an der Abwesenheit meiner Eltern. Mein Vater war unbekannt und meine Mutter gestorben, als ich noch sehr jung gewesen war. Zahlreiche Ratgeber, Artikel und Psychotests im Internet hatten mich auf diese Lösung gebracht. Außerdem hatten sie mir bei meiner Entscheidung geholfen, beim Daten eine Pause einzulegen. Für eine Weile innezuhalten und nachzudenken.

Vielleicht hatten Patrick und ich doch ein paar Gemeinsamkeiten. Wir hatten Probleme damit, anderen zu vertrauen, und den Hang, uns abzusondern. Beides war nicht unbedingt von Vorteil.

»War der Sex denn so gut?«, fragte Angie, klang aber nur verhalten interessiert.

»Nein«, sagte ich, ohne zu zögern. »Genau da liegt das Problem. Deswegen musste ich lernen, bessere Entscheidungen zu treffen.«

Mei seufzte. »Sei nicht zu streng mit dir.«

»Die Liebe macht uns alle zu Idioten«, erklärte Angie und unterbrach sich kurz, um einen Schluck Wein zu trinken. »Und dort draußen laufen einige tollwütige Arschlöcher herum.«

Mei hielt ihr Handy hoch. »Ihr habt schon einen Pärchennamen bekommen. Ihr seid Natrick!«

»Natrick?«, fragte ich zweifelnd.

»Es könnte schlimmer sein«, meinte Angie.

»Du warst so ein süßer Teenager«, sagte Mei mit Blick

auf ihr Handy. »Du siehst in diesen abgeschnittenen Jeans so toll aus. Allerdings gehe ich nicht davon aus, dass du irgendjemandem Zugriff auf deine Fotos gewährt oder die Erlaubnis gegeben hast, sie zu teilen, und das ist echt übel.«

»Wahrscheinlich haben sie sie vom Social-Media-Kanal einer alten Schulfreundin«, sagte Angie. »Das musste so kommen. Heutzutage schwirrt doch unser aller Vergangenheit im Internet herum.«

»Und da bist du, wie du mit deinen Freundinnen unterwegs bist.« Mei lächelte. »Du siehst so fröhlich und entspannt aus.«

Angie gab einen undefinierbaren Laut von sich. »Wenn überhaupt, dann sieht sie betrunken aus.«

Meine Augenbrauen hatten sich in der Zwischenzeit immer weiter gehoben. Ich hatte geahnt, dass schwierige Momente auf mich zukommen würden. Augenblicke, in denen ich meine Entscheidung, diese Rolle zu spielen, bereuen würde. Ich hatte nur nicht gedacht, dass es so schnell gehen würde. »Heilige Scheiße. Die werden wirklich hemmungslos die Nase in meine Angelegenheiten stecken, oder?«

»Jep«, sagte Mei gleichmütig. »Aber Paddy ist es wert, nicht wahr?«

»Ja, genau.« Ich rang mir ein Lächeln ab. »Ist schon gut. Es geht mir gut. Patrick und ich sind sehr glücklich miteinander.«

Mei blinzelte mich nur an.

»Sie werden lediglich herausfinden, wie vollkommen durchschnittlich du bist. Das Mädchen von nebenan, das mit einem Superstar zusammengekommen ist«, sagte Angie. »Alle wichtigen Gossip-Seiten berichten über uns. Reiß dich zusammen, Norah. Das ist erst der Anfang.«

4. Kapitel

Die typische Hollywood-Liebesgeschichte enthielt ganz bestimmte Elemente. Zum Beispiel, bei einem Date in einem exklusiven, opulenten, teuren Restaurant gesichtet zu werden. Kronleuchter, Kristallweingläser und Leinentischdecken. Patrick hatte Mei sogar gebeten, die Tische, die unserer runden, samtbezogenen Sitznische am nächsten standen, zusätzlich zu reservieren, damit wir zumindest die Illusion von Privatsphäre hätten. Und derweil trotzdem für den Paparazzo sichtbar blieben, der sich geschickt im Garten vor dem Restaurant versteckt hatte. Irgendjemand hatte dafür, dass er ihn zwischen dem Grünzeug postiert hatte, bestimmt ein ordentliches Schmiergeld kassiert. Wenn man nicht genau wusste, wo man ihn suchen musste, war er nicht zu entdecken. Draußen hatte sich Patrick wieder so gut wie möglich zwischen mich und die Paparazzi gestellt. Es hatte die üblichen gebrüllten Fragen und blendenden Blitzlichter gegeben. Patrick hatte den Arm um mich gelegt und mich ins Restaurant bugsiert. Schwer zu sagen, ob er nur seine Rolle gespielt oder mich tatsächlich hatte beschützen wollen. Allerdings war Ersteres wahrscheinlicher.

»Also … Wie war dein Tag?«, fragte ich.

Patrick saß mir gegenüber, in einem schicken schwarzen

Anzug, unter dem er ein makelloses weißes Hemd trug, das am Hals aufgeknöpft war. Er hatte einen schönen Hals. Muskulös und breit. Zum Reinbeißen. Oh Mann. Ich und meine Gelüste.

»Gut«, war alles, was er antwortete.

»Schön. Was hast du gemacht?«

Ein andeutungsweises Stirnrunzeln erschien auf seinem Gesicht, verschwand jedoch gleich wieder. Als wäre er entrüstet darüber, dass ich es wagte, ihn derart zu verhören, sprich, einfach so ein Gespräch mit ihm anzufangen. Schließlich sagte er: »Ich habe die letzten PR-Termine für meinen neusten Film absolviert. Wir mussten einige Interviews geben.«

»Du und deine Filmpartner?«

»Ja.« Er spielte am Besteck herum. »Grant und ich.«

Ich nickte ermutigend. Wenn er von sich aus keine weiteren Informationen über die schönen Stunden, die er mit Livs Ehemann verbracht hatte, preisgeben wollte, würde ich auch nicht weiter danach fragen. Sie mussten allerdings höllisch unangenehm für ihn gewesen sein. Für sie beide.

»Außerdem hatte ich ein Meeting mit meinem Agenten.«

»Klingt nach einem arbeitsreichen Tag.«

»War es auch.«

Einer von uns musste mutig sein und mit den Berührungen anfangen. Also streckte ich den Arm über den Tisch und bot ihm meine Hand an. Nach kurzem Zögern ergriff er sie. Gegen seine große Hand wirkte meine zwergenhaft. Seine Haut war warm und ein wenig schwielig. Vermutlich vom vielen Fitnesstraining. Okay. Jetzt sahen wir schon pärchenhafter und romantischer aus. Angie würde zufrieden sein.

»Ich wurde oft nach dir gefragt«, sagte er. Er hatte eine schöne Stimme, tief und ein wenig rau.

»Was hast du gesagt?«

»Ich beantworte keine Fragen über mein Privatleben.«

»Ergibt Sinn.«

»Es würde merkwürdig wirken, wenn ich jetzt plötzlich damit anfinge.«

Zwischen uns flackerte eine Kerze, im Hintergrund lief stimmungsvoll-hypnotische Musik, und die gedämpften Gespräche der anderen Gäste erfüllten den Raum. Ich konnte ihre neugierigen Blicke spüren. Die Leute schauten Patrick generell gern an. Taten gern irgendwelche Dinge für ihn. Der Anhang von jemandem wie ihm zu sein war, gelinde gesagt, interessant. Als Kellnerin wurde man nicht angeschaut. Nicht richtig. Man war austauschbar. Existierte, um eine Funktion zu erfüllen und anschließend vergessen zu werden. Natürlich gab es immer Ausnahmen. Das betrunkene Arschloch, das auf Ärger aus war, oder den Idioten, der sich für charmant hielt. Doch aus dieser relativen Unsichtbarkeit herausgeholt zu werden und sich plötzlich derart im Rampenlicht wiederzufinden war schon der Hammer.

Ich griff mit der freien Hand nach meinem Glas und trank einen Schluck von meinem Basilikum Gimlet. Als ich mir anschließend die Lippen leckte, folgte er der Bewegung mit den Augen, bevor er sich wieder aufs Stirnrunzeln verlegte. Interessant. Bislang hatte ich nicht den

Eindruck gehabt, dass er mich in sexueller Hinsicht als weibliches Wesen wahrgenommen hatte. Aber wahrscheinlich hatte das nichts zu bedeuten. Wem wollte ich etwas vormachen?

»Möchtest du probieren?«, fragte ich und bot ihm den Drink an. »Gimlets sind tolle Cocktails. Hervorragend geeignet, um Skorbut vorzubeugen.«

»Nein. Danke.«

»Okay.«

»Was hast du heute gemacht?«, fragte er und legte die Stirn in noch tiefere Falten.

Ich beugte mich zu ihm und lächelte. »Ich habe zusammen mit der Stylistin ein Outfit für heute Abend ausgesucht und ein Buch gelesen und meine Freundin Zena angerufen und mich bemüht, deiner Reinigungskraft nicht im Weg zu stehen. Das war es eigentlich. Ich bin es nicht gewohnt, so viel Freizeit zu haben. Es ist interessant, einen Gang herunterzuschalten. Da ich nun genug Zeit und Geld habe, werde ich vielleicht sogar ein paar Onlinekurse belegen.«

»Das ist ein hübsches Kleid.«

»Danke.«

Es war ein schwarzes Midikleid mit kurzen Puffärmeln, V-Ausschnitt und geraffter Taille. Elegant, ohne auffällig zu sein. Genau richtig für die Durchschnittsfrauen/Mädchen-von-nebenan-Rolle, die ich spielte. Und zusammen mit den schwarzen Wildlederpumps mit Blockabsatz von Louboutin hatte ihn mein Outfit ein kleines Vermögen gekostet. Mein gesträhntes Haar war zu Beachwaves gestylt und mein Lippenstift war rot. Alles in allem fühlte ich mich … meiner Aufgabe gewachsen. Nein, falsch. Ich fühlte mich absolut fantastisch. Wäre der Mann bei Verstand gewesen, hätte er sich mir zu Füßen geworfen und mich angebetet.

Leider Gottes tat er es nicht. Stattdessen verzog er das Gesicht, als würde mir ein Kompliment zu machen oder auch nur mit mir zu sprechen ihm körperliche Schmerzen bereiten. »Ich meine, du siehst insgesamt hübsch aus. Nicht nur das Kleid.«

»Vielen Dank. Du siehst auch gut aus. Sehr stattlich.«

Einen Augenblick lang starrte er mich nur an und drückte mir schließlich statt einer Antwort sanft die Finger. Na, wenigstens etwas.

»Ich kann mich gar nicht mehr entsinnen, wann ich zum letzten Mal mit jemandem Händchen gehalten habe«, sagte ich.

»Nicht?«

Ich schüttelte den Kopf. »Nach ungefähr einem Jahrzehnt voller fragwürdiger Entscheidungen habe ich im zurückliegenden Jahr erst mal eine Dating-Pause eingelegt. Ich finde, Onlinedating hat dem Ganzen die Seele geraubt. Aber wie soll man andererseits jemanden kennenlernen?«

Nichts von ihm.

»Aber für jemanden wie dich ist das vermutlich kein Problem.«

»Gewöhnlich nicht.«

Ich lächelte und wartete darauf, dass er noch etwas sagte. Ganz egal was. Aber nada. Und genau das war das Problem bei unserer Fake-Beziehung. Nun ja, eines der

Probleme. Sein Widerwille, irgendetwas Persönliches über sich selbst oder sein Leben oder was auch immer preiszugeben. Diesen Mann besser kennenzulernen war nahezu unmöglich. Sollte ich eines Tages über ihn interviewt werden, könnte ich nur so etwas sagen wie: »Er scheint ganz nett zu sein, sieht sehr gut aus, hat ein tolles Haus.« Und das wäre es dann auch schon.

Die Kellnerin stellte uns ziemlich feierlich unser Essen hin. Und sie warf eindeutig ein Auge auf mein Date. Patrick dankte ihr, ließ meine Hand los und breitete sorgfältig die Leinenserviette auf seinem Schoß aus, bevor er einen Schluck von seinem Rotwein trank.

»Wie sieht deines aus?«, fragte ich und spähte über die Kerze und den Blumenschmuck in der Tischmitte hinweg. »Wow, sind das Grünkohlchips?«

Er steckte sich einen in den Mund und kaute. »Ja.«

»Aha.«

Sein Mundwinkel zuckte. »Wie ist deines?«

»Was ich da mache, kann man schon fast als Essens-Mobbing bezeichnen, oder? Ständig nörgele ich an deiner gesunden Ernährung herum. Ich sollte mich schämen.« Ich versuchte, mir etwas Nettes einfallen zu lassen, was ich sagen könnte. Gar nicht so einfach. »Dein Hähnchen scheint gut gewürzt zu sein.«

Er sah mich schweigend an.

»Ich habe Steak mit Brokkolini und raffinierten hausgemachten Pommes. Handgeschnittene Kartoffelperfektion.« Ich hielt eine hoch und zeigte sie ihm. »Sieh dir nur dieses Prachtstück an, Patrick. Das ist die wahrscheinlich teuerste Fritte der ganzen Stadt.«

»Gib her.«

»Wenn du mich so nett darum bittest.«

Ich schob all meine Bedenken beiseite und tat es einfach. Diese kitschig-romantische Sache. Ich streckte den Arm aus und hielt ihm meine Fritte mit den Fingern hin.

Kurz zeichnete sich Verblüffung auf seinem Gesicht ab. Dann, nach kurzem Zögern, beugte er sich vor und nahm sie mit seinem Mund. Tief in meinem Bauch regte sich ein sinnliches Kribbeln. Kaum zu glauben, dass er mir tatsächlich auf halbem Wege entgegengekommen war. Lieber Himmel, selbst ein Forscher, der es geschafft hatte, ein wildes Tier zu lehren, Nahrung aus der Hand anzunehmen, hätte nicht begeisterter sein können, als ich es in diesem Augenblick war. Ich hatte es irgendwie fertiggebracht, einen paranoiden, emotional verschlossenen Frauenschwarm zu zähmen.

Zumindest ein wenig. Und eigentlich waren wir ja nicht mal wirklich zusammen.

»Ist das derjenige, für den ich ihn halte? Links von mir, einige Tische weiter hinten?«, fragte ich und schnitt mir etwas von meinem Steak ab.

Patrick sah auf und nickte. »Ja.«

»Meine Großmutter liebt seine Filme.«

»Er ist einer der ganz Großen. Als ich noch auf der Highschool war, habe ich mir oft seine Filme angeschaut. Er ist einer derjenigen, die mich dazu inspiriert haben, Schauspieler zu werden.« Er sah sich mit plötzlich erwachtem Interesse im Raum um. »Der andere da bei ihm am Tisch ist ein oscarprämierter Regisseur. Und weiter vorne sitzen einige namhafte Produzenten und ein Popstar.«

»Wow. Ich sehe noch einen bekannten Influencer und einen weltbekannten Gitarristen mit seiner Lebensgefährtin. Dieses Restaurant ist ganz schön beliebt.«

»Hmm«, machte Patrick.

»Wir sind von lauter Showbiz-Größen umgeben.«

Wieder blitzten seine Augen amüsiert. »Wir sind von lauter Egos umgeben.«

»Das auch. Meinst du, die Leute kommen des Essens wegen her oder um gesehen zu werden?«

»Ein wenig von beidem«, sagte er. »Genau wie bei uns.«

Ich steckte mir eine Fritte in den Mund, kaute, schluckte und grübelte dabei die ganze Zeit angestrengt nach. Weil ich eben eine total begabte Multitaskerin war.

»Weißt du, was? Mir ist gerade aufgefallen, dass wir im Falle einer wirklichen leidenschaftlichen Romanze wahrscheinlich nicht an gegenüberliegenden Seiten des Tisches sitzen würden.«

Er hatte gerade einen Schluck Wein trinken wollen, erstarrte nun jedoch mitten in der Bewegung.

»Wir würden es nicht dulden, auf so grausame und unnötige Weise voneinander getrennt zu sein.«

Er stellte sein Getränk ab.

»War nur so ein Gedanke.«

Patrick sammelte bedächtig sein Besteck ein, nahm seinen Teller und platzierte alles auf meiner Seite der Sitznische. Gleich darauf folgten sein Weinglas und seine Serviette. Dann schob auch er sich behutsam über die Sitzbank, bis er schließlich neben mir saß.

»Wie ist das?«, fragte er.

Ich sah ihn liebevoll an. Weil das mein Job war.

»Du kannst das viel besser als ich.«

»Du kriegst den richtigen Dreh auch noch raus«, sagte ich und griff wieder nach einer Fritte. »Ich bin *möglicherweise* ein Mensch, der häufig zu viel über alles nachdenkt. Insbesondere, wenn es um das andere Geschlecht, Dates oder Beziehungen geht. In diesem Fall könnte sich das als hilfreich erweisen.«

»Ja, so ist es.«

»Wenn ich es jetzt noch schaffen würde, mein Wissen über alte Songtexte und meine Fähigkeit, aus *Girls Club* zu zitieren, zu Geld zu machen, hätte ich ausgesorgt.« Ich deutete mit einer Fritte auf ihn, um meiner nächsten Bemerkung mehr Nachdruck zu verleihen. »Mir ist übrigens noch etwas aufgefallen.«

»Und was?«

»Mindestens eine von den Pflanzen, zwischen denen unser Fotograf steht, ist ein Brotpalmfarn. Höllisch stachelig. Das ist bestimmt nicht angenehm für ihn.«

Diesmal wurde ich definitiv Zeugin, wie er sich das Grinsen verkniff. »Weißt du, was, Norah? Das stört mich eigentlich überhaupt nicht.«

»Ich werde deine Entscheidung respektieren und dich nicht dazu verführen, zu sündigen. Aber du gibst mir Bescheid, wenn du trotzdem Interesse hast, okay?«, sagte ich und ließ meine Gabel über dem Heidelbeergalette mit Vanilleeis schweben.

Patrick hatte sich zurückgelehnt, den Arm hinter mir

auf die Oberkante der Lehne gelegt und wirkte wie der Inbegriff von Gelassenheit. Unsere Knie waren keine zwei Zentimeter voneinander entfernt. Aus irgendeinem Grund war mir dieser Umstand immens wichtig. Ich war erstaunt darüber, wie entspannt er in dieser Umgebung war. Milliardäre, Geschäftsleute und andere Stars und Sternchen waren anwesend, und das war ihm völlig egal. Obwohl, eigentlich war er ja einer von ihnen. Er saß hier unter seinesgleichen.

»Ich glaube dir nicht«, sagte er schließlich und schwenkte den letzten Rest seines Rotweins im Glas.

»Was glaubst du mir nicht?«

»Dass du bereitwillig diesen Nachtisch teilen würdest.«

Ich musste lachen.

»Sieh dich doch nur an, wie du über deinem Teller kauerst und die Gabel hältst, als würdest du im selben Augenblick, in dem ich mich ihm auch nur nähere, damit auf mich einstechen wollen.«

»Also, erstens schmeckt er wirklich gut, und ich möchte eigentlich gar nichts davon abgeben. Ich wollte nur höflich sein. Und zweitens: Du hast gerade einen Witz gemacht.« Ich lächelte. »Zwar ging er auf meine Kosten, was irgendwie gemein ist, aber ich werde es dir durchgehen lassen.«

Er nippte an seinem Wein.

»Du bekommst nicht mal mehr Angst, wenn ich mit dir rede. Zumindest heute Abend nicht.«

Er wandte kurz den Blick ab. »Vielleicht bin ich nach dem, was passiert ist, bei neuen Leuten etwas vorsichtig geworden.«

»Du meinst die Sache mit Liv.«

»Ja.«

Ich nickte und aß noch etwas von meinem himmlischen Gebäck. So lecker.

»Du willst mich noch immer nicht wegen der Einzelheiten löchern?«, fragte er. »Ich weiß genau, dass alle vor Neugier schier umkommen.«

Ich sah ihn nur an.

»Was ist?«

Ich legte die Gabel hin und schob meinen Teller beiseite. »Patrick, du erwartest ständig, dass ich das tue, und das ist ehrlich gesagt ziemlich kränkend. Natürlich wird jemand in deiner Position, der ein so zauberhaftes Leben führt, auf vielfältige Weise benutzt und ausgenutzt. Von Leuten, die von deinem Ruhm zehren, dir dein Geld abluchsen oder von deinen Verbindungen profitieren wollen und so weiter. Also, du kennst mich zwar nicht so gut, aber ich fände es nett, wenn du mir einen Vertrauensvorschuss gewähren würdest. Zumindest solange, bis ich etwas tue, das das Gegenteil beweist.«

Sein Stirnrunzeln kehrte verzehnfacht zurück. Er war so was von nicht happy.

»Ich will damit sagen, dass ich es schön fände, wenn wir Freunde wären. Aber natürlich ist das deine Entscheidung.«

Er seufzte. »Norah …«

»Ja, Patrick?«

»Sagst du immer so offen deine Meinung?«

»Das ist eine meiner charmanteren Eigenschaften.«

Sein Adamsapfel hopste auf und ab. Was seltsam attraktiv aussah. »Aha.«

»Obwohl meine Gran behauptet, dass ich mit einem perfekt funktionierenden Filter geboren wurde. Ich vergesse nur meistens, ihn zu benutzen«, erklärte ich. »Wahrscheinlich bin ich einfach lieber ehrlich, nenne die Dinge beim Namen und packe sie an. Verstehst du?«

Für einen Augenblick sagte er nichts. Dann kam ein: »Ja.«

»Ich bin nicht besonders gut darin, mich mit anderen anzufreunden«, gestand ich, weil mein Mund einfach keine Ruhe geben wollte. »Ich habe den Hang, zu viel oder die falschen Dinge zu sagen.«

Kein Kommentar seinerseits.

Okay. Ich hatte zu viel geredet und uns in eine peinliche Situation gebracht. Was nichts Neues war. Möglicherweise hatte ich mich ja ein klein wenig in meinen neuen Fake-Freund verguckt, was mich noch verunsicherter und redseliger werden ließ, als ich es ohnehin schon war. Aber wer konnte es mir verdenken? Wenn man bedachte, wie lange ich nun schon alleine war, hätte es wahrscheinlich gar nicht anders kommen können. Was mich jedoch nicht davon abhalten konnte, diese Gefühle zu ignorieren und zu leugnen.

Zeit, meinen Nachtisch zu Ende zu essen. Weil Prioritäten. Der Mann würde sagen, tun und denken, was immer er wollte. Daran konnte ich alles in allem kaum etwas ändern. Als ich schließlich meinen Teller praktisch sauber geleckt hatte, schob ich ihn fort und lehnte mich mit den Händen auf dem Bauch und einem zufriedenen Seufzer zurück. Leckeres Gebäck war an sich schon Lohn genug.

Dann fiel mir wieder ein, dass ich ja hier saß, um eine

Aufgabe zu erledigen. Und ich verhielt mich gerade nicht wie die liebestolle Närrin, die ich versprochen hatte, zu sein. Verflixt. Schicke Kleider tragen und in noblen Restaurants wie diesem speisen zu dürfen haute mich einfach um. Neben einem Mann zu sitzen, dessen Gesicht zahllose Werbetafeln und Magazincover geziert hatte, war unglaublich. Das hier war wirklich das größte Abenteuer meines Lebens. Aber ich musste in Sachen Freundin dringend liefern.

Also wandte ich mich mit einem glückseligen Lächeln zu Patrick um. Einem Lächeln, das besagte: Du bist mein Ein und Alles und noch viel mehr. »Wie geht es dir?«

»Gut.«

»Mochtest du den Wein?«

»Ja.«

»Und das Essen?«

»Klar«, sagte er.

Fantastisch. Jetzt waren wir wieder bei Einsilbern angekommen.

Gerade, als ich gedacht hatte, er würde sich langsam in meiner Gegenwart wohlfühlen. Nachdem er sich gestern Abend und auch heute tagsüber nicht hatte blicken lassen, konnte es eigentlich nicht daran liegen, dass er von meiner Gesellschaft schon übersättigt war. Wir verbrachten ziemlich viel Zeit voneinander getrennt. Wirklich schade, dass die Zeit, die wir zusammen verbrachten, nicht angenehm sein konnte. Oder angenehmer. Denn alles in allem war dieser Abend nicht direkt schlimm oder so. Obwohl ich mal wieder übertrieben ehrlich gewesen war und dadurch Peinlichkeiten heraufbeschworen hatte.

»Weißt du«, sagte ich, »wenn ich zu viel rede, darfst du mich gern jederzeit darauf hinweisen.«

Zwischen seinen Augenbrauen erschien eine kleine Furche. »Das tust du nicht.«

»Bist du dir sicher?«

Seine Miene war so ernst, wie es nur ging. »Ja. Hör mal, Norah … Ich weiß nicht, wie ich es ausdrücken soll.«

»Sag mir einfach, was du auf dem Herzen hast.«

»Ehrlich?«

»Glaub mir, Patrick. Ich bin nicht daran interessiert, irgendwelche Lügen zu hören zu bekommen.«

Er holte Luft. »Na gut. Die Wahrheit lautet, dass es mir peinlich ist, dich hierfür bezahlen zu müssen. Dafür, dass du vorschützt, mit mir zusammen zu sein, damit dieser Schlamassel ein Ende hat. Ich finde es ehrlich gesagt zum Kotzen.«

»Oh mein Gott.« Mir stand der Mund offen. »Deswegen warst du also die ganze Zeit so miesepetrig?«

»Also, *miesepetrig* würde ich es nun nicht nennen.«

»Ich schon. Und ich möchte dir bestimmt nicht vorschreiben, wie du zu empfinden hast, aber es muss dir wirklich nicht peinlich sein«, versicherte ich. »Ich habe keine Ahnung, was zwischen dir und Liv und Grant passiert ist. Aber weißt du, was? Es geht mich auch gar nichts an. Und du kannst Gift darauf nehmen, dass ich dich nicht danach beurteilen werde, was irgendwelche Klatschseiten im Internet über dich schreiben.«

»Soso, das wirst du nicht?«

»Nein. Ich werde dich anhand dessen beurteilen, wie du mich behandelst.«

Seine Miene wurde nachdenklich. »Okay. Damit kann ich leben.«

Nach dieser kleinen Enthüllung herrschte erst einmal ein merkwürdiges Schweigen zwischen uns.

»Ich will ja nicht angeben«, sagte ich schließlich, »aber ich habe es tatsächlich geschafft, mich während des kompletten Essens nicht zu bekleckern.«

Er setzte sich auf und legte die Hand an mein Kinn. Sein Blick schien plötzlich merkwürdig intensiv zu sein. »Nicht ganz. Du hast Zucker an den Lippen.«

»Ja?«

»Ja«, bestätigte er und rieb mit dem Daumen über den besudelten Körperteil. Dann steckte er den Daumen in den Mund und lutschte den Zucker ab. Einfach so. Dreist.

Wir waren uns jetzt unglaublich nah. Nur noch wenige Zentimeter trennten unsere Gesichter voneinander. Ich war mir nicht ganz sicher, wie und wann es dazu gekommen war, doch er zog sich nicht zurück oder wich mir aus. Seine ungeteilte Aufmerksamkeit zu haben war ... beunruhigend. Genau wie die Tatsache, dass meine Vulva plötzlich gleißend zu erstrahlen schien wie ein hell erleuchtetes Stadion. Obwohl sie es eigentlich hätte besser wissen müssen. Das hier war rein beruflich. Ausgerechnet jetzt kam sie auf die Idee, erregt zu sein. Derlei Regungen waren im Zusammenhang mit Patrick Walsh böse und falsch, und dessen hätten sich all meine Körperteile bewusst sein müssen.

»Süß«, murmelte er.

»Ja, das ist Zucker normalerweise«, erwiderte ich flüsternd. Weil ich eine Idiotin war.

Zum Glück war ich eine Idiotin, die er unterhaltsam fand, denn er schenkte mir tatsächlich ein leichtes Lächeln. Gute Güte. Es war wunderschön. Die Welt um uns herum verschwand, bis es nur noch ihn und mich gab. Und den Fotografen in der Hecke, weil business as usual.

»Wie wahr«, sagte er.

Um die ganze Situation noch schlimmer zu machen, öffnete ich den Mund und sagte genau das, was mir durch den Kopf ging. »Du hast mich noch nicht geküsst. Vermutlich solltest du das tun. Für den Fotografen und so weiter ... Du weißt schon.«

Was für eine fantastische grottenschlechte Idee. Ich war so ein genialer Volltrottel.

Zum Beweis, dass er weitaus cooler und lässiger war als ich, sagte er nichts, sondern neigte den Kopf und presste seine geschlossenen Lippen zu einem keuschen, süßen und nicht gerade kurzen Kuss auf meinen Mund. Sein warmer Atem strich über meine Lippen, und die Hitze, die sein Körper ausstrahlte, war überwältigend. Seine Nähe hatte unbestreitbar eine immense Wirkung auf mich. Er war unwiderstehlich. Ich verflocht die Finger auf meinem Schoß, sehnte mich danach, ihn zu berühren, wagte jedoch nicht, etwas zu unternehmen.

Und dann war es vorbei. Er lehnte sich zurück und nahm all seine Wärme mit. Ich zitterte derweil am ganzen Körper. Mein Hirn hatte abgeschaltet. Ich war völlig geschockt. Was merkwürdig war. Küsse waren ja ganz nett, aber normalerweise hatten sie keine derart verheerende Wirkung auf mich.

Nebenbei bemerkt hatte ich mich geirrt. Wenn es erforderlich war, konnte Patrick Walsh verdammt gut schauspielern. Mein momentaner Zustand war der beste Beweis dafür.

»Vielleicht solltest du das mal als Kosenamen ausprobieren«, plapperte ich drauflos. »Zuckerschnute.«

»Zuckerschnute?«, fragte er und dachte kurz darüber nach, indem er prüfend mein Gesicht betrachtete – mit durchdringenden Blicken, für die ich keinesfalls gewappnet war. Nicht nach diesem Kuss. Dann schüttelte er den Kopf. »Nein.«

»Ähm. Okay.« Ich setzte mich gerade hin und nahm mich zusammen. »Zeit, zu gehen?«

»Ja.« Er wandte sich ab. »Gehen wir.«

5. Kapitel

Nach dem Aufwachen brauchte ich immer einen Moment, um mich zu erinnern, wo ich mich befand. Ich lag ausgestreckt in der Mitte eines luxuriösen weißen Betts, das in einem Zimmer stand, das einer Einrichtungszeitschrift zu entstammen schien. Genau wie im Rest des Hauses war das Interieur ein Designmix aus Jahrhundertmitte und Moderne, teuer und gleichzeitig minimal und außerdem mit vielen coolen Kunstgegenständen akzentuiert. Dazu kam noch die Aussicht, die man durch die Glastüren auf die Stadt hatte. Heute lag über ihr nur leichter Smog. Nicht schlecht.

Das gestrige Abendessen war … interessant gewesen. Ich wusste noch immer nicht, ob ich mich dafür, dass ich ihn um einen Kuss gebeten hatte, loben oder in den Hintern treten sollte. Wie üblich war Patrick direkt, nachdem wir nach Hause gekommen waren, verschwunden. Und das hieß *direkt* nach unserer Ankunft. Deswegen hatte ich mich bettfertig gemacht und mit einem neuen Buch angefangen: *Act Like It* von Lucy Parker. Meine Träume waren teils unanständig, teils merkwürdig gewesen.

Die Sexpause im zurückliegenden Jahr hatte sich als weniger schwierig erwiesen als gedacht. Schließlich wusste ich mit Toys umzugehen, und außerdem hatte ich eine

Auszeit von diesem ganzen Männerschwachsinn gebraucht. Doch Patrick so nahezukommen, verkomplizierte alles. Trotz all unserer Lügen war mein Verlangen nach diesem Mann echt. Aber natürlich konnte ich mich beherrschen. Selbstverständlich konnte ich das. Es war nur seit langer Zeit nicht mehr nötig gewesen.

Manche fanden es vielleicht deprimierend, dreißig zu werden. Das Gefühl, seine Zwanziger und damit auch seine vorgebliche Jugend hinter sich zu lassen, konnte heftig sein. Doch bei mir hatte es sich letztlich dahingehend geäußert, dass mir plötzlich vieles scheißegal geworden war, inklusive der Männer. Kaum zu glauben, wie viel leichter sich plötzlich alles angefühlt hatte, nachdem ich die Dating-Apps von meinem Handy gelöscht hatte. Ich hatte dieses Ideal von einer festen Beziehung und einer dynamischen Karriere einfach aufgegeben und mich stattdessen darauf konzentriert, zu lernen, mit mir selbst im Hier und Jetzt glücklich zu sein. Zwar arbeitete ich noch immer an mir, aber das war in Ordnung.

Wie dem auch sei.

Die Sammlung an SMS, E-Mails und Nachrichten auf meinem Handy war über Nacht weiter angewachsen. Die sozialen Medien waren eine unerbittliche Bitch. Gran hatte noch nie viel darauf gegeben, was andere über sie dachten, und ich versuchte, ihrem Vorbild nachzueifern, was jedoch nicht immer leicht war. Unter den DMs befanden sich boshafte Kommentare über mich, vereinzelte Drohungen von durchgeknallten Fans, Nacktbilder von Frauen, die sich sicher waren, ihn glücklicher machen zu können als ich, und so weiter. Da ich ein weibliches

Wesen war, hatte ich mich inzwischen daran gewöhnt, hin und wieder ungebeten Dickpics geschickt zu bekommen. Doch diese Flut an Muschis und Brüsten war gleichzeitig ungewohnt und befremdlich. Keine Ahnung, was sie damit zu erreichen hofften. Vielleicht, dass mein Selbstbewusstsein so sehr erschüttert würde, dass ich ihre Fotos und Telefonnummern an Patrick weitergab? Oder dass ich einfach aufgab und nach Hause ging?

Die Nachrichten von meinen Fans dagegen waren nett. Natürlich fühlte es sich total komisch an, überhaupt Fans zu haben. Ich hatte nichts Bemerkenswerteres getan, als einen Prominenten zu daten. Wahrscheinlich gefiel es ihnen einfach, inmitten dieses ganzen Spektakels einen Normalo wie mich zu sehen. Wie traurig war es bitte schön für unsere Gesellschaft, dass eine Frau mit Kurven und gelegentlichen Bad Hair Days noch immer als Novum betrachtet wurde? Allerdings war mir deutlich bewusst, was für ein wahr gewordener Traum es war, von der Mindestlohn-Plackerei in dieses Luxusleben aufzusteigen. Vielleicht mochten sie mich deswegen. Oder zumindest die Person, die sie in mir sahen.

Ich hatte Anfragen für Interviews und das Angebot, eine Kolumne mit Beziehungsratschlägen zu schreiben. Nein, danke. Selbst an guten Tagen wusste ich kaum, was ich tat. Und Patricks neue Partnerin hielt sich laut Angies Anweisungen lieber bedeckt. Abgesehen von unseren strategischen öffentlichen Auftritten in der Stadt selbstverständlich.

Lug und Trug konnten eine ganz schön komplizierte Angelegenheit sein.

Entsprechend ignorierte ich alle Nachrichten auf meinem Handy – außer denen von Mei mit den Betreffzeilen »Dringend« und »Tut mir leid«. Und von da an ging es steil bergab.

Da Patricks Schlafzimmertür noch immer geschlossen war, klopfte ich an. Nichts geschah. Vielleicht, weil ich so leise geklopft hatte, dass nur jemand mit superscharfen Ohren es hätte hören können. Mein Magen verkrampfte sich und meine Schultern sackten nach unten. Die Scham und der Zorn, mit denen ich innerlich kämpfte, machten mich stinksauer.

Ich klopfte noch einmal. Diesmal mit Nachdruck.

Gleich darauf stand Patrick vor mir. Er hatte lediglich ein Handtuch um die Hüften gewickelt und war noch nass von der Dusche. Unter den gegebenen Umständen konnte ich diesen Anblick jedoch leider nicht genießen.

»Norah«, sagte er, sein Stirnrunzeln an Ort und Stelle. »Was ist passiert?«

»Du hast noch nicht mit Angie gesprochen oder einen Blick aufs Handy geworfen?«

»Nein. Noch nicht. Warum?«

Ich hatte mir die Zeit genommen, alte Jeans und ein verwaschenes Tanktop überzuziehen – nicht gerade Kleidung, in der Patricks neue Partnerin gesehen werden sollte, aber wer wusste schon, wie lange ich diese Rolle überhaupt noch spielen würde? Und ich brauchte die tröstliche Wirkung des Vertrauten. Weiche Baumwolle und schöne Erinnerungen. Außerdem war das hier definitiv nicht der richtige Augenblick für einen Pyjama.

Ich ballte die Hände fest zu Fäusten. »Ein Foto ist aufgetaucht. Es wurde vor fünf Jahren aufgenommen. Es zeigt mich und einen Typen, mit dem ich damals zusammen war.«

Er blinzelte mich nur fragend an.

»Man sieht nicht allzu viel ... Ich meine, man sieht ein bisschen Brustwarze, die vom Laken nicht ganz verdeckt wird. Aber hauptsächlich Dekolleté, wenn du verstehst?« Ich wandte mich ab. »Es war nur privat, für ihn und mich. Nur ein launiger Schnappschuss aus dem Schlafzimmer. Das sollte nie jemand zu sehen bekommen.«

Sein Stirnrunzeln verwandelte sich in eine finstere Miene.

»Mir ist klar, dass das deinen Plan, deine Reputation wiederherzustellen und so weiter, durchkreuzt. Diese verfluchten Internettrolle lieben einfach Dramen«, sagte ich. *Patricks Neue und ihre schlüpfrige Vergangenheit.* Arschlöcher. Als hätten die niemals Nacktbilder von sich gemacht. Oder vielmehr ein teilweises Nacktbild.«

Noch immer keine Reaktion seinerseits.

»Jedenfalls habe ich, ähm, etwas von dem Geld ausgegeben –«

»Stopp«, knurrte er. »Irgendein Arsch hat entweder ein Foto von dir gestohlen oder ohne deine Einwilligung veröffentlicht. Entsprechend fällt das unter Racheporno oder Diebstahl.«

»Ja.«

»Du musst kochen vor Wut.«

»Im Augenblick würde ich wirklich gern irgendwas abfackeln.«

Sein Blick war voller Mitgefühl. Was die denkbar schlimmste Reaktion war, weil ich auf keinen Fall losheulen wollte. Genau wie er gesagt hatte, war das ein Augenblick für gerechten Zorn. Nicht für verzweifelte, blöde, nutzlose Tränen.

»Ich ziehe mir etwas an, und dann schaffen wir das aus der Welt«, sagte er.

»Okay.«

Es war eine Lüge gewesen. Wir schafften das Ganze nicht aus der Welt. Hauptsächlich weil er, sobald er sich angezogen und das Telefonat mit Angie beendet hatte, die Flucht ergriff. Mistkerl. Männer waren das Letzte.

»Es war nur für den Privatgebrauch bestimmt«, erklärte ich, nicht zum ersten Mal am heutigen Tag. Dass dieses Foto aufgenommen worden war, ging verdammt noch mal niemanden etwas an. Absolut niemanden.

Ich hatte mit einem Kaffee auf dem Sofa gesessen und mich selbst bemitleidet, als Mei eingetroffen war. Dann hatte Angie angerufen und verlangt, auf laut gestellt zu werden. Und danach war es losgegangen.

»Wie willst du das handhaben?«, wollte Mei wissen.

»Ich weiß es nicht.«

»Möchtest du, dass ich Patricks Detektiv anrufe, damit er versucht, herauszufinden, unter welchen Umständen das Foto an die Öffentlichkeit gelangt ist?«, fragte Angie.

»Es ist schon Jahre her, dass ich mit diesem Typen auch nur ein Wort gewechselt habe«, antwortete ich. »Außerdem waren wir höchstens zwei Monate zusammen. Ich habe keine Ahnung, ob er das Foto verkauft oder aus Spaß gepostet hat oder was zum Teufel sonst gewesen ist.«

»Okay«, sagte Angie.

Ich verbarg das Gesicht in meinen Händen. »Ich möchte nichts unternehmen, was anderer Leute Geld oder Detektive oder Anwälte involviert, bevor wir wissen, was er will.«

Mit *er* war Patrick gemeint. Der Mann, der von der Bildfläche verschwunden war.

»Nun, Patrick ist unterwegs und geht nicht ans Handy. Vorerst entscheidest also du, was wir unternehmen sollen«, sagte Angie, was angesichts meiner Vertragsbedingungen ziemlich großmütig von ihr war.

Mein Fake-Freund hatte mich im Stich gelassen. Keine fünf Minuten, nachdem er von der ganzen Situation erfahren hatte, war er angezogen und aus der Tür gewesen. Weg. Das hatte fast noch mehr geschmerzt als der Umstand, dass meine rechte Brust öffentlich vor einem nicht besonders wohlwollenden Publikum entblößt worden war. Ich hatte Gran eine Nachricht geschrieben und ihr versichert, dass die Situation unter Kontrolle wäre. Was eine unverfrorene Lüge war.

Es war noch nicht mal elf Uhr, und meine ganze Welt war offiziell am Arsch.

»Es ist meine Brustwarze«, grummelte ich. »Entsprechend sollte es auch meine Entscheidung sein.«

Mei nickte. »Und das ist auch alles, was auf dem Foto zu sehen ist. In Sachen geleakte Nacktfotos und Sextapes eigentlich ziemlich harmlos.«

»Man sieht eigentlich nur Dekolleté und zerzauste Haare«, stimmte Angie zu. »Wir können mit Entrüstung über den Eingriff in deine Privatsphäre reagieren. Oder du könntest das Ganze einfach ignorieren oder es ins Lächerliche ziehen. Du hast verschiedene Möglichkeiten.«

»Einige prominente Persönlichkeiten haben gegengesteuert, indem sie ein eigenes, geschmackvolles Nacktfoto veröffentlicht haben, um die ganze Situation wieder selbst kontrollieren zu können«, sagte Mei. »Damit hatten sie zumindest das letzte Wort.«

»Lieber nicht.«

»War ja nur eine Idee.« Mei zuckte mit den Schultern. »Du darfst nicht vergessen, dass so etwas in dieser Stadt ständig passiert. Deine Lage ist weder neu noch ungewöhnlich. Es ist zwar total übel, dass das passiert ist, aber dieser Mist macht dich trotzdem nicht aus.«

»Vielen Dank«, murmelte ich.

»Das stimmt«, pflichtete Angie ihr bei. »Und zumindest haben wir jetzt die allgemeine Aufmerksamkeit.«

»Toll. Das bedeutet aber noch lange nicht, dass Patrick nach alldem noch etwas mit mir zu tun haben will.« Ich legte den Kopf an die Lehne der weißen Couch und starrte zur Decke. Ich fühlte mich so mies und zornig wie noch nie zuvor. Oder zumindest wie schon seit Langem nicht mehr. Ich war auf ein Paar Brüste und eine Pointe reduziert worden. Auf einen Klatschspaltenskandal und ein Sexualdelikt. Es war wirklich das Letzte, wie widerwärtig sich die Menschen online aufführten.

»Ich weiß nicht recht.« Mei schüttelte den Kopf. »Patrick hat dich wirklich gern.«

Ich rümpfte die Nase. »Woher willst du das wissen?«

»Vertrau mir. Ich arbeite schon seit Jahren mit ihm zusammen. Er hält normalerweise selten länger durch als bis zum zweiten Date und lässt erst recht niemanden in sein Haus.« Mei tätschelte meine Schulter. »Wie immer ihr auch zueinander steht, Norah, er hat entschieden, dass es weitergehen soll. Er will dich hier haben. Du solltest die Bedeutsamkeit dieses kleinen, aber entscheidenden Punkts nicht unterschätzen.«

»Hmmm.«

»Möchtest du vielleicht einen Schnaps oder einen Kaffee?«

»Nein«, lehnte ich seufzend ab. »Vielen Dank.«

Mei lächelte. »Im Grunde hat so ziemlich jeder unter achtzig, der ein Handy besitzt, irgendwann schon mal Nacktbilder gemacht. Und diese ganzen prüden Arschlöcher, die jetzt Empörung heucheln, können uns mal kreuzweise.«

Es war schön, Mei auf meiner Seite zu wissen. Selbst wenn sie dafür bezahlt wurde. Ich hatte schon vor langer Zeit den Kontakt zu meinen Freunden aus Collegezeiten verloren. Und Freundschaften, die man auf der Arbeit schloss, tendierten dazu, sich in Wohlgefallen aufzulösen, sobald die andere Person oder man selbst den Job wechselte. In den sozialen Medien waren wir alle praktisch wie Schiffe, die in der Nacht aneinander vorbeizogen. Obwohl es den Anschein hatte, dass wir Kontakt hielten und miteinander kommunizierten, waren unsere Beziehungen ehrlich gesagt ziemlich oberflächlich.

»Ich habe meinem ersten Mann mal ein Foto von mir

geschickt, auf dem ich nackt einen Handstand mache«, berichtete Angie. »Zu unserem Hochzeitstag. Er meinte, es wäre das beste Geschenk gewesen, das er jemals bekommen hat.«

»Das ist fantastisch«, sagte Mei.

Schwere Schritte an der Tür kündigten Patricks Rückkehr an. Ich war schon im Begriff, aufzuspringen, um mich noch einmal zu entschuldigen, hielt mich aber zurück. Nein, nichts da. Das alles war nicht meine Schuld, und ich hatte nichts Verwerfliches getan. In Wahrheit war mir Unrecht geschehen. Aus welchem Grund auch immer er vorhin aus dem Haus gerannt war – ich würde mich nicht entschuldigen. Wenn er wollte, dass ich ging, würde ich es tun. Und ich würde versuchen, das Geld irgendwie zurückzuzahlen.

Oh Gott. Was für eine Katastrophe.

In seiner grimmigen Herrlichkeit sah er sogar noch schöner aus als sonst, wenn das denn überhaupt möglich war. Seine Haare waren vollkommen zerzaust, als hätte er sie sich mit den Fingern hundert Mal oder mehr gerauft. Sein Blick war so finster, wie ich es noch nie bei ihm erlebt hatte. Aus seiner Nähe verbannt zu werden würde wehtun. Aus Gründen, die nichts mit Geld zu tun hatten.

»Ich habe mit meinem Anwalt geredet. Sie tun ihr Möglichstes, damit das Bild aus dem Netz genommen wird, aber …« Er sparte es sich, den Satz zu beenden.

»Es ist schwer, es mit dem Internet aufzunehmen«, meinte Angie. »Insbesondere, wenn etwas erst mal viral gegangen ist.«

»Danke, dass du es versucht hast«, sagte ich.

»Sie werden eine Stellungnahme herausgeben. Die Nachricht verbreiten, dass wir rechtliche Schritte einleiten werden, falls noch weitere Magazine oder Seiten auf die Idee kommen, das Bild zu teilen.« Wie er den Kiefer zusammenbiss … ein prachtvoller Anblick. »Ich nehme an, das ist akzeptabel?«

Ich nickte.

»Du solltest dich nicht mit so einem Mist herumschlagen müssen. Niemand sollte das.«

»Dann nehmen wir Entrüstung?«, fragte Angie durchs Telefon.

Patrick drehte sich zu mir um.

Ich holte tief Luft. »Ich denke schon.«

»Ja«, freute sich Mei leise.

»Da gibt es noch etwas.« Er schob eine Hand in seine Jeanstasche und zog ein kleines Kästchen hervor. Als er es öffnete, kamen ein dunkelblaues Samtpolster und ein glitzernder Diamantring zum Vorschein. Und der Diamant war nicht klein. »Norah, das ist für dich.«

»Was zum Teufel«, keuchte ich. Meine Kehle war wie zugeschnürt. Wer musste schon atmen?

»Wie er funkelt«, sagte Mei unüberhörbar ehrfürchtig.

»Was meinst du?«, fragte Angie. »Was ist los?«

»Norah und ich verloben uns«, verkündete Patrick. Als wäre es nichts. Als wäre der Umstand, dass er neben mir auf ein Knie sank, vollkommen alltäglich und nicht aufregender oder ungewöhnlicher, als den Müll rauszubringen.

»Patrick«, meldete sich Angie zu Wort, »bitte sag mir, dass das ein Scherz ist!«

»Heute Morgen am Telefon meintest du, dass es eine gute Idee wäre.«

»Das war ein Witz.«

Er zuckte mit den Schultern. »Also, ich habe genauer darüber nachgedacht und beschlossen, dass es das Richtige wäre.«

»Aber es ist noch zu früh.«

Mei lächelte nur. »Doch, ich finde, das ist eine tolle, überraschende Wendung. Damit rechnet bestimmt niemand. Ich meine, angesichts des Zeitpunkts werden natürlich alle ahnen, weshalb du ihr einen Antrag gemacht hast. Aber es sendet eine wundervolle Ich-stehe-zu-meiner-Frau-Botschaft.«

Ich konnte nichts weiter tun, als den Kopf zu schütteln. Und versuchen, zu atmen. Das mit dem Atmen bereitete mir wirklich Sorgen.

»Oh lieber Himmel«, stöhnte Angie.

»Sag Ja«, drängte Patrick.

Ich war sprachlos.

»Na schön. Was auch immer. Machen wir eine Nahaufnahme von euch beiden, wie ihr Händchen haltet und Norah den Ring trägt. Nur von euren Händen«, sagte Angie. »Wir posten sie auf seinem Instagram-Kanal. Als Bildunterschrift etwas Simples wie *Sie hat Ja gesagt*. Wir lassen die Schlipsträger das mit dem geleakten Nacktbild regeln und konzentrieren uns derweil darauf. Klingt das gut, Mei?«

»Bin schon dabei«, antwortete sie und nahm ihr Handy.

»Wie sieht er an ihr aus?«

Mei musterte mich mit besorgtem Blick. »Ähm, sie ist

gerade damit beschäftigt, zu hyperventilieren. Sie hat ihn noch nicht anprobiert.«

»Hat er mehr als zwei Karat?«, erkundigte sich Angie. »Vertrau niemandem, der dir mit weniger als zwei einen Antrag macht. Das sendet ein ganz falsches Signal.«

»Er hat fünf. Ein Diamant im Smaragdschliff aus ethisch unbedenklicher Herkunft auf einem Platinring, gekauft bei Harry Winston. Sie haben für mich früher aufgemacht.« Patrick hob sanft meine Hand hoch und steckte mir den Ring an. »Norah. Norah?«

»Ich habe noch nicht Ja gesagt.« Ich starrte staunend den monströs großen Stein an. »Das ist verrückt.«

»Nein«, entgegnete Patrick. »Das ist meine Art, dir den Rücken zu stärken.«

»Na dann, Glückwunsch und so weiter. Ich habe noch zu tun«, sagte Angie und legte auf.

Ich starrte den Ring mit weit aufgerissenen Augen an, voller … irgendwas. Erstaunen. Entsetzen. Schock. Eins davon. Oder vielleicht alles gleichzeitig. »Wir können uns nicht verloben.«

»Klar können wir das«, widersprach Patrick.

»Du willst dich nicht mit mir verloben«, sagte ich und betrachtete endlich sein Gesicht. Seine entschlossene Miene und seinen ruhigen Blick. Wie konnte er nur so gelassen bleiben?

»Klar will ich das.«

»Aber Angie hat recht – es ist zu früh.«

Er hob gleichmütig eine seiner breiten Schultern.

»Und alle Welt hat meine Brustwarze gesehen«, sagte ich.

»Ich nicht.« Er hielt weiter meine Hand fest, neigte sie mal hierhin, mal dorthin, sodass der Diamant im Licht funkelte. Das Ding war gigantisch.

»Nicht?« Aus irgendeinem Grund wurde mir plötzlich leichter ums Herz. Was für eine angenehme Überraschung, zur Abwechslung jemandem mit Anstandsgefühl zu begegnen. »Du hast dir das Foto nicht angeschaut?«

»Natürlich nicht.«

»Du hast ihre Brustwarze noch nicht gesehen?«, fragte Mei, während sie Fotos von unseren Händen machte. »Beziehungsweise beide?«

»Wir sparen uns das für die Ehe auf«, antwortete Patrick, ohne mit der Wimper zu zucken. »Deswegen haben wir getrennte Schlafzimmer.«

»Aha«, sagte sie gedehnt. »Allerdings hat Norah gesagt, es wäre, weil sie schnarcht.«

»Das auch.«

Mei wirkte kein bisschen überzeugt, und das konnte man ihr auch kaum verdenken. Was für eine Riesenfarce.

Rein und raus. Mehr musste meine Lunge nicht tun. Alles war gut. Na ja, nicht ganz, aber alles würde gut werden. Ich musste nur die richtigen Worte finden, um mich auszudrücken. »Patrick. Das ist ein wunderschöner Ring. Und dass du damit deine Solidarität zum Ausdruck bringen möchtest, bedeutet mir sehr viel. Vielen Dank.«

Er sah mich nur schweigend an. Als wäre er ein klein wenig neugierig darauf, was wohl als Nächstes aus meinem Mund kommen würde.

»Das Problem ist nur, dass ich dachte, meine Verlobung ... würde anders sein. Ich meine, dass sie eine große Sache sein würde, die passiert, nachdem ich für eine Weile eine *echte*, feste Beziehung hatte.« Ich schenkte ihm mein bestes falsches Lächeln. »Verstehst du, was ich meine?«

»Selbstverständlich ist es deine Entscheidung. Aber ich fände es wirklich gut, wenn du mich dich beschützen lassen würdest.«

»Das tust du doch bereits, mit den Anwälten und so weiter.«

»Schon, aber …« Er seufzte. »Das alles wäre nie passiert, wenn ich nicht in dein Leben getreten wäre.«

»Es ist nicht deine Schuld.«

»Äh«, meldete sich Mei zu Wort. »Doch, irgendwie schon.«

»Ich wäre stolz darauf, dich zur Verlobten zu haben«, sagte er, so lieb, dass es mich innerlich vollkommen fertigmachte. Er mochte ein Mann sein, der nur wenig redete, aber wenn er sich mal entschied, den Mund aufzumachen, hatten seine Worte es in sich. »Sag Ja.«

Oh Mann. Ich wusste nicht mehr, was ich sagen sollte. Was bei mir selten vorkam. »Ich …«

»War das ein Ja?«, fragte er nur dezent interessiert. »Ich glaube schon.«

»Nur interessehalber: Wann hat zum letzten Mal jemand Nein zu dir gesagt?«

Er kratzte sich am Kinn. »In letzter Zeit kommt das öfter vor, als es mir lieb ist. Bitte, mach diesen Trend nicht mit.«

Ich seufzte.

»Ich finde, du solltest ihn einfach für eine Weile tragen

und sehen, wie es sich für dich anfühlt«, verkündete Mei unvermittelt. »Man muss ja nicht zwangsläufig eine Riesensache daraus machen.«

Wir sahen sie beide an. Und runzelten beide die Stirn.

»Es passiert doch ständig, dass Leute sich verloben und die Verlobung anschließend wieder abblasen.«

»Ach ja?«, fragte Patrick.

»Aber sicher«, sagte Mei grinsend. »Wenn du dich weniger fiktionalen Filmrollen und mehr dem wahren Leben widmen würdest, wüsstest du das. In Beverly Hills und Bel Air ist das eine Art Hobby.«

»Ich weiß nicht recht«, wandte ich ein.

»Wenn es klappt, ist es super«, fuhr Mei fort. »Und wenn nicht, kriegt Norah einen fa-han-tastischen Ring und Patrick gute Presse. Denn wenn die Nachricht, dass du und dein größter Fan euch verlobt habt, erst mal an die Öffentlichkeit gedrungen ist, befasst sich garantiert kein Mensch mehr mit diesem kleinen Ausrutscher mit Liv. Die Leute werden vor Verzückung in Ohnmacht fallen. Das ist eine moderne Lovestory.«

Meine Stirn legte sich in Falten. »Stimmt. Das mit der Presse, meine ich. Aber ich behalte diesen Ring nicht. Er muss ein Vermögen gekostet haben.«

»Oh nein, behalte ihn ruhig.« Mei grinste. »Er steht dir hervorragend. Oder du verkaufst ihn und zahlst mit dem Erlös ein Haus an. Deine Entscheidung.«

Patrick sah seine Assistentin verwirrt an.

»Was?«, fragte sie. »Du willst doch, dass sie ihn behält, oder?«

»Selbstverständlich kann sie ihn behalten.« Er wandte

sich wieder mir zu und sah mich mit seinen blauen Augen ernst an. »Was immer sie will. Es ist das Mindeste, was ich tun kann.«

»Paddy, du wirst in Sachen Romantik immer besser. Ich bin so stolz auf dich.« Sie knuffte ihn in die Schulter, bevor sie sich wieder ihrem Handy widmete. »Okay, ihr zwei verrückten Kids, genug getrödelt. Poste ich jetzt dieses wunderschöne Foto inklusive Verlobungsankündigung oder nicht?«

Ich kniff fest die Augen zu und ließ mich auf das Wagnis ein. »Was soll's? Tu es.«

6. Kapitel

Für die Weltöffentlichkeit war ich nun offiziell verlobt. Mit Patrick Walsh. Es fühlte sich noch immer nicht real an. Verständlich, denn das war es ja auch nicht. Allerdings war es wirklich eine fantastische Ablenkung von dieser schrecklichen Brustwarzen-Geschichte. Ich hatte festgestellt, dass permanent eine Stinkwut zu haben nach einer Weile langweilig wurde. Ich würde mir nicht von irgendwelchen Wildfremden aus dem Internet mein Leben ruinieren lassen. Und gleichzeitig konnte jeder Einzelne, der sich das Foto angeschaut hatte, zur Hölle fahren. Hoffentlich bekämen sie alle Filzläuse.

Um meine Stimmung zu bessern, machte ich mich daran, Lachs zu grillen und einen Salat zuzubereiten. Ein klar definiertes, erreichbares Ziel vor Augen zu haben war gut. So konnte mein Gehirn aufhören, völlig auszuflippen, und sich stattdessen aufs Hier und Jetzt konzentrieren. Aufs Gemüsewaschen. Pfanne-warm-werden-Lassen. Und so weiter.

»Du trägst den Ring nicht?«, fragte Patrick, der am Ende der Kücheninsel aufgetaucht war.

»Er ist in meiner Tasche. Ich wollte nicht, dass er beschädigt wird.«

»Das ist ein Diamant. Eines der härtesten bekannten

Materialien auf dem ganzen Planeten. Da sollte eigentlich nichts passieren.«

Ich begann, mit extra Elan die Gurke zu schnippeln. Ein phallisch geformtes Objekt in Würfel zu schneiden hatte an einem Tag wie heute irgendwie eine beruhigende Wirkung.

»Kann ich dir helfen?«, fragte er etwas verhaltener.

»Nein. Ich bin fast fertig.«

Er zog sich einen Hocker heran und pflanzte sein hübsches Hinterteil darauf. Allerdings war ich nicht in der Stimmung, um mich an diesem Körperteil zu erfreuen. Oder an Patrick insgesamt. »Ich habe gerade mit Angie geredet. Die rechtlichen Androhungen haben funktioniert. Wir haben es geschafft, dass das Bild von allen größeren Websites genommen wurde.«

»Gut.«

»Der Typ behauptet anscheinend, er hätte das Bild von dir nicht veröffentlicht.«

»Ach ja?«

»Ein Reporter hat in New York, wo er inzwischen wohnt, mit ihm gesprochen«, berichtete Patrick. »Er hat gesagt, er hätte sein Handy vor einigen Tagen in der U-Bahn verloren. Er hat den Verlust auf jeden Fall bei den Behörden gemeldet. So viel scheint zu stimmen.«

»Oh.«

»Aber wir können uns die Sache trotzdem genauer ansehen und seine Story noch mal nachprüfen.«

Vor einigen Tagen waren Patrick und ich im Internet kaum noch aufgetaucht. Die Wahrscheinlichkeit, dass jemand das alles im Voraus geplant haben könnte, erschien mir gering. Und hatten wir tatsächlich die Chance, irgendein unbekanntes Arschloch zu schnappen, das das Handy gefunden oder gestohlen und daraufhin beschlossen hatte, an mir Geld zu verdienen? Unwahrscheinlich. Aber vor allem fand ich es einfach scheiße, dass die Leute sich berechtigt fühlten, ohne meine Zustimmung meinen nackten Körper zu begaffen.

»Wie du willst«, sagte er. »Es ist deine Entscheidung.«

Ich schüttelte den Kopf. »Nein. Ich bin damit durch.«

Er wartete ab, ob ich weiter ausholen, mich erklären würde, bevor er schließlich sagte: »In Ordnung. Aber wenn du es dir anders überlegen solltest, gib mir Bescheid.«

In Wahrheit wollte ich einfach nie mehr wieder daran denken. Dieser ganze Scheiß war es einfach nicht wert, dass ich meine Zeit, meine Energie oder meine Emotionen investierte. Der Preis des Ruhms war eben, dass man zum Ziel dieser Art lüsternen Interesses wurde. Dieses ganzen Schwachsinns. Und das war Mist. Ich schob die Gurke beiseite und nahm mir eine Tomate vor. Allerdings war sie etwas zu weich, um mein Bedürfnis nach roher Gewalt anständig befriedigen zu können. Mit einem Feta würde es besser funktionieren.

»Norah, sprich mit mir. Bitte.«

Ich sah überrascht auf.

»Normalerweise hast du immer eine ganze Menge zu sagen«, fuhr er etwas sanfter fort. »Ich bin es nicht gewohnt, dass du so still bist.«

Ich war sprachlos.

»Sag mir, was du auf dem Herzen hast«, zitierte er mich, stützte sich mit den Ellenbogen auf die Kücheninsel und wartete in aller Seelenruhe darauf, dass ich etwas erwiderte.

»Ich glaube, ich bin gerade etwas verbittert und merkwürdig drauf.«

»Das ist verständlich.« Seine Miene war ruhig, gefasst. Doch sein Blick blieb fest auf mein Gesicht gerichtet. Bei Patrick hatte man oft das Gefühl, dass bei ihm unter der Oberfläche unheimlich viel vorging. Er war einfach besser darin, seine Gedanken und Gefühle zu verstecken, als die meisten. »Du weißt, dass es draußen eine Feuerstelle gibt. Falls du noch immer Lust hast, etwas zu verbrennen, können wir das gern tun.«

Ich lachte leise. »Ernsthaft?«

»Klar. Was immer du willst.«

Ich atmete einige Male tief durch und schüttelte die Überbleibsel des vergangenen Tages ab. Zumindest vorübergehend. »Lassen wir es einfach hinter uns ... Ich, ähm, habe Gran angerufen und ihr die Neuigkeiten von unserer Verlobung erzählt.«

»Wie lief es?«

»Gut. Bestens. Ich meine, sie war überrascht und hatte gewisse Bedenken. Aber damit war zu rechnen.« Gran zu belügen war grässlich, doch andererseits wäre sie niemals damit einverstanden gewesen, dass ich all das tat, um das Geld für ihr neues Seniorenheim zu beschaffen. Obwohl ich es ehrlich gesagt eigentlich für uns beide tat. Auf lange Sicht würden wir beide davon profitieren. Zumindest war das der Plan.

»Du solltest mich ihr gelegentlich vorstellen«, meinte er.

»Du willst sie kennenlernen?«

Er hob die Schultern. »Wenn du es möchtest. Ich meine, sie ist deine Familie. Wenn ich sie nicht wenigstens einmal treffe, würde das bestimmt ziemlich merkwürdig wirken.«

»Stimmt.« Ich verteilte das Essen auf den Tellern und trug sie zum Tisch. »Bringst du die Servietten und das Besteck mit?«

Er tat, worum ich ihn gebeten hatte, und wir setzten uns am runden Tisch einander gegenüber. Nach genau zwei Bissen sagte er: »Du hast recht. Das schmeckt viel besser als die Fertiggerichte.«

Ich nickte nur. Ach was.

»Hast du bezüglich der Verlobung noch immer Bedenken?«, fragte er. »Ich meine, natürlich hast du welche. Sollen wir darüber reden?«

»Ich werde nicht plötzlich meine Meinung über dich ändern oder so«, sagte ich. »Ich glaube, ich war einfach nur von allem überrumpelt, weil es so schnell ging und so weiter. Zwar wurde diese Möglichkeit im Vertrag erwähnt, aber ...«

»Es war ein Schock für dich.«

»Das war es.«

»Ich kann verstehen, dass das etwas ist, wovon viele träumen«, fuhr er fort. »Solche romantischen Worte von dem oder der Richtigen zu hören. Tut mir leid, dass ich nicht diese Person bin.«

Ich bemühte mich, zu lächeln, aber es gelang mir nicht richtig. Es war leicht, diesen Mann einfach als Schönling abzutun. Aber er konnte auch verdammt clever sein.

Dazu kam noch dieses Gefühl, dass sich das Kräfteverhältnis zwischen uns verlagert hatte. Bislang war oft ich es gewesen, die ihm gut zugeredet hatte, doch nun fühlte es sich fast so an, als wären wir Partner. Oder etwas in dieser Richtung.

Was wir allerdings nicht waren, war ein richtiges Paar mit echten Gefühlen füreinander, und das war gut so. Ich hätte schon verrückt sein müssen, um diesen Grad an ständiger Beobachtung durch die Medien und die Allgemeinbevölkerung wirklich zu wollen. Der heutige Tag war kacke gewesen. Wenn man Patrick erst einmal besser kannte, war er ein richtig netter Kerl und so weiter. Wenn er beschloss, einen ein wenig an sich ranzulassen. Aber wer auch immer in Wirklichkeit seine zukünftige Frau werden würde, musste aus härterem Holz geschnitzt sein als ich. Vielleicht jemand, der aus seiner Welt kam und gelernt hatte, mit alldem umzugehen.

»Wenn dir damit wohler ist, kannst du ihn auch als eine Art Freundschaftsring betrachten«, schlug er vor.

»Sind wir Freunde, Patrick?«

»Das wäre schön.«

Der Ring wanderte aus der Hosentasche zurück an meinen Finger. »Er ist wunderschön. Lächerlich groß, aber schön.«

»Der Verkäufer meinte, der Ring sei einer königlichen Hollywood-Größe würdig.« Er musterte mich einen Augenblick. »Ich weiß. Ich könnte dich Prinzessin nennen.«

»Prinzessin?« Ich rümpfte die Nase. »Ich? Ernsthaft?«

»Das fasse ich als Nein auf«, sagte er. »Wie wäre es mit Herzogin?«

Ich wartete mit fragend erhobenen Augenbrauen ab, wie er sich entscheiden würde.

Schließlich schüttelte er den Kopf. »Noch immer nicht ganz das Richtige. Irgendwann komme ich drauf.«

»Ich glaube an dich.« Ich aß noch etwas. Der Lachs war unverkennbar von hoher Qualität. Und wie schön, dass das Schweigen zwischen uns zur Abwechslung mal nicht schrecklich unangenehm oder peinlich war. Heute Abend herrschte eher eine kameradschaftliche Stimmung. »Was hast du deiner Familie über diese ganze Geschichte erzählt?«

»Ich habe es im Griff«, sagte er und kein Wort mehr.

»Okay. Was machst du normalerweise abends?«

»Das variiert.«

»Ich hätte gedacht, dass du dich ins glamouröse Nachtleben von L.A. stürzt, mit einem Supermodel am Arm.«

»Es ist schon lange her, dass ich eine Freundin hatte, sei es nun real oder anderweitig. Normalerweise bin ich mit meiner Arbeit beschäftigt.« Er sah sich im Raum um, mit einer Miene, die … Mir war auch nicht ganz klar, was sie ausdrückte. Sonderlich begeistert schien der Gute von seiner luxuriösen Umgebung jedenfalls nicht zu sein. »Das ist vermutlich gerade der längste Zeitraum, den ich am Stück hier verbracht habe. Meistens bin ich an verschiedenen Drehorten und arbeite. Und diese Drehorte können praktisch überall sein.«

»Du reist wohl viel, was?«

Er nickte. »Es ist mir lieber, wenn ich etwas zu tun habe. Wäre ich nicht bei diesem Film rausgeflogen, wäre ich jetzt drüben in England, um Schwertkampf zu trainieren und meine Reitkenntnisse zu perfektionieren. Ich würde mit einem Schauspielcoach arbeiten, von dem ich schon viel gehört habe. Darauf hatte ich mich gefreut.«

»Wow.«

Eine ganze Weile starrte er seinen Teller an.

»Ich möchte ja nicht wie ein herzloser Arsch klingen, Patrick, aber vielleicht ist das eine Gelegenheit, mal Pause zu machen. Ein bisschen zu entspannen.«

Er schnaubte. Na gut.

»Ist die Schauspielerei deine große Leidenschaft?«, fragte ich. »War sie in Sachen Job deine erste Wahl, oder wolltest du eigentlich etwas anderes werden?«

Er schwieg kurz. »Ich verrate es dir, aber du musst versprechen, nicht zu lachen.«

»Ich schwöre es feierlich.«

»Ich wollte Hundetrainer werden.«

Ich hob die Brauen. »Das ist so cool.«

»Als ich noch ein Kind war, hatten wir einen kleinen Mischling namens Murphy«, erzählte er. »Ich habe ihm stundenlang beigebracht, sich tot zu stellen, sich zu rollen und so weiter. In unserer Nachbarschaft waren wir die Stars.«

»Wie alt warst du da?«

»Ungefähr acht.«

»Wann hast du mit der Schauspielerei angefangen?«

»In der elften Klasse. Ich hatte mir beim Footballspielen den Arm gebrochen und musste sechs Wochen lang einen Gips tragen. War ziemlich schlimm«, sagte er. »Aber anstatt im Sportunterricht am Spielfeldrand zu sitzen, habe ich mich von der Schauspiellehrerin in ihren Kurs schleppen lassen. Ich glaube, ich tat ihr leid, wie ich da so traurig und gelangweilt herumsaß.«

»Und ein Star war geboren.«

»So ungefähr.« Er schenkte mir sein zaghaftes Lächeln. Eines musste man ihm lassen – er hatte mich wirklich aus meinem Stimmungstief herausgeholt. Wenn er so vor einem saß, fiel es wirklich schwer, auf den Rest der Welt böse zu sein. »Was ist mit dir? Was wolltest du als Kind werden?«

»Ich wollte Modedesignerin werden. Bis zu dem Augenblick, in dem ich feststellte, dass ich Nähen hasse. Mir fehlte einfach die Geduld dafür«, erzählte ich. »Zudem ist mein Stilgefühl auch nicht gerade innovativ. High Fashion ist für mich Jeans und T-Shirt. Es spricht so einiges dafür, dass nichts daraus geworden wäre. Danach habe ich meine Liebe fürs Lesen entdeckt, und das wurde dann mein Ding. Kellnern, Gastro oder wie auch immer man es nennen will … Das ist nur ein Job, der mir hilft, meine Rechnungen zu bezahlen.«

»Wolltest du keinen Job machen, bei dem man liest?«

Ich seufzte. »Etwas mit Lesen oder Kleidung wäre toll gewesen. Aber das sind Berufsfelder, in die man nicht unbedingt leicht hineinkommt. Ich habe mich bisher einfach nur irgendwie durchgeschlagen. Vielleicht kann ich ja jetzt mal durchatmen und etwas suchen, was besser zu mir passt.«

»Und was machst du normalerweise an deinen freien Abenden?«

»In letzter Zeit habe ich mich selbst gedatet.«

»Wie genau muss ich mir ein Date mit dir selbst vorstellen?«

»Nun, ich habe den Abend oft damit begonnen, dass ich mir von diesem tollen kleinen Restaurant in der Nähe meiner Wohnung Tacos geholt habe. Dann habe ich mir einen Krug Margaritas gemacht und zusammen mit dem Essen und ein oder zwei guten Büchern mit ins Badezimmer genommen.«

»Verstehe.«

»Habe Kerzen angezündet. Ein bisschen Musik aufgelegt. Für die passende Stimmung.«

»Sehr romantisch.«

»Das Bad war der Hauptgrund gewesen, warum ich mich für die Wohnung entschieden hatte. Es war klein, aber toll«, sagte ich. »Also, bei meiner Version von einem Date mit sich selbst geht es vor allem darum, Spaß zu haben, zu genießen und sich gleichzeitig selbst besser kennenzulernen und an seinen Baustellen zu arbeiten.«

Er sah mich fragend an. »Okay. Jetzt brauche ich noch etwas mehr Informationen.«

»Na klar, du bist ja auch ein Mann.« Ich legte mein Besteck hin. »Weißt du, durch diese oder ähnliche Unternehmungen lernte ich, mich alleine wohlzufühlen. Sie bestärkten mich in der Überzeugung, dass ich auch nur mit mir selbst Spaß haben kann.«

»Hast du dich allein unwohl gefühlt?«

»Nicht direkt.« Ich seufzte. »Es war eher so, dass ich diese Vorstellung verinnerlicht hatte, dass ich jemand anderes brauchen würde, um ein vollständiger Mensch zu sein. Außerdem wurden wir ja über die Jahrtausende hinweg darauf programmiert, uns einen Partner zu suchen und uns zu vermehren. Medien, Hormone, gesellschaftliche Erwartungen ... sie können einem ganz schön zusetzen und den Blick auf sich selbst und seine Leistungen verzerren.«

»Stimmt.«

»Und das führte bei mir dazu, dass ich Verhaltensweisen toleriert habe, die ich eigentlich nicht hätte tolerieren sollen«, erläuterte ich. »Dass ich meine Erwartungen und Grenzen heruntergeschraubt habe, um mich an irgendeinen Trottel anzupassen, der zu meinem Leben nichts Positives beigetragen hat.«

Er sah mich nachdenklich an. »Vielleicht solltest du einen Ratgeber schreiben.«

Ich lachte. »Nee. Ich finde, es gibt schon genug unqualifizierte, woke weiße Frauen, die ungebeten Ratschläge erteilen. Ich wollte nie ein Buch schreiben, darum geht es mir gar nicht.«

»Nicht? Um was dann?«

Ich schüttelte nur den Kopf.

Gerade als er den Mund öffnete, um noch etwas zu sagen, vibrierte sein Handy, und sofort war das Stirnrunzeln wieder da. »Entschuldige.«

»Schon okay.«

»Hi ... Ihr seid wo? Okay.« Dann stand er auf und ging zum Bedienfeld des Sicherheitssystems an der Wand. Ein kleiner Bildschirm leuchtete auf, und er drückte einen Knopf. Das wurde ja immer merkwürdiger.

»Ist alles in Ordnung?«, fragte ich.

»Nein.«

»Nein?«

Er seufzte. »Meine Eltern sind da.«

»Deine Eltern?«

»Ein Überraschungsbesuch. Sie, ähm … Sie haben mir nicht gesagt, dass sie kommen.«

»Hm. Du hattest doch gesagt, du hättest das im Griff?«

»Ich wollte sie noch anrufen. Ich wusste nur nicht, was ich ihnen sagen sollte. Dann haben sie von den Neuigkeiten erfahren, haben sich total gefreut und wollten dich kennenlernen.«

Meine Augen waren so groß wie Vollmonde. »Tatsächlich? Wow.«

»Ja.«

»Und ich nehme an, dass sie nicht wissen, dass alles nur ein Fake ist?«

»Nein«, sagte er. Mehr nicht.

»Ach du Scheiße, Patrick, was sollen wir jetzt tun?«

Renee Walsh war eine lebenssprühende Frau von statuenhafter Schönheit. Ihr Mann Tom indessen war ein stattlicher älterer Herr mit Bart. Man sah deutlich, wo Patrick sein gutes Aussehen herhatte. Sie trugen beide Jeans, Turnschuhe und Sweater. Nichts Pompöses. Und beide umarmten mich.

»Sie ist entzückend«, schwärmte Renee mit Tränen in den Augen. »Oh mein Gott. Ich freue mich so, dich kennenzulernen, Norah.«

»Schätzchen«, sagte Tom mit einem nachsichtigen Lächeln zu seiner Frau.

»Ihr hättet vorher anrufen können.« Patrick machte

sich daran, das Gepäck aus dem Mietwagen auszuladen. »Das wäre nett gewesen.«

»Nun ja …«, setzte sein Vater an und bedachte Patricks Mutter mit einem eindeutigen Ich-habe-es-dir-doch-gleich-gesagt-Blick.

Seine Mutter warf ungerührt ihre silbrige Mähne zurück. »Haben wir doch getan, als wir vorm Tor standen.«

»Beim nächsten Mal vielleicht etwas früher«, entgegnete Patrick. »Sagen wir mal, bevor ihr das Haus verlasst.«

»Halt den Mund, und komm her. Es wird ja nur ein kurzer Besuch. Du wirst es schon überleben.«

Seine Mutter umfasste sein Gesicht und gab ihm einen schmatzenden Kuss auf die Wange. »Wir sind einfach so stolz auf dich.«

»Danke, Mom.«

Tom schlug ihm in einer männlichen Geste auf den Rücken. »Es ist großartig, hier zu sein und mit euch beiden ein wenig Zeit verbringen zu können.«

Patrick lächelte zaghaft. Als würde das ganze Universum zusammenbrechen, wenn er ausnahmsweise einmal zugeben würde, dass er zufrieden war. »Ich freue mich auch, euch zu sehen.«

»Was hast du denn geglaubt, das passieren würde, wenn du in den sozialen Medien deine Verlobung verkündest, ohne dass wir deine Verlobte kennengelernt haben?«, fragte Renee. »Also wirklich.«

Patrick kratzte sich am Kopf. »Ich hätte noch angerufen.«

Ich bedachte ihn mit einem Blick, der hoffentlich besagte »Das ist ganz allein deine Schuld«.

Der gute Mann seufzte nur.

»Wir haben in letzter Zeit kaum etwas von dir gehört«, sagte sie.

Als ich all das hörte, fragte ich mich, wann er seine Eltern eigentlich zum letzten Mal gesehen hatte? Richtig mit ihnen gesprochen hatte? Ich hätte es gut gefunden, wenn sie seit dieser Geschichte mit Liv Kontakt gehabt hätten, aber irgendetwas sagte mir, dass es eher nicht so gewesen war. Vielleicht hatte seine Mom genau gewusst, was sie tat, als sie ihn vorab nicht angerufen hatte. Um ihm keine Möglichkeit zu geben, sich zu drücken.

Diesmal ergriff Renee meine Hand. »Komm, setzen wir uns zusammen. Ich möchte alles über dich erfahren, und darüber, wie ihr euch kennengelernt habt.«

Patrick und ich wechselten kurz einen Blick. Einen nervösen Blick.

»Okay«, stimmte ich zu und setzte ein ganz neues Lächeln auf. Eines, das vermitteln sollte »Bitte tu mir nichts, ich bin wirklich ein netter Mensch«. Es war schon eine Weile her, dass ich die Eltern von einem meiner Partner kennengelernt hatte, sei es nun in einer vorgetäuschten oder einer echten Beziehung. Und das alles klang mehr und mehr danach, als würde ein höfliches Verhör auf mich zukommen.

Nachdem er das Gepäck seiner Eltern im zweiten Gästezimmer abgeladen hatte, steuerte Patrick direkt auf die Hausbar zu. Und dort machte er sich sofort ans Werk. Ich saß auf der Couch, mit Renee auf der einen und Tom auf der anderen Seite, während Patrick sich um die Bar kümmerte. Gin Tonic für seine Mom und mich.

Scotch auf Eis für ihn und seinen Vater. Patrick kippte sofort, ohne darauf zu warten, dass jemand einen Toast ausbrachte, gut die Hälfte seines Drinks in sich hinein. Ich nahm ihn mir zum Vorbild und trank ebenfalls einen kräftigen Schluck. Ein Hoch auf Courage in Flüssigform.

»Also, wie habt ihr euch kennengelernt?«, fragte Renee.

Ich setzte mich so kerzengerade hin, dass ein Lineal vor Neid erblasst wäre. »In einem netten kleinen italienischen Restaurant ganz in der Nähe. Ich habe dort gearbeitet, und Patrick hat sich hin und wieder, wenn zwischen der Mittag- und Abendessenszeit nichts los war, zu uns hereingeschlichen.«

»Weil er dich sehen wollte«, ergänzte sie.

Ich lächelte, was streng genommen nicht als Lüge zählte.

»Und das ging schon länger so?«, wollte sie wissen.

»Tatsächlich kam er schon seit mehreren Jahren zu uns.«

»Paddy hat sich schon immer gern Zeit gelassen.« Tom lachte. »Nur nichts überstürzen, was, mein Sohn?«

Fürs Protokoll: Einmal mehr wirkte mein aufgesetztes Lächeln deutlich überzeugender als Patricks. Und der wollte Schauspieler sein. Ha. Was für ein Loser.

»Wir hatten die Hoffnung schon fast aufgegeben, dass er irgendwann die Richtige finden würde.« Renee stieß einen zufriedenen Seufzer aus. »Und was diese unglückselige Affäre mit dieser Anders betrifft …«

»Schätzchen«, sagte Tom mit leicht mahnendem Unterton.

»Ich weiß, ich weiß.« Renee nahm die Schultern zurück. »Wir werden nicht darüber sprechen. Aber ihr könnt euch nicht vorstellen, was für furchtbare Kommentare und abschätzigen Unfug wir uns von einigen Leuten anhören mussten. Jeder macht mal Fehler, aber puh … Das war schon der Hammer.«

Patrick umklammerte seinen Drink mit eisernem Griff.

»Wann soll denn die Hochzeit stattfinden?«, erkundigte sie sich.

»Das eilt nicht«, versicherte Patrick eilig.

»Wir haben uns noch nicht entschieden«, fügte ich diplomatisch hinzu.

»Wie wäre es mit Weihnachten?« Renee klatschte begeistert in die Hände. »Wäre das nicht himmlisch? Irgendwo, wo Schnee liegt!«

»Ähm«, sagte ich in einem seltenen Anflug von Brillanz.

»Natürlich wäre es dann für einige Familienmitglieder aus Phoenix schwieriger, zu kommen. Oder ihr könntet bei uns eine Winterhochzeit feiern, solange das Wetter noch schön und kühl ist. Es gibt so viele hübsche Gärten, unter denen ihr wählen könntet.«

»Norah und ich haben uns noch nicht entschieden«, sagte Patrick trügerisch ruhig.

»Natürlich.« Tom schenkte mir seinen überzeugendsten solidarisch-väterlichen Blick. Mann, er war wirklich gut. »Deine Mutter und ich sind seit fast vierzig Jahren verheiratet. Das ist ein Marathon und kein Sprint. Hetzt euch nicht, und habt Spaß. Genießt diesen Lebensabschnitt und die Zeit, die ihr gemeinsam verbringen könnt, nur ihr beide allein.«

Ich kippte noch mehr von meinem Drink in mich hinein.

»Renee hat vorerst genug Enkelkinder, die sie auf Trab halten«, sagte Tom. »Nicht wahr, Schätzchen?«

Das war der Augenblick, in dem ich mich verschluckte und zu prusten begann. Was nie ein schöner Anblick war.

»Fangt nicht damit an«, sagte Patrick. »Ich meine es ernst.«

Renee klopfte mir auf den Rücken, während sich ihre Miene ein klein wenig verfinsterte. *Babys. Ach du Scheiße.* Ich wischte mir den Mund mit dem Handrücken ab, weil ich eben Klasse hatte.

Und alle Augen waren auf mich gerichtet.

»Was er damit sagen will, ist, äh … Dass das noch in weiter Ferne liegt.« Mein Herz hämmerte in meiner Brust. Herzstillstand nicht ausgeschlossen. »Wir haben noch nicht wirklich … Ich meine, wir haben darüber geredet. Selbstverständlich haben wir das. Es wäre töricht, sich zu verloben, ohne sich vorher zu versichern, dass man in so wichtigen Themen wie Kinderkriegen einer Meinung ist.«

Seine Mutter nickte auffordernd.

»Deswegen haben wir das ausgiebig besprochen«, fuhr ich fort. »Und sind weitestgehend zu dem Schluss gekommen, dass das für uns eine Irgendwann-in-der-Zukunft-Sache ist. Und keine Legen-wir-sofort-los-Nummer. Weil wir, genau wie Tom sagte, diese gemeinsame Zeit zu zweit genießen wollen. Das ist der Hauptgrund für unsere derzeitige Planung. Also, ja, genau.«

Patrick stürzte den Rest seines Drinks hinunter und stand auf, um sich einen neuen zu holen. Mir drängte sich mehr und mehr der Verdacht auf, dass überraschende Familientreffen nicht gerade sein Ding waren.

»Gut, dass ihr darüber geredet habt«, meinte Tom und schlug die Beine übereinander. »Es gibt so einige Themen, die man als Paar besprechen sollte, bevor man eine langfristige Bindung eingeht. Den Punkt Finanzen zum Beispiel.«

»Ihr setzt natürlich einen Ehevertrag auf, oder?«, fragte Renee sachlich.

Meine Brauen erreichten fast meinen Haaransatz. »Einen Ehevertrag?«

Patrick kehrte mit seinem neuen Getränk zur Couch zurück. Sein Gesicht rötete sich merklich. Merkwürdig. Das hatte ich noch nie zuvor bei ihm gesehen. »Seid ihr beiden tatsächlich den ganzen weiten Weg hierhergekommen, um so möglichst viele aufdringliche Fragen stellen zu können?«

»Nun hab dich nicht so, Liebling«, sagte Renee mit dem überzeugendsten enttäuschten Gesichtsausdruck, den ich jemals gesehen hatte. Wow, sie hatte dieses ganze Mutter-Ding wirklich perfekt drauf. »Wir freuen uns für dich.«

»Sehr sogar«, pflichtete Tom ihr bei.

»So sehr.« Ihre enttäuschte Miene hatte sich in liebevolle Zuneigung zurückverwandelt. »Wir wollen nur sichergehen, dass du geschützt bist. Du hast so hart dafür gearbeitet, da zu stehen, wo du jetzt bist.«

Doch Patrick ließ sich nicht beschwichtigen. »Norah arbeitet auch hart.«

Drei Augenpaare richteten sich auf mich. Nur keinen Druck.

»Danke«, sagte ich. »Nett, dass du das sagst. Aber deine Eltern haben nicht unrecht. Im Grunde bestehe ich sogar darauf. Patrick, wenn du tatsächlich glaubst, du könntest mir die Hälfte meiner Konzert-T-Shirt-, Liebesroman- und Haargummi-Sammlungen abluchsen, nur weil du nicht mehr in die Ehe einbringen kannst als ein wunderschönes Haus und ein oder zwei schicke Autos, dann hast du dich geschnitten.«

Tom lachte schnaubend auf.

»Konzert-T-Shirts, Liebesromane und Haargummis?«, fragte Patrick und musste tatsächlich lächeln.

»Glaub ja nicht, mir wäre entgangen, dass du ein Auge darauf geworfen hast.«

Renee und Tom lächelten nun beide. Das verbuchte ich als Sieg.

»Damit ist das mit dem Ehevertrag geklärt. Meine Leute werden sich mit deinen Leuten in Verbindung setzen. Also, was sollen wir noch besprechen?«, fragte ich. Weil ich offensichtlich eine masochistische Ader hatte.

»Stehst du deiner Familie nahe?«, fragte Renee.

»Ja, ich habe ein sehr enges Verhältnis zu meiner Großmutter.«

»Das ist schön.« Ihr Lächeln verblasste ein wenig. »Und du hast ganz sicher keinen Ehemann?«

Tom räusperte sich vernehmlich.

»Ich wollte mich nur vergewissern«, rief Renee aus. »Tut mir leid. Ich werde kein Wort mehr darüber verlieren. Versprochen.«

Patrick rieb sich mit einer Hand das Gesicht.

»Ich kann verstehen, weshalb ihr Vorbehalte habt«, versicherte ich.

»Euer Sohn hat sich aus heiterem Himmel mit einer Frau verlobt, die ihr nicht mal kennt.«

»Ja, das war schon etwas nervenaufreibend«, gestand Renee ein wenig zurückhaltender.

»Bei unserer ersten Verabredung habe ich für sie Abendessen gekocht«, startete Patrick einen kühnen Ablenkungsversuch. Dabei klopfte sein Stiefel, klopf, klopf, auf den Boden. Ganz schön gestresst, der Mann.

»Du hast mir Abendessen gekocht?«, fragte ich und ignorierte seine Eltern vorübergehend. »Du?«

»Erinnerst du dich nicht mehr?«

»Doch, doch, es ist nur … Ist *gekocht* das passende Wort?« Ich lächelte ihm spöttisch zu. »Ich meine, du hast Fertiggerichte in den Ofen geschoben.«

Seine Augen blitzten amüsiert. »Ich bleibe bei meiner Version.«

»Du hattest die besten Absichten. So viel muss ich dir zugestehen.«

»Danke, Cupcake«, sagte er in seiner üblichen knochentrockenen Art. Seine Schultern wirkten weniger verkrampft, und seine angespannte Miene hatte sich etwas geglättet.

»Cupcake? Oh nein, darauf höre ich auf keinen Fall.«

»Nicht?« Ein leichtes Lächeln zierte seinen Mund. Und für einen kurzen Augenblick gab es nur ihn und mich und etwas Luft zum Atmen. Gott sei Dank. »Aber du bist so süß wie ein Cupcake. Und genauso hübsch.«

Ich lachte. »Das klingt furchtbar. Aber trotzdem danke für die Komplimente.«

»Hmm. Wir werden ja noch sehen.«

Nun hieß es Patrick und ich gegen den Rest der Welt. Oder zumindest als vereinte Front gegen seine Eltern. Und das war schön. Sehr schön.

»Ich habe versucht, bei ihm Interesse am Kochen zu wecken, Norah«, sagte Renee und übernahm bei der Unterhaltung erneut die Führung. »Ich hatte nie Erfolg. Ganz anders als bei unserem mittleren Kind Abby. Das Mädchen ist eine hervorragende Bäckerin. Ihre Zimtschnecken sind unübertroffen.«

Tom nickte seelenruhig.

»Abby ist Tierärztin«, sagte Patrick. »Weißt du noch, ich habe dir alles über sie und meine andere Schwester erzählt? Eigentlich über unsere ganze Familiengeschichte. Und ich habe dir auch die vielen Fotos gezeigt.«

»Oh ja«, log ich. Wie nett von ihm, mich derart ins kalte Wasser zu schmeißen. Hätten wir am Tisch gesessen, wäre ich ihm auf den Fuß getreten. Also wirklich. »Jetzt erinnere ich mich wieder. Selbstverständlich. Wir haben über so viele tiefschürfende, persönliche Dinge gesprochen. Es war mir nur kurz entfallen.«

»Macht nichts«, sagte der Blödmann schmunzelnd. Wenigstens hatte er seinen Spaß.

»Weiß der Himmel, was Patrick dir erzählt hat. Ich fange am besten noch mal ganz von vorne an. Unsere Jüngste heißt Emily. Sie ist mit Guadalupe verheiratet, und die beiden haben einjährige Zwillinge. Möchtest du mal Fotos sehen?« In Windeseile hatte Renee ihr Handy aus der

Handtasche geholt und hielt mir die besagten Fotos unter die Nase.

»Das sind ja süße Babys.«

»Ja, nicht wahr?« Sie lächelte. »Sieh dir nur diese Gesichtchen an. Bekommst du da nicht auch Lust –«

»Stopp«, blaffte Patrick. »Mutter. Wir haben das doch geklärt.«

»Tut mir leid, tut mir leid. Ich gelobe feierlich, das Thema Babys nicht mehr anzusprechen.« Renee steckte das Handy weg. »Für die Dauer dieses Besuchs.«

Patrick seufzte nur.

Doch ihr Ehemann musste sich sichtlich das Grinsen verkneifen. »Geschickt gelöst, Schätzchen. Du kannst einfach nicht anders, oder?«

Heiliger Bimbam. Noch nie hatte mein Uterus derart unter Erfolgsdruck gestanden. Außerdem fand ich es interessant, dass Tom seine Frau anscheinend nur Schätzchen nannte. Wahrscheinlich hatte Patrick daher sein Faible für Kosenamen.

»Was bist du von Beruf, Norah?«, fragte Tom.

»Sie ist Kellnerin«, antwortete Renee. »Weißt du nicht mehr, ich habe dir doch diese Artikel vorgelesen.«

»Ja, das bin ich. Beziehungsweise war ich.« Ich zwang mich, zu lächeln. »Ich, äh …«

»Sie nimmt sich gerade eine Auszeit, um mit mir zusammen sein zu können«, sagte Patrick. »Sie denkt darüber nach, einige Online-Collegekurse zu belegen.«

»Großartige Idee«, sagte Renee begeistert.

»Ich kümmere mich gerade darum«, sagte ich und nickte. »Aber das würde niemals funktionieren, wenn ich bei dem großen Medieninteresse an eurem Sohn und mir die ganze Zeit über im Restaurant wäre.«

»Nein, selbstverständlich nicht«, stimmte Tom zu. »Das sind verdammte Geier, nicht wahr?«

Renee schüttelte den Kopf. »Nachdem dieser ganze Blödsinn passiert ist, von dem wir nicht reden wollen, standen sogar welche vor unserem Haus. Es war furchtbar.«

»Das tut mir leid, Mom.« Patricks Stirnrunzeln war wieder da. Verflixt.

»Ja, na ja ... Wir haben es überlebt.« Renee verschränkte die Arme. »Die Medien sind leider ein notwendiges Übel. Solange Paddy in der Branche arbeitet und Filme dreht, werden wir sie nicht los. Wirst du damit zurechtkommen?«

»Ja«, sagte ich.

Sie warteten beide darauf, dass ich noch mehr sagte. Himmel! Sogar Patrick sah mich erwartungsvoll an.

»Ich will damit nicht behaupten, dass es mir gefällt oder dass ich es genießen werde«, sagte ich schulterzuckend. »Und ihr beiden wisst mit Sicherheit von dem Foto von mir, das heute ohne meine Zustimmung veröffentlicht wurde.«

Zur Abwechslung hatte Renee einmal nichts zu sagen. Das war vielleicht auch besser so.

»Das war schrecklich. In vielerlei Hinsicht.«

»Dich trifft keine Schuld«, versicherte Tom mit ernster Miene.

»Ich weiß.« Mein Lächeln fühlte sich verdammt brüchig an. »Aber das gehört alles zu der Aufmerksamkeit, die Patrick und mir momentan zuteilwird. Dass dieses Foto kursiert, ist weder seine noch meine Schuld. Doch es wäre dumm von mir, einfach zu ignorieren, dass solche Dinge immer wieder passieren werden, wenn ich weiterhin mit ihm zusammen bin.«

Patrick presste die Lippen zu einem schmalen, verdrossenen Strich aufeinander.

»Noch nie hat mir jemand so zugehört wie euer Sohn. Zumindest kein Mann. Schon seit langer Zeit nicht mehr«, gestand ich. »Und er tut meine Ansichten nie ab oder redet sie klein, egal, ob er sie nun teilt oder nicht. Ihm sind meine Gefühle wichtig, und er hält zu mir. Diese Dinge mögen vielleicht in gewisser Weise … geringfügig erscheinen. Beinahe schon trivial. Weil eigentlich jeder nett und umsichtig und anderen menschlichen Wesen gegenüber respektvoll sein sollte. Aber das Problem ist, dass eben nicht jeder so ist.«

Seine Mundwinkel hoben sich ein kleines bisschen.

Ich grinste. »Und wenn ich ihn zum Lächeln bringe, und sei es nur ein ganz klein wenig, dann fühle ich mich verdammt noch mal wie ein Held.«

Renee brach prompt in Freudentränen aus.

Auch Toms Augen glänzten verdächtig. »Schätzchen.«

»Ich glaube, du hast sie überzeugt«, raunte Patrick.

7. Kapitel

»Ich finde nicht, dass das, was ich gesagt habe, besonders romantisch oder so war.« Ich lag auf dem Bett, blickte zur Decke auf und dachte über tiefgründige Dinge nach. Das war weitaus besser, als sich wegen meiner neuen und noch beängstigenderen Situation verrückt zu machen.

»Nein«, stimmte Patrick mir zu, der gerade in eine Dampfwolke gehüllt aus dem Badezimmer kam. Zwar hatte er seine Pyjamahose an, aber das Oberteil fehlte. Was für ein umwerfender Anblick. All die Furchen und Wölbungen seiner wohlgeformten Brust. Die alle abwärts führten, zu der Linie aus feinen Härchen an seinem Bauchnabel. Als ich genauer hinsah, bemerkte ich, dass sich unter dem weichen Baumwollstoff seiner Hose sein bestes Stück abzeichnete. Es fiel mir wirklich schwer, nicht wie eine Perverse zu starren, sondern ihm weiterhin ins Gesicht zu schauen. »Aber deine Worte kamen aufrichtig rüber. Das ist manchmal wichtiger.«

Hätte mein Gehirn noch richtig funktioniert, hätte ich definitiv etwas darauf erwidert.

Er machte sich an den Sofakissen zu schaffen. Im Gegensatz zu meinem Zimmer war seines mit einem offenen Kamin und einer Sitzecke mit zwei Sesseln und einer Couch ausgestattet. Einer kleinen Couch. Einer, auf die er ausgestreckt nie im Leben draufpassen würde. Was ein Problem darstellte, da seine Eltern davon ausgingen, dass wir ein ganz normales Paar waren, das sich ein Zimmer teilte. Doch in besagtem Zimmer gab es nur ein Bett. Wie standen wohl die Chancen, dass ich die Nacht überstehen würde, ohne zu sabbern oder zu pupsen?

»Komm, du kannst hier schlafen.« Ich stützte mich auf einen Ellenbogen. »Sonst wachst du morgen mit einem Ganzkörperkrampf auf. Sofern du überhaupt Schlaf findest.«

»Dann lege ich mich eben auf den Boden.«

»Ich kann die Couch nehmen.«

»Nein«, widersprach er.

Oh Mann. »Bin ich wirklich so furchteinflößend, oder willst du bloß höflich sein?«

Er sah mich nur schweigend an.

»Patrick, dieses Bett ist riesengroß. Wir können es uns problemlos teilen. Bitte.«

»Bist du sicher?«

»Ja.« Ich ließ den Kopf zurück ins Kissen fallen. So weich. »Deine Tugend ist durch mich nicht gefährdet.«

»Oh, gut«, sagte er sarkastisch. »Genau das war meine Sorge.«

»Wenn es dir lieber ist, kann ich auch einfach eine Weile warten und mich dann zurück in mein Zimmer schleichen.«

Er seufzte. »Das Risiko würde ich lieber nicht eingehen, wenn es für dich okay ist.«

»Kein Problem.«

Die Matratze senkte sich leicht unter seinem großen

Körper, als er sich auf die andere Seite legte. Ich lag mit Patrick Walsh im Bett. Wie aufregend. Oder zumindest wäre es das gewesen, wenn ich nicht so müde gewesen wäre. Von dem ganzen Mist, der tagsüber passiert war, und der kleinen Nummer heute Abend war ich völlig erledigt. Just in diesem Augenblick verpasste ich mir, weil ich eben solch ein Genie war, einen Schlag vor die Stirn.

»Au«, grummelte ich und rieb mir den Schädel.

»Was ist?«

»Ich habe mich selbst mit dem Ring getroffen.«

Er hob die Brauen, beschloss jedoch offenbar, keinen Kommentar abzugeben, zumindest nicht über diesen Vorfall. »Hör mal, es tut mir leid, dass meine Eltern dich so genervt und dauernd über Babys und so weiter geredet haben.«

»Die Frage nach dem Ehevertrag fand ich ehrlich gesagt berechtigt. Würde an der Seite meines gut situierten Sohns plötzlich eine Wildfremde auftauchen, würde ich auch wissen wollen, was da los ist.«

»Selbst wenn dieses Kind schon fast vierzig ist?«

»Selbst dann«, beharrte ich. »Ich kann mir nicht vorstellen, dass man jemals damit aufhört, seine Kinder behüten zu wollen.«

Er sah nicht überzeugt aus.

»Es ist gut, dass sie sich um dich sorgen. Du kannst froh sein, sie zu haben.«

»Hmm.«

»Was den Druck angeht, uns zu reproduzieren ... Na ja. Da muss deine Mom einen Gang zurückschalten. Die

Nutzung meiner Gebärmutter wird nicht öffentlich zur Debatte gestellt.«

»Das sehe ich auch so.«

»Sie ist eine Naturgewalt«, sagte ich. »Mir ist aufgefallen, dass dein Dad anscheinend lieber den Mund hält und ihr die Führung überlasst.«

»Sie ist auf jeden Fall diejenige, die die Hosen anhat«, sagte er. Seine Stimme war ein leises Grollen. »Als wir noch Kinder waren, hat sie sich immer überall engagiert. Was gleichzeitig gut und schlecht war. Meine Freunde haben sie geliebt, weil sie sich für alles interessiert hat, aber damit leben zu müssen, dass sie sich ständig in meine Angelegenheiten eingemischt hat, war schwierig.«

»Glaubst du, dass das ein Grund ist, warum du so still bist? Nur widerstrebend über deine Gedanken sprichst? Weil sie dir nicht genug Freiraum gelassen hat?«

»Willst du damit andeuten, ich hätte einen Mutterkomplex?«

»Auf die eine oder andere Weise haben wir wahrscheinlich alle einen Mutterkomplex.«

»Vielleicht hast du recht.« Er seufzte. »Keine Ahnung.«

»Allerdings könnte es auch daran liegen, dass die Öffentlichkeit ständig die Nase in dein Leben steckt.«

Von der anderen Seite des Bettes kam nur Schweigen.

Spätnachts war es so still im Haus. Man hörte keinen Stadtlärm, keine gedämpften Gespräche oder gelegentliches Türenknallen wie in meiner alten Wohnung. Weiß der Himmel, wie hoch die Fadenzahl der Laken war, in denen ich gerade lag. Dieser Tage erkannte ich mein Leben kaum noch wieder.

»Die eigentliche Frage lautet aber: Wie gut ist dieses Zimmer schallisoliert?«

Er drehte den Kopf auf dem Kissen zu mir.

Ich zog die Decke bis ans Kinn hoch. Obwohl ich eines seiner großen T-Shirts und eine Unterhose anhatte, fühlte ich mich in dieser Situation merkwürdig entblößt. Ich lag in seinem Bett. Er lag neben mir. Wir beide zusammen in dieser intimen Umgebung. Weswegen ich natürlich nervös wurde und die Klappe nicht halten konnte. »Ich meine, erwarten deine Eltern von uns sexuelle Handlungen? Ist das bei unserer komplexen Darstellung eines total verliebten Paars der naheliegendste nächste Schritt? Sollte ich ›Ja, Paddy, ja‹ schreien oder es mit lautem orgasmischen Kreischen versuchen oder so?«

»Nein«, war alles, was er dazu sagte.

»Okay. Wollte ich nur wissen.«

Er streckte die Hand aus und knipste die Nachttischlampe aus. Im Zimmer wurde es dunkel. Und er schwieg, für ungefähr eine halbe Minute. »Dieses Kreischen … Soll das in Richtung Pterodaktylus gehen?«

»Willst du damit fragen, ob ich beim Sex Dinosauriergeräusche mache? Denn das wäre wirklich unhöflich. Ernsthaft.«

»Du hast doch damit angefangen.«

Ich kicherte leicht manisch. »Es würde morgen früh am Frühstückstisch auf jeden Fall für eine heikle Gesprächsatmosphäre sorgen. Weiß Gott, was deine Eltern denken würden.«

Er lachte leise. Es war ein wunderschönes Geräusch, so tief und rau und erregend.

»Du kannst lachen«, stellte ich fest. »Ein Weihnachtswunder!«

»Wir haben April.«

»Ach, egal.«

»Das heute Abend hast du gut gemacht, Norah«, sagte er.

»Oh, vielen Dank.«

Die kribbelige Wärme, die sich bei seinen Worten in meinem Inneren ausbreitete, war besorgniserregend. Vielleicht sollte ich einen Arzt aufsuchen. Oder einen Therapeuten. Das Problem war, dass ich endlich einen Mann kennengelernt hatte, der mich nicht nur mochte, sondern der mich unterstützte und sagte, dass er stolz auf mich war. Der mir sogar zuhörte, wenn ich redete wie ein Wasserfall. Zu schade, dass das mit uns nur ein Fake war.

»Gute Nacht, Patrick. Träum was Schönes.«

Es gab vermutlich niemanden, der mich als verkuschelt bezeichnet hätte. So gern ich Küssen, Umarmungen und Sex mochte – beim Schlafen brauchte ich meinen Freiraum. Entsprechend war es eine Überraschung, aufzuwachen und festzustellen, dass Patrick praktisch auf mir lag. Der Gute war nicht auf seiner Seite des Bettes geblieben. Kein Stück. Eines seiner Beine lag über meinen, sein Arm umschlang meine Taille und sein Gesicht war an meinen Hinterkopf geschmiegt. Das merkte ich daran, dass sein Atem sanft durch meine Haare strich. Und er war schwer. Ich konnte nirgendwohin, ohne ihn aufzuwecken.

Ich hatte ja keine Ahnung gehabt, dass dieser Mann mich so gern mochte. Und nach seinem erigierten Penis zu urteilen, der sich gegen meine Pobacke drückte, mochte er mich wirklich gern. Nur ein Witz. Eine Morgenlatte wurde ja nicht immer durch etwas Sexuelles ausgelöst. Das hatte ich mal gelesen. Doch trotzdem führte allein das Wissen darum dazu, dass mein Körper augenblicklich überhitzte. Meine Brustwarzen wurden steif, und in meinem Schoß machte sich ein sehnsüchtiges Ziehen breit. Jeder Millimeter meines Körpers war mit einem Schlag hellwach.

Natürlich konnte es auch sein, dass er zufällig im Schlaf auf mir gelandet war. Das war die wahrscheinlichste Erklärung. Er hatte geträumt, dass er einen Oscar oder so gewonnen hatte und war dabei eben an einem anderen Körper in seinem Bett hängen geblieben. Alles ganz unverfänglich. Aber deswegen nicht weniger peinlich.

Weswegen es das Beste wäre, die Flucht zu ergreifen, bevor er aufwachte. Ja. Guter Plan.

Ich schob mich vorwärts. Schön langsam und vorsichtig. Damit ich ihn ja nicht weckte. Doch nachdem ich es gerade mal geschafft hatte, mich etwa fünf Zentimeter von ihm zu entfernen, spannten sich jäh die Muskeln in seinem Arm und er zog mich wieder an sich. Mist. Nun lagen wir von Kopf bis Fuß aneinandergepresst. Verdammt noch mal.

»Patrick«, sagte ich und rüttelte leicht an seinem Arm.

Ein Ächzen von ihm.

»Patrick, wach auf.«

Er gähnte, streckte sich und schmiegte sich abermals mit dem ganzen Körper an mich. Und schlief augenblicklich wieder ein.

Nun blieb mir keine andere Wahl mehr. Ich drückte gegen sein Bein, wand mich unter seiner Hand heraus und zog mein Shirt wieder herunter – alles gleichzeitig. Ein Hoch aufs Multitasking. Allerdings funktionierte das Unter-seiner-Hand-Herauswinden nicht so gut, denn nun lag seine warme Handfläche auf meinem Oberschenkel. Er drückte ihn sogar sacht mit den Fingern. Dieser Mann. Unglaublich. Wach mochte er ein Gentleman sein, aber im Schlaf wurde er zum Grapscher.

Er sah zu mir auf und blinzelte mich leicht verstört aus seinen blauen Augen an. »Norah, was machst du da?«

Er sah strubbelig und verschlafen so süß aus. Ich konnte einfach nicht anders. Ihn zu verscheißern war mir ein Privileg und ein Vergnügen. »Guten Morgen, mein Großer.«

»Morgen«, murmelte er.

»Ich dachte, ich mache dir Frühstück. Du musst nach der letzten Nacht ganz schön Appetit haben. Ich liebe es, wenn jemand anders die ganze Arbeit übernimmt«, sagte ich. »Möchtest du Waffeln oder Pfannkuchen?«

»Pfannkuchen«, sagte er und schloss wieder die Augen.

»Weißt du, ich bin so froh, dass wir unserer zügellosen Lust nachgegeben und es einfach getan haben.«

Er runzelte die Stirn.

»Du warst fantastisch«, schnurrte ich.

Er öffnete beide Augen und blickte verwirrt zu mir auf. Dann schnaubte er. »Sehr witzig.«

»Danke.«

»Du könntest auch einfach guten Morgen sagen wie jeder normale Mensch.«

»Das könnte ich in der Tat. Aber schau doch mal, wo deine Hand ist, mein Freund.«

Er blinzelte noch mehr und betrachtete unsere Körper und seine Hand, die noch immer richtiggehend besitzergreifend auf meinem Oberschenkel lag. Er ließ mich so schnell los, wie ich es noch nie zuvor bei einem Mann ohne Zuhilfenahme meines Knies in der Lendenregion erlebt hatte. Beeindruckend.

»Verdammt. Tut mir leid, Norah.«

»Schon okay.«

»Ich war nur … Verdammt.«

»Das hast du schon gesagt.«

»Ich wollte dich nicht im Schlaf bespringen.«

»Ich weiß. Entspann dich«, sagte ich. »Wir waren beide weggetreten. Und es gibt Schlimmeres, als für eine Nacht dein Kuschelhäschen zu sein.«

Er runzelte wieder die Stirn. Dann schnappte er sich die Decke, die wir mit den Füßen vom Bett getreten hatten, und bedeckte rasch seine Körpermitte. Der arme Kerl mit seinem Ständer. Deswegen war eine Vulva zu haben in jeder Hinsicht von Vorteil.

»Weißt du«, fuhr ich fort, »normalerweise wälze ich mich nachts immer hin und her, wache mehrmals auf und kann nicht immer wieder einschlafen. Mein Gehirn fängt dann an zu arbeiten. Aber du scheinst wie eine Gewichtsdecke gewirkt zu haben, denn ich habe bemerkenswert gut geschlafen.«

»Toll.«

»Wie hast du geschlafen?«

Er dachte einen Moment nach. »Wirklich gut.«

»Na bitte. Wir sind in Sachen Schlaf offensichtlich eine gute Kombination.«

Er gab ein Schnauben von sich. Der Mann war kein Morgenmensch.

»Glaubst du, es ändert sich dadurch etwas, dass wir zusammen geschlafen haben?«, fragte ich.

Er sah mich nur an.

»Ich respektiere dich trotzdem noch. Nur, falls du dich das gefragt haben solltest.«

»Du genießt das viel zu sehr«, grummelte er.

»Möchtest du immer noch Pfannkuchen?«

Nun besserte sich seine Laune merklich. Liebe ging eben bekanntlich durch den Magen. »Ja, bitte.«

Nachdem Renee und Tom festgestellt hatten, dass ich nicht darauf aus war, ihren Sohn reinzulegen oder ihm sein Herz zu brechen, waren sie früh am Morgen abgereist. So nett ich die beiden auch fand, war es doch eine Erleichterung, sie wieder los zu sein. Da ich mir zu ungefähr neunzig Prozent sicher war, dass Mei wusste, dass Patrick und ich kein Paar waren (meine schauspielerischen Fähigkeiten waren wirklich nicht besonders), war das Haus der einzige Ort, an dem ich kein Theater spielen musste. Oder zumindest nicht allzu viel.

Unser nächster Auftritt fand im Rahmen der Präsentationsfeier einer neuen Wodkamarke statt. Der Besitzer war ein bekannter Schauspieler, mit dem Patrick befreundet war und vor einigen Jahren gemeinsam einen Film gedreht hatte. Wer Cole Landry nicht kannte, lebte wahrscheinlich hinterm Mond. Er war schon seit dreißig Jahren im Filmgeschäft und der grauhaarig-attraktive Held zahlreicher Action-Abenteuerfilme. Und er küsste meine Hand. So was von hinreißend.

Patrick entzog ihm besagten Körperteil mit seinem üblichen Stirnrunzeln. »Lass sie in Ruhe, Cole. Sie mag dich nicht mal.«

»Doch, ich mag dich«, widersprach ich.

Cole grinste und sagte mit seiner sexy rauen Stimme: »Selbstverständlich tust du das. Ich bin sehr sympathisch.«

Meine Knie wurden weich.

Patrick blickte nur gen Himmel.

Der Eventfotograf tauchte auf, und wir hielten alle still und setzten ein strahlendes Lächeln auf. Patrick legte einen Arm um meine Taille. Wie von Angie angeordnet, achtete ich darauf, dass der Verlobungsring zu sehen war. Und dann hatten wir es hinter uns und konnten uns entspannen. Mehr oder weniger.

Es waren viele coole Leute anwesend. Etliche bekannte Gesichter. Und Männer wie Frauen musterten meinen Begleiter mit lüsternen, gierigen Blicken. Die Party fand in einem exklusiven Nachtclub in East Hollywood statt, der ganz im Stil der Siebziger eingerichtet war. Ich hatte ständig Angst, mich mit den Absätzen meiner schwarzen Leder-Mules von Saint Laurent im zotteligen Teppich zu verfangen. Die Stylistin hatte mich für dieses Event in Jeans und eine schwarze Schluppenbluse aus Seide gesteckt und dazu meine Haare zu einem glatten, glänzenden Pferdeschwanz gestylt. Die Lederclutch von Loewe und die Solitaire-Diamantohrringe sahen ebenfalls glanzvoll aus. Weiß der Himmel, was das alles kostete.

»Lass mich raten«, sagte Patrick. »Du bist ein Fan von ihm?«

Ich hatte wenigstens den Anstand, beschämt dreinzublicken. Zumindest ein bisschen.

»Ist sie denn kein Fan von dir?«, fragte Cole.

Patrick seufzte. »Offensichtlich kein so großer wie von dir.«

Cole lachte sich schlapp. Selbst das war bei ihm attraktiv. Dann schnappte er sich vom Tablett eines vorbeilaufenden Kellners ein Getränk. »Trink das, Nor. Sag mir, was du davon hältst.«

»Sie hat nicht gesagt, dass du sie so nennen darfst.« Noch mehr Stirnrunzeln bei Patrick. »Nicht mal *ich* nenne sie so.«

Ich probierte einen Schluck. »Sehr gute Qualität.«

»Woran erkennst du das?«, fragte Cole und hob eine Braue.

»Weil in einem Wodka Soda nichts drin ist, was den Alkohol übertüncht. Wenn er nichts taugt, schmeckt man das«, erläuterte ich. »Aber der hier ist weich mit einem leichten Eigengeschmack. Ich finde ihn gut.«

Patrick mopste sich mein Getränk und nahm einen Schluck. Offensichtlich waren wir die Art Pärchen, die teilte.

»Habe ich deinen Test bestanden?«, fragte ich.

»Das hast du«, sagte Cole anerkennend. »Warum servierst du diesen Trottel nicht ab und wir verschwinden von hier? Zwar bin ich nicht für die Ehe, aber ich glaube, wir könnten viel Spaß haben.«

»Verlockend.« Ich schützte vor, darüber nachzudenken.

»Doch ich habe gerade erst seine Eltern von mir überzeugt. Es wäre schade, die Früchte meiner harten Arbeit so schnell wieder in den Wind zu schießen.«

»Ist Renee nicht furchteinflößend?«

»Ja.«

Er erschauerte theatralisch. »Umwerfend, aber furchteinflößend. Ich werde nie den Tag vergessen, an dem sie das Set besucht hat. Gleichzeitig derart eingeschüchtert und angeturnt zu sein war eine echte Offenbarung.«

Ich versuchte, nicht über Patricks Gesichtsausdruck zu lachen. Es klappte nicht.

»Hör auf, über meine Mutter zu reden«, sagte Patrick stirnrunzelnd. »Und hör verdammt noch mal auf, meine Verlobte anzubaggern.«

Cole klopfte ihm auf den Rücken. »Freut mich, dass du kommen konntest, Paddy. Es ist verdammt schön, dich zu sehen. Und Nor – meine Assistentin gibt dir meine Nummer. Nur für den Fall, dass du es dir anders überlegst.«

Ich winkte ihm mit den Fingern. »Danke.«

Cole schlenderte davon, um sich unter seine anderen Gäste zu mischen. Es mussten einige Hundert sein. Allerdings schienen die meisten zu sehr damit beschäftigt zu sein, sich gegenseitig kritisch zu beäugen, um sich zu amüsieren. Keine Ahnung. Irgendwie herrschte so eine Cooler-Tisch-fiese-Mädchen-Stimmung im Raum, wie ich sie seit der Highschool nicht mehr erlebt hatte. Es war halt nicht einfach, sich zu unterhalten, wenn man ständig nach einem noch wichtigeren Gesprächspartner Ausschau hielt. Ein wirklich beängstigendes Maß an falschem Getue. Zwar wurden wir ebenfalls von vielen beobachtet, es sprach uns jedoch kaum jemand an. Kein Wunder, dass Patrick nicht viele Freunde hatte, wenn das die Leute waren, aus denen er wählen musste.

»Ernsthaft?«, fragte er und gab mir den Drink zurück.

»Was denn?« Ich trank einen Schluck und sah mich um. In einer Ecke sorgte ein DJ für Musik, bei deren Lautstärke man sich immer noch unterhalten konnte. Der Wodkabrunnen war eine nette, aber auch leberfeindliche Idee. Weiß Gott, wie viel das alles gekostet hatte. »Das ist eine sehr schicke Party.«

»Ja, so ist es. Er hat eine Menge Geld in dieses Vorhaben gesteckt. Er arbeitet schon seit Jahren daran. Cole hat ein gutes Händchen fürs Geschäftliche.« Er blickte auf mich herab. »Du hast dich von ihm Nor nennen lassen.«

»Eigentlich ist mir Norah lieber.«

Seine Stirn glättete sich ein wenig. »Oh. Okay.«

»Großmutters Schwester war Nor«, erzählte ich. »Als ich noch klein war, kam sie manchmal zu Besuch. Dann haben die beiden eine Flasche Wein getrunken und über Männer gemeckert. Meine Mutter hat auch mitgemacht, bevor sie krank wurde.«

»Waren die Männer in ihrem Leben so schlimm?«

»Die Männer in ihrem Leben waren so abwesend«, korrigierte ich ihn. »Puff! Einfach verschwunden.« Was nicht ganz korrekt war. »Also, eigentlich waren sie gar nicht in ihrem Leben. Ich bringe da etwas durcheinander. Das geht alles auf den Familienfluch zurück.«

Seine Brauen gingen nach oben. »Warte mal. Es gibt einen Familienfluch?«

»Ja.«

»Wieso weiß ich nichts davon?«

»Ich erzähle es dir ja jetzt.« Ich trank noch einen Schluck. »Also, manche Mitglieder meiner Familie glauben, dass sie in Sachen Liebe verflucht seien. Dieser Glaube stützt sich auf folgende Tatsachen: Mein Urgroßvater ist mit einer Erotiktänzerin durchgebrannt. Sein Bruder ist bei seiner eigenen Hochzeitsfeier an einem Appetithappen erstickt. Mein Großvater starb nicht lange nach der Geburt meiner Mutter bei einem Autounfall. Nor wurde am Altar verlassen. Und mein eigener Vater verschwand, als er von mir erfahren hat. Wenn man es dramatisch sehen will, könnte man sagen, dass meine Mutter an gebrochenem Herzen gestorben ist. Aber ich glaube, es lag vor allem am Brustkrebs.«

Seine Miene wurde sanfter.

»Daher rührt ihr Glaube an den Familienfluch«, schloss ich.

»Aber du glaubst nicht daran?«

Ich schüttelte den Kopf. »Nein. Ich habe schlechte Entscheidungen getroffen. Darüber haben wir schon gesprochen.«

»Bist du wirklich an Coles Nummer interessiert? Ich weiß, dass er mich zum Teil nur aufziehen wollte, aber er schien dich wirklich zu mögen.«

Ich sagte nichts.

»Ich meine, es geht mich auch gar nichts an, was du tust, nachdem –«

»Nein.«

»Nein? Okay.« Er bedachte mich mit einem Seitenblick und winkte einen Kellner heran, um sich einen weiteren Drink zu besorgen. Dieser Drink war raffinierter. Er war lilafarben, und auf seiner Oberfläche schwammen Blüten. »Was, glaubst du, ist das?«

Ich nahm das Glas, schnupperte und trank. Weil ich eben Klasse hatte. »Ich denke, das ist ein Prince. Wodka, Limette, Zucker und Crème de Violette. Ich habe vor einigen Jahren in einer Bar gearbeitet«, erklärte ich, als ich seine erhobenen Augenbrauen bemerkte. »Nach seinem Tod war der Cocktail beliebt.«

»*Purple Rain* war ein tolles Album.« Er trank einen Mundvoll. »Etwas blumiger, als ich es normalerweise mag.«

Zwei Frauen kamen auf uns zu. Beide waren wunderschön und dünn, wie in dieser Stadt eben üblich. Und ihre glänzenden Äuglein waren unverkennbar auf meine scheinbar bessere Hälfte gerichtet.

Bevor sie den Mund aufmachen konnten, legte Patrick mir einen Arm um die Schultern und sagte: »Das ist meine Verlobte Norah.«

Die beiden Frauen wechselten einen Blick, lächelten lahm und traten eilig den Rückzug an.

»Ich wurde bisher noch nie als Dating-Abwehrsystem benutzt«, bemerkte ich.

Patrick nahm noch einen Schluck von seinem Drink. »Wo waren wir? Ach ja. Du wolltest mir erklären, warum du Coles Nummer nicht haben willst.«

»Nein, wollte ich nicht.«

»Hast du schon genug von solchen Hollywoodtypen?«, fragte er beharrlich weiter.

»Du wirst keine Ruhe geben, oder?«

Er hob eine Schulter. Die Geste wirkte irgendwie desinteressiert. »Ich bin nur neugierig.«

»Patrick, ich bin mit dir hier. Sich von einem anderen Mann seine Nummer geben zu lassen wäre total unverschämt. Meine Großmutter wäre entsetzt.«

Er lächelte bloß ein ganz kleines bisschen, aber er lächelte. Was für ein Triumph. »Ich glaube, ich werde deine Großmutter mögen.«

»Das werden wir ja noch sehen, wenn du sie kennenlernst«, sagte ich. »Wie lief dein heutiges Vorsprechen?«

Das Lächeln verschwand, und er schwieg einen Augenblick, wählte seine Worte mit Bedacht. »Ich glaube, es lief gut. Manchmal ist das schwer zu beurteilen. Der Regisseur schien von der Idee, mit mir zu arbeiten, begeistert zu sein.«

»Gut.«

»Der Hass im Netz scheint sich etwas gelegt zu haben«, sagte er. »Die Ticketverkäufe ziehen wieder an. Es ist nicht gut, dass ich bei diesem anderen Film rausgeflogen bin. Wenn ein Produzent zu dem Schluss kommt, dass du Kassengift bist, kann es passieren, dass alle anderen mitziehen. Aber diese neuen Leute betrachten mich hoffentlich nicht als Risiko.«

»Wie geht es jetzt nach dem Vorsprechen weiter?«

»Ich warte ab, ob es ein Ja, ein Wir-melden-uns oder ein Nein ist.«

»Ich drücke die Daumen für Ersteres«, sagte ich.

»Ja. Ich auch.«

»Wir sollten uns wohl besser um unsere Kontaktpflege-

Pflichten kümmern.« Ich sah mich um. »Mit wem möchtest du dich noch unterhalten?«

Das Stirnrunzeln war wieder da. »Ganz ehrlich? Mit niemandem. Wir sind nur hier, um Cole einen Gefallen zu tun. Wahrscheinlich gibt es einige Leute, mit denen ich reden sollte, aber …«

Und genau in diesem Augenblick passierte es. Liv Anders kam, am Arm ihres Mannes, hereingerauscht. Heiliger Bimbam. Sie war genauso beeindruckend wie in ihren Filmen, und noch viel mehr. Sie war groß und schlank und in jeder Hinsicht perfekt. Ihr figurbetontes rotes Kleid und ihre himmelhohen Stöckelschuhe sahen umwerfend aus, und der seidige Vorhang ihres langen Haares war atemberaubend. Grant war auch nicht zu verachten – groß, dunkel und attraktiv. Kein Wunder, dass sie *das* Power-Paar waren.

Nicht gut. Plötzlich schienen sich eine Menge Augenpaare auf uns zu richten. Viel mehr, als sich bislang für uns interessiert hatten. Verdammt.

Ich trat näher zu Patrick und strich mit der Hand aufwärts über seine Brust. Der Gute zog die Brauen zusammen und blickte auf mich herab. Als würde er sich fragen, was ich da tat. Dann legte er mir den Arm um die Taille, zog mich enger an seinen Körper und fragte leise: »Ist da ein Fotograf?«

»Nein«, flüsterte ich. »Sieh nicht hin, aber Liv und Grant sind eben hereingekommen. Wir ziehen gerade eine Menge Aufmerksamkeit auf uns.«

»Scheiße.«

»Ist schon gut.«

Seine Muskeln spannten sich unter meiner Handfläche. Sein ganzer Körper war verkrampft. In seinen Augen zeichneten sich so viele Emotionen ab. Schmerz, Zorn und Reue. Anscheinend war es das erste Mal, dass er sich mit ihr im selben Raum aufhielt, seitdem es passiert war. Was immer zwischen ihm und Liv vorgefallen war, war fraglos von großer Bedeutung. Was für ein Schlamassel. Was würde wohl in seinen Augen liegen, wenn er sie ansah? Vermutlich wollte ich es gar nicht wissen. Meine Position an seiner Seite mochte nur vorübergehend sein, aber auf gewisse Weise würde es trotzdem wehtun. Ich war so dumm.

»Sie sollten eigentlich in New York sein«, sagte er. »Angie hat es überprüft.«

»Wahrscheinlich wären wir ihnen früher oder später sowieso über den Weg gelaufen«, bemerkte ich. »Wie willst du das handhaben?«

»Die Leute werden reden, egal, was wir tun.«

»Ja.«

»Aber wenn wir jetzt gehen, sind die Chancen für eine unschöne Szene geringer.«

»Okay. Sollten wir Cole noch einen schönen Abend wünschen?«

»Nein. Er wird es schon verstehen.« Patrick beugte sich zu mir herunter und kam mir sehr nah. So nah, dass der Rest der Welt irgendwie verschwamm. Das war einer seiner Zaubertricks – alles außer ihm selbst verschwinden zu lassen. Und ich hatte keinen Zweifel daran, dass es für unsere Zuschauer sehr intim und romantisch aussah. »Verschwinden wir von hier.«

8. Kapitel

Draußen in der kühlen Nachtluft blendeten uns die Blitzlichter der Paparazzi, als Patrick mir in seinen Porsche 911 half. Ich war froh, dass ich Hosen angezogen hatte. Dieses tiefliegende Biest von einem Sportwagen war nicht ohne.

Auf der Fahrt herrschte Stille. Keine Musik oder dergleichen. Nur das leise Rauschen der Straße und des Windes und der Welt, durch die wir hindurchfuhren. Erst als wir wieder in den Hügeln waren, ergriff er das Wort. »Sie waren schon monatelang getrennt.«

»Liv und Grant?«, fragte ich vorsichtig.

Ein knappes Nicken seinerseits.

»Du musst es mir nicht erzählen, wenn du nicht willst.«

»Ich weiß.« Er räusperte sich. »Ich will es dir erzählen. Ich habe das Gefühl, ich sollte es dir erklären.«

»Okay.«

»Sie hatten es noch nicht öffentlich gemacht oder so, aber sie lebten schon eine ganze Weile getrennt, hatten vor, sich scheiden zu lassen. Zwar haben sie sich hin und wieder bei Anlässen zusammen gezeigt, aber …«

Ich drehte mich ein wenig auf meinem Sitz, damit ich ihn besser sehen konnte. »Du dachtest, es wäre zwischen ihnen vorbei gewesen.«

»Ja. Sie meinte, sie wäre bereit, nach vorne zu blicken, und ich habe ihr geglaubt.«

Ich wartete ab.

»Grant und ich waren Freunde. Wir kennen uns schon seit Jahren. Haben einige Male zusammengearbeitet«, erzählte er. »Aber wir haben auch abseits des Sets Zeit miteinander verbracht. Er hat ein Haus auf Kauai, wo ich ihn besucht habe.«

»Okay.«

»Ich hatte mit ihm gesprochen, und er hatte bestätigt, dass es vorbei wäre, doch später sah er das dann offenbar anders. Die Wahrheit lautet, dass ich mich von ihr hätte fernhalten sollen. Keine Ausreden. Ich wusste, dass ich es nicht hätte tun sollen, und habe es trotzdem getan. Selbst wenn man sich von jemandem getrennt hat, ist verdammt noch mal der letzte Mensch, mit dem man diese Person sehen will, ein Freund. Jemand, dem man eigentlich vertrauen können sollte.« Er schlug verdrossen mit der Hand aufs Lenkrad. »Tut mir leid. Tut mir leid. Ich bin nur …«

»Soll ich fahren?«

»Nein. Ist schon okay.« Er seufzte. »Du bist bei mir sicher, versprochen.«

Ich nickte und versuchte, mich zu entspannen.

»Zwischen mir und Liv hat es schon immer geknistert, aber ich hätte es besser wissen müssen.«

»Hattest du Gefühle für sie?«, fragte ich.

Seine Brauen hoben sich. »Ich dachte, dass es so wäre. Inzwischen bin ich mir nicht mehr so sicher. Es wurde alles von dem begraben, was danach kam.«

»Konsequenzen sind scheiße.«

»Das stimmt allerdings.«

»Andererseits scheinst du ihre Beziehung gerettet zu haben.«

Sein Lachen war vollkommen freudlos. »Und meine eigene Karriere habe ich ruiniert.«

»Das ist nur vorübergehend.«

»Ich wünschte, sie wäre ans Telefon gegangen und hätte mir erklärt, was zum Teufel wirklich Sache ist. Aus den verfluchten Medien zu erfahren, dass sie wieder zusammen sind ...«

»Das muss schmerzhaft gewesen sein.«

»Ich habe verdient, was passiert ist«, sagte er.

Ich legte meine Wange an das kühle Leder des Autositzes und betrachtete Patrick. Die missmutigen Furchen auf seiner Stirn und seinen zusammengepressten Mund. Der Inbegriff eines angepissten Mannes mit emotionalem Ballast. So erging es einem wohl, wenn man den Bro-Code missachtete.

»Weißt du, über einen Mangel an Frauen konnte ich mich eigentlich nie beklagen«, sagte er und umfasste das Lenkrad fester. »Ich musste mich für Sex nie besonders anstrengen.«

»Ja, das kann ich mir vorstellen.«

»Ich wollte sie, und ich konnte sie endlich haben, und ich habe einfach nicht richtig darüber nachgedacht. Ich war dumm und egoistisch, und ich hätte es nicht tun sollen.«

Ich sagte nichts.

»Und?«, fragte er und warf mir einen raschen Blick zu.

»Und was?«

»Willst du nichts dazu sagen? Ein Urteil fällen?«

»Wozu sollte das gut sein?«, entgegnete ich. »Du weißt schon, dass du einen Fehler gemacht hast. Falls du noch einmal in eine vergleichbare Situation kommen solltest, wirst du anders handeln. Länger warten oder dich gar nicht erst darauf einlassen oder was weiß ich.«

Wieder sah er mich nur an.

»Also verzeih dir selbst, schau nach vorne und mach es zukünftig besser.«

Er gab ein Schnauben von sich. Was Gefühle anging, waren Männer so unbeholfen. Also wirklich.

Er betätigte den Blinker und wir bogen auf die Zielgerade ein. Ein tapferer Paparazzo stand wartend am Zaun, während sich das Tor zu öffnen begann, zusammen mit einer Frau, die sich im Schatten hielt. Vermutlich ein Fan. Außerdem war ein Motorrad hinter uns, auf dem uns ein Fotograf von der Party gefolgt war. Was für ein irrer Job, als professioneller Stalker zu arbeiten. Als wir abbremsten und darauf warteten, dass sich das Tor gänzlich öffnete, wurde eine Kamera an die Scheibe gedrückt. Wir blickten beide stur geradeaus. Schon merkwürdig, wie schnell man sich an gewisse Dinge gewöhnte. Obwohl es im Grunde egal war, was wir taten. Die Fotos würden sowieso mit den üblichen schwachsinnigen Überschriften veröffentlicht werden. Der Wagen setzte sich wieder in Bewegung und wir steuerten aufs Haus zu und ließen die Paparazzi hinter uns zurück. Gott sei Dank.

Wir fuhren in die Garage neben dem Haus und der Motor verstummte. Eigentlich verstummte die ganze

Welt. An der Haustür brannte ein einzelnes Licht. Sonst lag alles in Dunkelheit und Schatten.

»Hast du Lust, noch was zu machen?«, fragte er.

»Was zum Beispiel?«

»Ich weiß nicht. Einen Film anschauen oder so?« Er zögerte und mahlte mit dem Kiefer. »Du musst aber nicht. Ich meine … mir abseits von Veranstaltungen Gesellschaft zu leisten gehört nicht zu deinem Job.«

»Darf ich mir den Film aussuchen?«

Seine Augen blitzten schelmisch. »Kannst du denn gut Filme aussuchen?«

»Das wirst du gleich sehen.«

»Nicht witzig«, maulte er.

»Ich habe das nicht ausgesucht. Es lief schon, als ich den Fernseher eingeschaltet habe.«

Wir hatten uns im Heimkino niedergelassen, mit zwei Flaschen Bier und den besten Absichten. Und natürlich war in dem Augenblick, in dem ich es geschafft hatte, den Fernseher anzubekommen, Patricks nackter Körper auf dem Bildschirm erschienen. Und es war kein kleiner Bildschirm.

»Ach so, stimmt ja«, sagte er. »Vor einer Weile haben sie mir einen neuen Director's Cut geschickt, den ich mir anschauen sollte. Ich habe mir ein Stück im schnellen Vorlauf angesehen, bevor ich es aufgegeben habe.«

»Schaust du dir deine Filme normalerweise nicht an?«

»Nein.« Er schüttelte den Kopf. »Ich hatte einen Riesenpickel auf der linken Pobacke. Man kann ihn gerade noch erkennen.«

Ich neigte den Kopf. »Ich sehe es.«

»Das Scheinwerferlicht war unheimlich heiß. Ich habe ständig das Make-up weggeschwitzt, und sie mussten ihn immer wieder überschminken.«

»Es gibt Po-Make-up?«, fragte ich.

»Körper-Make-up«, korrigierte er mit einem kleinen Lächeln. Das passierte jetzt eindeutig öfter. Ein wunderschöner Anblick.

Das Zimmer hatte grafitgraue Wände und war mit sechs gleichen, gemütlichen Sesseln ausgestattet. An den Wänden hingen einige Schwarz-Weiß-Fotografien, und bei der Minibar, die mit alkoholischen Getränken gefüllt war, thronte auf einem Ehrenplatz eine rote Popcornmaschine. Ich liebte dieses Haus. Ganz ehrlich. Es war so cool. Es hatte alles, was man brauchte, und war gleichzeitig nicht zu riesig, sondern fühlte sich noch immer wie ein Zuhause an. Obwohl Patrick dort üblicherweise kaum Zeit verbrachte.

»Wie ist es, eine Sexszene zu drehen?«, fragte ich und nahm mir die Schüssel mit Popcorn, die zwischen uns auf einem kleinen Tisch stand.

Auf dem Bildschirm rollte er sich gerade mit einer Schönheit auf einem endlosen Bett herum. Die Musik schwoll an, das Licht wurde gedimmt und die ganze Szenerie war ehrlich gesagt ziemlich sexy.

»Schrecklich.« Er streckte die Hand nach der Fernbedienung aus, und ich gab sie ihm, weil ich sowieso nicht wusste, wie das blöde Ding funktionierte. Einen Augenblick später erschien eine Auswahl an Filmtiteln auf dem Bildschirm. »Es gibt ein geschlossenes Set, zu dem nur eine begrenzte Anzahl Mitarbeiter zugelassen wird. Trotzdem bleibt es hochnotpeinlich, abgesehen von einer Penissocke vollkommen nackt vor den anderen zu stehen.«

»Ich habe etwas Zunge gesehen«, sagte ich. »Das war ein richtiger Zungenkuss. Ich hätte gedacht, du tust nur so, so wie neulich mit mir im Restaurant.«

»Das kommt darauf an.«

»Worauf?«

»Darauf, was die Schauspieler miteinander vereinbart haben. Was der Regisseur verlangt. Was die Story braucht«, sagte er. »Such einen Film aus.«

Ich wandte mich wieder dem Bildschirm zu. »Wie wäre es mit *Harry und Sally?*«

Er ignorierte mich und sagte: »Hey, da ist *Taxi Driver*. Hast du den schon mal gesehen?«

Ich rümpfte die Nase. »Ooh, *Herr der Ringe?*«

»*Apocalypse Now* ist super. Ein echter Klassiker.«

»*Casablanca?*«, hielt ich dagegen. »Das ist auch ein Klassiker.«

»Klar.«

Puh. Da hatten wir aber einen guten Kompromiss gefunden. Seine Aggro-Männerfilme konnte er sich ein andermal anschauen. Für eine Weile verfolgten wir schweigend den Film, kamen nach dem Stress von vorhin ein wenig zur Ruhe.

»Ich wünschte, ich wäre so cool wie Rick«, sagte ich schließlich.

»Niemand wird jemals so cool wie Rick sein. Bogey war etwas Besonderes.« Er blickte auf den Bildschirm und warf sich hin und wieder Popcorn in den Mund. Und er traf fast jedes Mal. Was für ein Angeber. »Würdest du mich für den Anführer der Résistance verlassen und mich wie einen Trottel an einem Bahnsteig in Paris sinnlos warten lassen?«

»Sofern wir wirklich etwas miteinander hätten und in der Lage wären, uns per Zeitreise in den Film zu transportieren?«

»Genau«, bestätigte er.

Ich überlegte. »Ich würde zum Bahnsteig kommen.«

»Du bist eine Romantikerin.«

»Nicht unbedingt. Ich meine, Bogey ist sicher besser im Bett als dieser andere Typ. Und er liebt sie wirklich.«

»Du glaubst nicht, dass der andere Typ sie liebt?«

»Nicht auf die gleiche Art. Nicht mit der gleichen Leidenschaft.«

Er seufzte. »Aber der andere ist reicher.«

»Deswegen entscheidet sich Ilsa aber nicht für ihn. Sie ist es ihm schuldig, oder zumindest glaubt sie das. Wie auch immer, es muss total stressig sein, des Geldes wegen zu heiraten.«

»Inwiefern?«

»Nun ja, man hat tolle Kleider und ein schickes Auto und so weiter«, erklärte ich. »Man lebt in einem noblen Anwesen und fliegt um die ganze Welt und tut alles, was man will, wann immer man will. Für eine Weile macht das bestimmt Spaß, nicht wahr? Aber irgendwann wird es langweilig. Und der Partner fürs Leben, den man sich ausgesucht hat, ist nicht dein Seelenverwandter, und dein Sexleben ist vermutlich mies. Sind wir doch ehrlich. Also hält man zwangsläufig nach etwas Besserem Ausschau. Und Fremdgehen ist bestimmt furchtbar stressig.«

Er sah mich fragend an. »Bitte erklär mir das genauer.«

»Denk doch mal nach: Die Heimlichtuerei, man muss ständig lügen und sich auch noch daran erinnern, wem man welche Lüge aufgetischt hat.« Ich verzog das Gesicht. »So stressig. Und ehe man sichs versieht, braucht man noch mehr Termine zum Botoxen, weil einen dieses Doppelleben total mitnimmt und man Sorgenfalten bekommt.«

»Ich finde trotzdem, dass du eine Romantikerin bist.«

»Oder ich bin einfach nur faul und planlos und habe Angst vor Nadeln.«

»Die meisten Menschen in dieser Stadt würden sich für den reichen Kerl entscheiden.«

»Nicht unbedingt«, entgegnete ich. »Ein ordentlicher Penis an einem anständigen Kerl hat auch etwas für sich.«

Er lachte.

»Das andere Problem mit diesem Typen ist seine Berufung. Er verfolgt diese große, wichtige Mission«, erläuterte ich. »Ilsa wird bei ihm nie an erster Stelle stehen. Wird nie seine Priorität sein.«

»Und das ist wichtig?«

»Das ist das Wichtigste überhaupt.« Ich holte tief Luft und ordnete meine Gedanken. »Er mag ja ganz nett sein, aber wer will mit jemandem zusammen sein, der einen wie eine Nebensache behandelt? Wenn die andere Person nicht dein bester Freund ist, wenn man sich nicht vorstellen kann, jeden Tag für den Rest seines Lebens irgendwas zu finden, worüber man miteinander reden kann, und wenn man nicht willens ist, sich den Hintern dafür abzuarbeiten, dass man zusammenbleibt – was hat das Ganze dann für einen Sinn?«

Nichts von ihm.

»Man muss nicht unbedingt in einer Beziehung sein. Alleine zu sein ist auch eine tragfähige Entscheidung. Und selbst wenn man in einer Beziehung ist, muss jeder sein eigenes Leben haben und seine eigenen Interessen verfolgen. Hast du bei ihm nicht auch das Gefühl, dass sein Herz schon anderweitig vergeben ist?«

»Gutes Argument«, sagte er. »Rick würde immer klarstellen, dass Ilsa sein Baby ist und zu ihm gehört.«

»Jetzt bringst du die Filmmetaphern durcheinander, aber dieses eine Mal lasse ich es dir durchgehen.«

Er lächelte. Und ich hätte schwören können, dass dieses Lächeln wieder etwas breiter ausfiel als die anderen davor. Erstaunlich. »Danke, dass du mich nicht wie einen Trottel sinnlos am Bahnsteig warten lassen würdest.«

»Gern geschehen, Patrick.«

In Sachen Beziehungsmeilensteine arbeiteten wir uns schnell voran. Am nächsten Tag besuchten wir todesmutig meine Großmutter. Zumindest mir verlangte das einigen Mut ab. Ich hatte schon vor langer Zeit gelernt, meine Partner von dieser Frau fernzuhalten. Patrick war jedoch ahnungslos. Und er wollte sie kennenlernen. Selbst schuld.

»Meine Enkelin hat mir erzählt, dass du berühmt bist.«

Patrick saß auf dem Stuhl neben mir und lächelte zaghaft und höflich. Der Gute, er bemühte sich wirklich.

Aber Gran ließ sich nicht bezirzen. Sie saß in ihrem Rollstuhl, trug eine neue weiße Bluse und hatte das kurze silbergraue Haar makellos frisiert. Selbst die Perlenkette ihrer Mutter hatte einen ihrer seltenen Auftritte. Da schönes Wetter war, hatten wir uns ein Plätzchen draußen im Garten gesucht. Doch leider versetzte der Duft des Jasmins, den die kühle Spätfrühlingsbrise mit sich trug, sie auch nicht in gute Laune.

»Das gehört bei meinem Job dazu«, antwortete er.

Sie betrachtete sein hübsches Gesicht über den Rand ihrer Brille hinweg. »Und du warst in letzter Zeit anscheinend ein ziemlicher Playboy.«

Mir stand der Mund offen. »Du gehst ihm also geradewegs an die Gurgel, was?«

Gran würdigte mich kaum eines Blickes. »Das ist eine Angelegenheit zwischen Patrick und mir. Warum machst du nicht einen Spaziergang, Norah?«

»Ist schon gut.« Er legte mir beschwichtigend eine Hand aufs Knie. »Natürlich hat deine Großmutter Fragen. Warum holst du dir nicht einen Kaffee?«

»Oh, ich werde nirgendwo hingehen«, entgegnete ich.

Gran schnalzte mit der Zunge. »Auch gut. Aber sei still.«

Bevor ich etwas Schlaues erwidern konnte, etwas total Erwachsenes wie »Du bist hier nicht der Bestimmer«, drückte Patrick mein Knie. Dann rieb er mit dem Daumen in kleinen, beruhigenden Kreisen darüber. Na gut. Von mir aus. Ich konnte auch den Mund halten. Vorerst.

»Ihr beiden kennt euch noch nicht lange«, sagte sie.

Patrick nickte. »Das stimmt, Ma'am. Aber Ihre Enkelin ist gerade das Beste in meinem Leben. Es wäre töricht von mir, sie gehen zu lassen.«

»Hmm.« Sie musterte ihn über den Brillenrand hinweg. »Laut Internet bist du ein versierter Schauspieler, hast ein Vermögen von neunzig Millionen und die unerfreuliche Angewohnheit, mit den Ehefrauen anderer Männer zu schlafen.«

Mein Mund öffnete sich, woraufhin er mich wieder mit seiner Hand drückte. Herrgott noch mal.

»Das war ein Fehler«, sagte er ruhig. »Es ist ein Mal passiert. Es wird nicht wieder vorkommen.«

»Wie kannst du dir da sicher sein?«

»Weil ich Norah niemals auf diese Weise verletzen oder bloßstellen würde.«

Gran hob das Kinn. »Schöne Worte, Patrick. Vielleicht meinst du sie im Moment sogar ernst. Die Anfangszeiten einer neuen Liebe sind immer leidenschaftlich und aufregend, aber mich interessieren die langfristigen Perspektiven.«

»Ma'am?«

»Weißt du eigentlich, was für ein Mensch meine Enkelin ist?«, fragte sie und zog sich ein Stück hoch, damit sie gerade saß. »Als ich meinen Unfall hatte und mir den Rücken verletzt habe, hat sie das College abgebrochen und ist nach Hause gekommen, um sich um mich zu kümmern. Ohne darum gebeten worden zu sein. Ohne Zögern, ohne Vorwürfe. Der Großteil meines Geldes war für die Arztrechnungen ihrer Mutter draufgegangen. Also hat sich Norah einen Job gesucht. Als das nicht ausgereicht hat, hat sie sich einen zweiten Job gesucht. Bald zeigte sich, dass ich einen Platz im betreuten Wohnen brauchen würde. Schließlich konnte sie nicht in zwei Jobs arbeiten und sich auch noch um mich kümmern. Der Verkauf meines Hauses deckte einen Teil der Kosten, und den Rest zahlt Norah bis heute ab. So ein Mensch ist meine Enkelin. Großzügig und gütig und selbstlos ... Trotz ihres vorlauten Mundwerks.«

In dem Blick, mit dem Patrick mich bedachte, lag so etwas wie Ehrfurcht. Was gleichzeitig verrückt und überflüssig war.

»Bist du fertig?«, fragte ich.

»Ich wusste, dass Ihre Enkelin etwas Besonderes ist«, sagte Patrick und ignorierte mich komplett. »Jetzt weiß ich auch, wie besonders.«

Ich blickte zum Himmel auf. Das alles war ja überhaupt nicht schrecklich unangenehm oder so. »Du hast dich nach Moms Tod um mich gekümmert. Und dann war eben ich an der Reihe, mich um dich zu kümmern. Das ist alles.«

Gran sah mich an.

»Können wir bitte eine Partie Scrabble spielen und es gut sein lassen?«, bat ich. »Ich lasse dich diesmal sogar gewinnen.«

Gran schnaubte. »Als ob du es jemals geschafft hättest, mich zu schlagen.«

Seine Hand lag noch immer merkwürdig besitzergreifend auf meinem Knie.

»Patrick, du wirst sie wie das kostbare Juwel behandeln, das sie ist«, befahl Gran. »Verstanden?«

»Ja, Ma'am.«

Und das gefiel mir nicht. Es gefiel mir nicht, dass sie sich eines Tages von Patrick im Stich gelassen fühlen würde, weil wir zwangsläufig irgendwann eine Trennung fingieren würden. Aber in diesem Augenblick konnte ich daran kaum etwas ändern. Nicht, ohne meine vertraglichen Verpflichtungen zu verletzen. Dank derer ich ihr neues Seniorenheim bezahlen konnte.

»Du weckst viel zu große Erwartungen.« Ich schob die Sonnenbrille in meine Haare und wischte diskret eine Träne fort. Wahrscheinlich kam das nur von einer Allergie.

Gran lachte bellend auf. »Also bitte. Er wusste genug über dich, um jedes Mal, wenn du den Mund aufmachen und etwas Missliches sagen wolltest, dein Bein zu betatschen.«

Patrick verkniff sich das Grinsen.

»Also, na ja, ihr müsst mich nun wirklich nicht auf ein Podest heben«, sagte ich. »Meine Hobbys bestehen vor allem aus zu viel trinken und in Unterwäsche im Wohnzimmer tanzen.«

»Das würde ich gern mal sehen«, meinte Patrick.

»Das hast du schon immer gern getan.« Gran lächelte und entspannte sich ein wenig, zum ersten Mal, seitdem sie begonnen hatte, Patrick zu verhören. »Der einzige Unterschied zu damals, als du noch klein warst, besteht darin, dass das Getränk eine Flasche mit Milch war und du eine Windel getragen hast. Toni Braxton mochtest du besonders. Jedes Mal, wenn etwas von ihr im Radio lief, hast du dich gefreut. Patrick, wenn du möchtest, zeige ich dir gelegentlich ein paar Fotos.«

»Ja, bitte«, antwortete er.

Ich packte die Armlehnen meines Stuhls. »Keine Chance. Er braucht meine Babyfotos nicht zu sehen.«

»Doch, ich muss sie unbedingt sehen. Je früher, desto besser.«

»Was war das heute eigentlich für eine Geschichte, dass ihr euch gestern Abend auf dem Rückweg von einer Party gestritten hättet?«, fragte Gran ganz beiläufig.

Ich krauste die Nase. »Was?«

»Ganz genau das, Ma'am«, sagte Patrick. »Eine Geschichte. Etwas, das sie sich zu den Fotos, die sie gestern Abend von uns gemacht haben, ausgedacht haben. Mehr nicht.«

Gran hob überrascht die Brauen. Zu wissen, dass die Klatschseiten logen, und es wahrhaftig mitzuerleben waren vermutlich zwei Paar Schuhe. Die Bestätigung dafür zu erhalten.

»Also, wann kann ich mir diese Fotos ansehen?«, fragte Patrick.

Mir eine höhnische Bemerkung zu verkneifen und den Mund zu halten gelang mir nur selten. Doch das war eine dieser seltenen Gelegenheiten. Stattdessen wandte ich mich ab, um den Blick über den Garten schweifen zu lassen. Ein großer, dunkelhäutiger Gentleman beendete gerade eine weitere Runde durch den Garten. Das Interessante war, wie oft er dabei in unsere Richtung spähte. »Wer ist denn der alte Herr, der hier ständig vorbeischlurft und dir feurige Blicke zuwirft?«

»Harold, mein neuer Freund«, antwortete Gran stolz. »Mir gefällt dieses Seniorenheim ziemlich gut. In der ersten Woche habe ich ein kleines Vermögen damit verdient, vorzuschützen, eine schlechte Kartenspielerin zu sein.«

»Du Gangster.«

»Gaunerin bitte«, sagte sie affektiert. »Das klingt damenhafter.«

Patrick prustete amüsiert.

Außer Harold beobachteten uns auch noch andere Leute. Mit Patrick irgendwo hinzugehen war immer ein Abenteuer. Alle starrten ihn an. Von der Empfangsdame, die ihn flachlegen wollte, bis zum Hausmeister, der sich wünschte, er zu sein. Ich konnte mir nicht vorstellen, wie es sein musste, durchs Leben zu gehen und ständig so viel Aufmerksamkeit zu erregen. Ihm allerdings schien es die meiste Zeit kaum aufzufallen.

»Hast du ihm vom Familienfluch erzählt?«, fragte Gran.

»Es gibt keinen Familienfluch«, entgegnete ich.

Patrick tätschelte mein Knie. »Ich bin bereit, es zu riskieren, Ma'am.«

»Hmm. Das darf doch nicht wahr sein«, sagte sie. »Mildred und Katherine verstecken sich dort hinter dem Baum und beobachten uns.«

»Tatsächlich?«, fragte ich stirnrunzelnd.

»Sie sind Fans von ihm.« Sie deutete mit dem Finger auf Patrick. »Ihr hättet sie mal gestern beim Eisessen hören sollen. Sie konnten nicht aufhören, von ihm zu reden.«

»Hm. Du kommst bei allen Altersgruppen an.«

»Meine demografischen Auswertungen sehen ganz gut aus«, bestätigte er.

»Katherine hat ihren verfluchten Fotoapparat dabei«,

fluchte Gran leise. »Patrick, lächle mich verschmitzt an, und dann lache, als hätte ich etwas Witziges gesagt.«

Es war erstaunlich. Wie angewiesen war er sofort in seiner Rolle. Sein Mund verzog sich zu einem unbekümmerten Lächeln, seine weißen Zähne blitzten und dann kam ein dröhnendes Lachen tief aus seinem Bauch. Er schlug sich sogar mit der Hand auf seinen muskulösen Oberschenkel und so weiter. Aber dieses Lächeln … Heiliges Kanonenrohr. Mein Herz gab einfach auf und lieferte sich ihm aus. Das Gleiche galt für meinen Schoß. Aus nächster Nähe zu erleben, wie Patrick Walsh die volle Kraft seines guten Aussehens und seines Charismas entfesselte, war einfach nur überwältigend.

Ich konnte nichts anderes tun, als zu starren. Da hatte ich ewig daran gearbeitet, ihm wenigstens ein kleines Grinsen zu entlocken, und dann kam Gran daher und bekam das Komplettpaket. Es war natürlich alles nur vorgetäuscht, aber andererseits war das derzeit eine Art roter Faden, der sich durch mein Leben zog.

»Gut gemacht«, lobte Gran mit einem Seitenblick auf unsere Spioninnen. »So, da mein Quiltkurs gleich beginnt, müsst ihr jetzt gehen. Es war ein schöner Besuch. Äußerst konstruktiv. Lasst uns das bald wiederholen.«

»Dann geben Sie mir Ihren Segen?«, fragte Patrick, der sich nun wieder so zurückhaltend verhielt wie sonst.

Gran sah ihn lange an. »Weißt du, junger Mann, ich glaube, das tue ich. Aber lass es dir nicht zu Kopf steigen. Ich werde ein Auge auf dich haben.«

»Ja, Ma'am.«

»Guter Junge«, sagte sie lächelnd.

Als ich versuchte, ihren Rollstuhl zu schieben, scheuchte sie mich weg und rollte alleine den Pfad entlang davon. Zurück blieb mein leicht fassungsloser Scheinverlobter.

»Sie mag dich«, stellte ich fest. »Danke, dass du so nett zu ihr warst und auf ihren Wunsch deinen Auftritt hingelegt hast.«

»Es war mir ein Vergnügen.«

Die Wahrheit lautete, dass er voll im Fake-Freund-Modus gewesen war. Amüsant und liebenswert und alles, was man sich wünschen konnte. Seine Hand lag inzwischen sogar wieder auf meinem Knie. Obwohl wir unsere Rollen wahrscheinlich nicht mehr länger spielen mussten. Ich hätte sie dort wegnehmen sollen, weil Grenzen gut und klug waren, doch ich tat es nicht. Hinterfragen wir nicht, warum.

»Wir haben nie über Knie gesprochen, oder?«, sagte er und blickte nun ebenfalls dorthin, wo seine Hand lag.

»Wahrscheinlich ist es gut, dass wir uns inzwischen aneinander gewöhnt haben. Dadurch fühlen sich Berührungen etwas weniger komisch an.«

Er nickte, lehnte sich auf seinem Stuhl zurück und nahm seine Hand mit. Was traurig war, aber auch das Beste. »Ich schäme mich nicht, zuzugeben, dass ich ein bisschen Angst vor deiner Großmutter habe. Sie ist eine unglaubliche Frau.«

»Ich finde, du hast dich ziemlich gut angestellt.«

»Sie und meine Mutter wären entweder ein Herz und eine Seele oder würden sich gegenseitig an die Gurgel gehen.«

»Höchstwahrscheinlich.«

»Weißt du, du wirst mit mir Schluss machen müssen«, sagte er.

»Wie bitte?«

»Wenn unsere Zeit um ist, musst du diejenige sein, die es beendet. Und zwar öffentlich. Ich darf nicht derjenige sein, der an der Trennung schuld ist. Ich kann deine Gran nicht enttäuschen – das könnte ich mir nie verzeihen.«

Ich dachte darüber nach. »Ich weiß nicht recht. Schließlich bin ich diejenige, die mit Gran den Rest ihres Lebens verbringen muss. Ich finde, ich sollte ihr Wohlwollen haben.«

»Ich glaube, du wirst immer das Licht ihres Lebens bleiben, egal, was du tust.« Er drehte sich auf seinem Stuhl um, um mich besser ansehen zu können. Seine Miene war neugierig. »Wolltest du mir eigentlich irgendwann erzählen, dass ihr Unfall der Grund dafür war, dass du das College abgebrochen und in all diesen Jobs gearbeitet hast?«

»Ich weiß nicht. Das ist etwas, worüber ich eigentlich eher nicht spreche.«

Für einen Augenblick sagte er nichts. Dann hielt er mir die Hand hin, mit ausgestrecktem kleinen Finger. »Kleiner-Finger-Schwur.«

»Auf was?«

»Absolute Ehrlichkeit«, sagte er. »Unter dem Vorbehalt, dass wir nicht über Dinge reden müssen, über die wir nicht reden wollen. Aber was wir sagen, meinen wir ehrlich.«

Ich schlang lächelnd meinen kleinen Finger um seinen. »Darauf kann ich mich einlassen. Und eigentlich habe ich auch nicht gelogen.«

»Ich habe nie behauptet, du hättest gelogen. Aber ich finde trotzdem, dass es eine gute Regel ist.«

»Okay.«

Zwar war sein Lächeln nicht so blendend, wie das, mit dem er Gran bedacht hatte, aber dafür war es echt und herzlich und nur für mich gedacht. Das war viel besser.

9. Kapitel

»Wir haben uns im Restaurant kennengelernt, und unser erstes Date hatten wir hier in meinem Haus«, sagte Patrick. »Wir waren schon eine ganze Weile befreundet, und erst vor Kurzem wurde mehr daraus.«

Ich lächelte so falsch, dass es eine Pracht war. »Das war eine aufregende Zeit, und ich könnte nicht glücklicher sein.«

Wir saßen zusammen auf der Couch und bereiteten uns auf ein Interview vor. Unser allererstes. Gott steh uns bei. Obwohl Patrick dafür bekannt war, sein Privatleben privat zu halten, waren sich alle einig gewesen, dass sein Image in der Öffentlichkeit von einem exklusiven Plausch mit der amtierenden Talk-Königin profitieren würde. Und falls sie uns mit irgendwelchen Fangfragen überraschen würde, wären wir offiziell geliefert. Zwar würde das Interview erst morgen stattfinden, aber heute waren die Vorbereitungen und ein Fotoshooting für ihr Onlinemagazin angesetzt. Wir hatten also alle Hände voll zu tun.

Der gestrige Tag war wundervoll gewesen. Gran war von ihm entzückt gewesen und es hatte sich angefühlt, als wären Patrick und ich ein Team. Als wären wir Freunde, die als geschlossene Einheit zusammenarbeiten. Doch heute war es nicht mehr ganz so toll. Das erste Anzeichen hatte darin bestanden, dass er sich den Platz am anderen Ende der Couch ausgesucht hatte, der am weitesten von mir entfernt war. Als hätte ich Läuse oder irgendwelche Mädchenbazillen. Als Nächstes hatte er, als ich ihm einen guten Morgen gewünscht hatte, nur ein undefiniertes Schnauben von sich gegeben. Immer schön, so begrüßt zu werden. Irgendwie hätte ich ihm am liebsten etwas an den Kopf geworfen.

»Abendessenkochen sollte bei den Frauen gut ankommen«, sagte Angie und klopfte dabei mit einem Eingabestift gegen ihr Bein. »Was war dein erster Eindruck von Norah?«

Patrick leckte sich die Lippen. »Sie schien nett zu sein.« Ich prustete.

»Herrgott, Paddy«, stöhnte Mei.

»Das ist das Beste, was dir einfällt?«, fragte Angie stirnrunzelnd. »Ernsthaft?«

»Ich fand sie auch hübsch«, fügte er hinzu. Netter Versuch, dafür bekam er eine Drei.

Ich schlug die Beine übereinander. »Hättest du nicht wenigstens noch ein *sehr* einflechten können?«

Er ignorierte meinen Kommentar und rieb sich die Schläfen, als hätte er Kopfschmerzen. Armer Schatz.

Gott allein wusste, was er letzte Nacht getrieben hatte. Irgendwann nach vier Uhr in der Früh war er nach Hause getaumelt gekommen und hatte dabei genug Lärm gemacht, um mich aufzuwecken. Und ich hatte mein Zimmer nicht verlassen, um ihm zu helfen, weil ich bei meiner Arbeit in diversen Bars genug mit besoffenen Idioten zu tun gehabt hatte.

»Arbeite daran«, befahl Angie.

Patrick gab nur ein Schnauben von sich. Schon wieder.

»Norah, welchen ersten Eindruck hattest du von Patrick?«, fragte Angie brüsk.

»Ich fand ihn unfassbar attraktiv«, sagte ich und blickte ihm dabei tief in die Augen, weil man das laut eines Artikels über die Körpersprache verliebter Paare, den ich gelesen hatte, tun sollte. Ich würde das auf keinen Fall vermasseln und riskieren, dass Gran wieder aus ihrer neuen Bleibe flog. »Klar fand ich das. Aber je öfter wir miteinander geredet haben, desto mehr habe ich mich in seine wundervolle tiefe Stimme und seine Art, zu sprechen, verliebt. In die Art, wie er seine Worte mit Bedacht wählt. Ich könnte ihm den ganzen Tag lang zuhören.«

Patrick schien von meinen bewundernden Blicken und meiner Rede kaum gerührt und höchstens dezent verwirrt zu sein. Doch Angie nickte wohlwollend.

»Das gefällt mir«, sagte Mei. »Das zeigt, dass du dich für ihn als Mensch interessierst und es nicht nur mit ihm treiben willst wie die Karnickel.«

»Ja, nicht wahr?«, sagte ich grinsend. »Ich finde, das lässt mich irgendwie tiefsinnig erscheinen.«

Mei streckte den Daumen nach oben. »Absolut.«

Das war das Tolle an Mei. Mit ihr machten selbst stressige Situationen Spaß. Und ich hatte die Unterstützung einer Freundin bitter nötig. Die Vorstellung, dass mir womöglich öffentlich das Fell über die Ohren gezogen werden könnte, war nicht gerade erfreulich. Wir mussten dieses Interview gut hinbekommen. Die Welt musste an unsere Liebe glauben. An unsere wahre Liebe.

»Frag mich noch mal«, bat Patrick. »Ich bin jetzt bereit.«

»Wie war dein erster Eindruck von Norah?«, wiederholte Angie.

Er schien sich direkt vor meinen Augen zu verwandeln. Eben noch war er sein übliches verdrossenes Ich gewesen, und im nächsten Moment wurde er zum romantischen Filmhelden. Sein Blick wurde freundlich, und seine Mundwinkel hoben sich zu einem leichten, geheimnisvollen Lächeln, das eine Menge anzudeuten schien. Vor allem schmutzige, sexy Dinge. Doch er legte auch eine gehörige Portion unsterblicher Liebe und Hingabe hinein. Mein Magen hob sich ganz merkwürdig. Selbst wenn ich gewollt hätte, hätte ich den Blick nicht abwenden können. Dann öffnete er den Mund und sagte: »In dem Augenblick, in dem ich Norah gesehen habe, wusste ich es einfach.«

Angie klatschte Beifall. »Bravo.«

»Das war spitze«, sagte Mei.

»Warum hast du dann mit anderen Frauen geschlafen?«, versaute ich ihnen ihre Begeisterung.

Alle Augen richteten sich auf mich.

»Ich meine ja nur … Wäre es nicht sicherer, zu behaupten, du hättest mich eines schönen Tages vor nicht allzu langer Zeit angeschaut und gewusst, dass ich die Richtige bin, als zu erzählen, du hättest es von Anfang an gewusst, hättest aber trotzdem weiter herumgevögelt, weil warum auch nicht?«

»Gutes Argument«, meinte Mei. »Warum hast du sie warten lassen, Paddy?«

Patrick rutschte beklommen auf seinem Platz herum. »So war es nicht.«

»Überarbeite deinen Text«, ordnete Angie an und notierte sich etwas auf ihrem Tablet.

»Nächster Punkt. Wann habt ihr die Familie des jeweils anderen kennengelernt, und wie lief das?«

»Das war erst kürzlich, und ich war so aufgeregt«, improvisierte ich wie verrückt. »Aber seine Eltern sind großartige Menschen. So freundlich und großzügig. Sie haben mich wirklich herzlich in die Familie aufgenommen.«

»Gut«, sagte Angie. »Der Trick ist, die Frage zu beantworten, ohne persönliche Informationen preiszugeben. Oder zumindest keine, für die du später nicht geradestehen willst, und keine, die du bei einer Flaute in den Medien möglicherweise immer wieder aufgetischt bekommst.«

Patrick räusperte sich und sagte: »Norahs Großmutter ist eine wundervolle Frau.«

Wir warteten alle einen Moment, aber er war fertig. Was für ein Held.

»Würde ein Espresso gegen deinen Kater helfen?«, erkundigte sich Mei.

»Nein«, sagte er. »Danke.«

»Die Frage lautet, in welchem Umfang du über deine Vorgeschichte sprechen möchtest, Norah«, sagte Angie. »Die Details über den Tod deiner Mutter und der Umstand, dass deine Großmutter das Sorgerecht für dich bekommen hat, sind von öffentlichem Interesse. Bislang haben sich die Berichte über dich nur auf den Kellnerin-und-Hollywoodschwarm-Aspekt konzentriert. Wie erwartet haben sie auch ein wenig in deiner Vergangenheit herumgestochert, aber bisher nur die grundlegendsten Informationen veröffentlicht. Abgesehen von der Veröffentlichung des Nacktfotos natürlich. Möchtest du ihnen mehr geben? Es wäre –«

»Nein«, sagte Patrick eisern.

»Ich habe *sie* gefragt.« Angie deutete mit einem glänzend roten Fingernagel in meine Richtung. »Norah ist ein großes Mädchen. Sie kann ihre eigenen Entscheidungen treffen.«

»An was hast du gedacht?«, hakte ich nach.

»Mal sehen … Da hätten wir zum Beispiel das Trauma, in jungen Jahren deine Mutter zu verlieren«, sagte Angie.

Ich zog den Kopf ein. »Ich weiß nicht recht.«

»Oder wie der Umstand, dass du nur mit Frauen aufgewachsen bist – zuerst mit deiner alleinerziehenden Mutter und anschließend mit deiner Großmutter –, dir geholfen hat, eine starke, unabhängige Frau zu werden, die es geschafft hat, einen Superstar zu zähmen. Wir könnten auch auf das Thema schlechte Date-Erfahrungen in der Vergangenheit eingehen«, fuhr Angie fort. »Besonders auf diesen Arsch, der versucht hat, dich über den Tisch zu ziehen. Das würde alles dazu beitragen, dass du sympathisch rüberkommst und andere sich mit dir identifizieren können.«

Patricks Stirnrunzeln wurde immer stärker und seine Miene finster. »Norah, sag bitte Nein. Das ist nicht nötig.«

»Du willst sie vor der Aufmerksamkeit der Fans und der Medien schützen«, sagte Angie. »Das ist wirklich löblich. Aber sie steht sowieso schon in der Öffentlichkeit, Patrick. Du bist zu spät dran.«

Er mahlte mit dem Kiefer.

»Vor gut einem Monat warst du in einen Sexskandal mit einer Frau verwickelt«, sagte sie. »Jetzt bist du mit einer anderen verlobt. Wenn wir das den Leuten verkaufen wollen, müsst ihr beide euch sehr anstrengen. Wir dürfen dabei nie das Ziel aus den Augen verlieren ... Und das lautet, deinen Ruf wiederherzustellen, Patrick.«

»Und, dass ihr beide eine lange und liebevolle Beziehung führen könnt, oder?« Mei hob das Kinn. »Ich meine, das versteht sich doch von selbst.«

»Genau«, sagte Patrick, ohne im Geringsten überzeugend zu klingen.

Ich knetete meine Finger in meinem Schoß. »Konzentrieren wir uns doch erst mal darauf, dass die Fakten rund um unsere turbulente Romanze stimmen. Um den Rest können wir uns später noch kümmern.«

Mein Handy vibrierte, und ich schaute, ohne nachzudenken, aufs Display.

Angie seufzte. Und sie hatte durchaus recht damit, dass Handys während eines wichtigen Meetings nur ablenkten, aber ich brauchte einfach eine kurze Pause. Eine Flut neuer E-Mails und Nachrichten war eingegangen. Das war nichts Neues. Ich öffnete die Textnachricht und ignorierte den Rest.

»Du hast Gran Blumen geschickt?«, fragte ich und wandte mich zu Patrick um.

Zwei dunkelrosa Flecke leuchteten auf seinen Wangen auf. »Ich dachte mir, ich sollte Harold lieber auf Zack halten.«

»Vielen Dank.«

»Ist doch klar«, sagte er, ohne mir in die Augen zu sehen.

»Ich hatte vorgeschlagen, dass er dir auch welche schicken soll«, sagte Mei. »Aber er meinte, du wärest allergisch.«

»Allergisch?« Zwar brauchte ich nicht unbedingt Blumen zu bekommen, aber trotzdem. »Ja, genau.«

»Wie schade.« Mei lächelte. »Ich liebe es, Blumen geschenkt zu bekommen.«

Patrick sah noch immer recht belämmert aus und saß zusammengesunken an seinem Ende der Couch. Das geschah ihm nur recht, denn immerhin hatte er gerade für alle Zeiten verhindert, dass ich Blumen geschenkt bekam. Nur ein Witz. Das alles war ja bloß rein geschäftlich. Da waren Blumen nicht nötig. Sie stellten lediglich eine überflüssige Ausgabe dar.

»Warst du schon so vernünftig, eine Kopfschmerztablette zu nehmen?«, fragte ich. »Dich mit Wasser zu rehydrieren?«

»Es geht mir gut«, sagte er zum Fußboden.

»Ach wirklich? Weil du nämlich beschissen aussiehst.«

Patricks Lachen klang rau. »Danke, Sonnenschein.«

Ich schüttelte nur den Kopf.

»Sie hat recht«, sagte Mei. »Und der Fotograf und seine Crew kommen gleich.«

»Das ist heute?«, fragte Patrick und stellte äußerst überzeugend ein perplexes Reh im Scheinwerferlicht dar. Ein angeschlagenes Reh, das ein Nickerchen und Elektrolyte brauchte.

»Jep. Was genau hast du letzte Nacht getrieben, Paddy?«,

erkundigte sich Mei neugierig. »Ich spüre gewisse Spannungen.«

»Ich weiß genau, was du gemacht hast«, sagte Angie. »Und du kannst verdammt noch mal von Glück reden, dass die Paparazzi dir nicht gefolgt sind.«

Just in diesem Augenblick öffnete sich die Tür des Gästezimmers, und ein großer, schlaksiger Mann in Jeans und sonst nicht viel mehr kam den Flur entlangmarschiert und kratzte sich dabei an seinem flachen Bauch. Viele Tattoos. Längeres, glattes, blondes Haar. Ich hatte nicht gewusst, dass wir einen weiteren Hausgast hatten. Und dazu noch einen, der aussah, als wäre er dem Traumtyp-aktuell-Magazin entsprungen. Das es natürlich nicht wirklich gab, vielleicht aber geben sollte. Ich meine, er war kein Patrick Walsh, aber trotzdem …

»Ach du Scheiße«, war alles, was er mit kratziger Stimme sagte.

»Hi, Jack.« Mei winkte ihm. »Herzlichen Glückwunsch zur Scheidung. Die wievielte ist es gleich noch mal? Die zweite?«

»Wer zählt schon mit?« Der Typ gähnte laut und schamlos. »Kaffee?«

»In der Küche. Bedien dich.«

»Oh, Kacke«, sagte er, als er mich auf der Couch bemerkte, und kam sofort mit ausgestreckter Hand auf mich zu.

»Du musst Norah sein. Verdammt schön, dich kennenzulernen. Patrick konnte gestern Abend gar nicht aufhören, von dir zu reden. Genau wie Cole.«

»Ach ja?«, fragte ich verwirrt.

Er ergriff meine beiden Hände und musterte den Klunker an meinem Ringfinger. »Ich hätte dir einen größeren gekauft.«

»Leck mich«, grummelte Patrick und sank noch tiefer in die Couch.

»Willst du mich denn nicht vorstellen?«, fragte Jack, der noch immer meine Hände hielt. Was schräg war.

Patrick ignorierte ihn.

Ich zog lächelnd die Hände aus seinen. »Ich nehme an, du bist Jack?«

»Der Sohn der Rocklegende Angus Gilmour«, sagte Angie herablassend. »Jack ist vor allem dafür bekannt, Leadgitarre in der Band seines Vaters gespielt zu haben, bevor die beiden ein äußerst öffentliches Zerwürfnis hatten. Nachdem er sich darauf verlegte, mit den größten und bekanntesten Acts der Musikindustrie zu arbeiten. Zu seinen Hobbys zählen Hotelzimmer zu zerstören –«

»Das ist nur ein einziges Mal passiert«, stöhnte er.

»Im Haus Motorrad zu fahren.«

»Ich war zwölf, und mein Dad fand es lustig.«

»Bis er merkte, dass du seinen Perserteppich ruiniert hast.«

Jack plumpste neben mir auf die Couch. »Erzähl mir alles über dich, Norah.«

»Willst du nicht erst mal richtig Hallo sagen?«, fragte Angie.

»Angie, du warst schon immer meine Lieblingsstiefmutter«, sagte Jack. »Das weißt du auch.«

»Mm.« Angie stieß langsam den Atem aus. »Deinen Vater zu daten war der zweitgrößte Fehler meines Lebens.

Aber es waren die Neunziger. So was kam eben vor. Doch nun zu dir … Was hast du dir dabei gedacht, Patrick Alkohol in den Schlund zu schütten und ihn bis in die frühen Morgenstunden durch die Stripclubs zu schleppen?«

Jack ächzte. »Es war ein Burlesque-Club, den Cole zu kaufen erwägt. Eigentlich richtig cool.«

»Aha.« Ich hatte nicht vorgehabt, so kritisch zu klingen. Es war mir einfach so rausgerutscht. Hoppla.

»Ich bin bereit, zuzugeben, dass das mit dem Trinken etwas aus dem Ruder gelaufen ist«, sagte Jack, »aber ansonsten ist nichts passiert, was von Interesse wäre. Ich schwöre es.«

Ich öffnete den Mund. Dann klappte ich ihn wieder zu. Weil das am klügsten war. Außerdem beobachtete Patrick mich.

Angie wirkte dagegen wenig beeindruckt. Ich stand auf und ging in die Küche. Dort nahm ich die Schmerztabletten und eine Flasche Wasser und brachte sie meinem Scheinverlobten, der noch immer zusammengesackt auf der Couch saß. »Nimm das. Du brauchst es.«

»Danke«, sagte er. Seine Stimme klang ungefähr tausendmal tiefer und leidvoller als sonst.

»Ich hatte wirklich gehofft, du würdest mir einen Kaffee bringen«, sagte Jack, als ich mich wieder setzte.

»Vergiss es«, sagte ich. »Du kannst dich selbst bedienen. Obwohl ich ein Fan von der Musik deines Vaters bin.«

»Er ist ein Arsch, aber seine Musik ist gut.« Jack legte einen Knöchel aufs gegenüberliegende Knie. »Cole meinte, ich würde dich mögen. Er hatte recht.«

Patrick beobachtete mich derweil interessiert. Ganz

ehrlich, ich hatte absolut keine Ahnung, was zum Teufel mit ihm los war. Aber das war auch egal. Das hier war eine geschäftliche Angelegenheit. Nicht mehr. Und solange ich mir das immer wieder ins Gedächtnis rief, würde alles gut werden.

Ich hatte im Lauf meines Lebens schon einige merkwürdige und absurde Situationen erlebt, aber in Abendgarderobe mit Patrick Walsh mitten in einem Pool zu stehen war eindeutig der Gewinner. Der Fotograf diskutierte am Rand mit seiner Crew über die Beleuchtung oder was auch immer. Und wir warteten. Es sah ganz so aus, als wäre bei derartigen Dingen eine Menge Warterei involviert. Einer ästhetischen und künstlerischen Vision Leben einzuhauchen, brauchte offenbar Zeit. Hin und wieder rief uns eine Stylistin zu sich, um unsere Haare oder unser Make-up zu richten. Aber etwas Aufregenderes geschah nicht.

»Alles okay?«, fragte Patrick, der mit seinem nach hinten gegelten Haar äußerst elegant aussah. Dass er binnen weniger Stunden vom Komplettwrack zum Traumtyp mutieren konnte, war total ungerecht.

»Mir ist nur ein bisschen kalt. Und langweilig.«

»Ja«, sagte er. »Im Lauf der Jahre habe ich mich daran gewöhnt. In Kinofilmen mitzuspielen besteht zu einem Prozent aus Magie und zu neunundneunzig Prozent aus Warten, üblicherweise an ungemütlichen Sets in lächerlichen Kostümen.«

»Ich finde, im Moment trifft beides zu.«

»Hoffentlich dauert es nicht mehr allzu lange.«

Ich rang mir ein Lächeln ab. Weil eine positive Arbeitseinstellung wichtig war und so weiter. »Ist dieser Anzug jetzt ruiniert?«

»Ich denke schon. Er ist aus Wolle. Brioni. Hat wahrscheinlich um die fünfzehn Riesen gekostet.«

»Himmel.«

»Komm her«, sagte er, legte mir die Hand aufs Kreuz und zog mich in seine Richtung. Dann lagen meine Hände auf seinen Schultern und er legte die Arme um mich. Unsere Körper drückten sich aneinander. »Du hast überall Gänsehaut.«

»Das Wasser ist warm. Es liegt nur am Wind.«

Durch mein schmal geschnittenes schwarzes Kleid von Hervé Léger war meine Bewegungsfreiheit ziemlich eingeschränkt. Es war ärmellos, hatte einen eckigen Ausschnitt und Träger, die sich auf meinem Rücken kreuzten. Das geliehene Schmuckset aus Diamantkette, -ohrringen und -armband hatte einen eigenen Wachmann, der es stets im Auge behielt. So viel zu der ganzen Mädchen-von-nebenan-Geschichte. Obwohl wir vollkommen durchnässt waren, sahen wir absolut glamourös aus.

»Welche Botschaft, glaubst du, soll mit diesen Fotos vermittelt werden?«, fragte ich ihn.

»Ich habe ehrlich gesagt keine Ahnung.« Seine Miene wurde nachdenklich. »Vielleicht, dass uns das Wasser bis zum Hals steht?«

Ich lächelte. »Wie geht es deinem Kater?«

Sein Lächeln wirkte etwas verlegen. »Es ging mir schon besser. Die Tabletten haben geholfen. Danke.«

»Kein Ding.«

Eine seiner Hände lag tief unten auf meinem Rücken, oberhalb der Rundung meines Pos, während er mit der andern über meinen nackten Arm rieb, um mich aufzuwärmen. Wenn ich schon in Haute Couture in einem Pool festsaß, dann wenigstens in angenehmer Gesellschaft. Jetzt, da er mich nicht mehr ignorierte.

»Wegen letzter Nacht«, setzte er an und verstummte wieder, um Luft zu holen. »Es gibt da etwas, was ich dir sagen muss, nur für den Fall, dass es irgendwann rauskommt.«

»Okay.«

»Eine der Tänzerinnen saß auf meinem Schoß, um ein Selfie zu machen. Ich, äh … Ich habe sie weggeschoben, sobald ich es gemerkt habe. Aber ich war ziemlich betrunken. Es hat etwas gedauert, bis ich kapiert habe, was los ist.«

»In Ordnung«, sagte ich vorsichtshalber mit gesenkter Stimme.

»Bist du sauer?«

»Deswegen? Nein?«

»Aber wenn das Foto veröffentlicht wird, könnte das peinlich für dich werden.«

»Es würde auf jeden Fall unsere gute Arbeit zunichtemachen.«

Er blinzelte. Seine nassen Wimpern waren so dunkel und lang. »Du solltest sauer auf mich sein.«

»Bist du mir deswegen heute Morgen aus dem Weg gegangen?«

Und da war er wieder, dieser Reh-im-Scheinwerferlicht-Blick.

»Du weißt schon, als du jeden Blickkontakt mit mir vermieden und mich, anstatt mit mir zu reden, die meiste Zeit nur angeschnauzt hast.«

»Ich habe mich nicht besonders gefühlt«, sagte er hörbar verdrossen. Wie ein verwöhntes Kind. »Vielleicht könntest du etwas nachsichtiger mit mir sein.«

»Versuch's noch mal, Paddy.«

Er seufzte. »Shit. Ich habe mich tatsächlich so benommen, oder?«

»Allerdings.« Ich nickte. »Das hast du wirklich. Wenn die Dinge mal nicht so gut laufen, scheint das bei dir Gewohnheit zu sein. Was enttäuschend ist, denn ich dachte, wir wären Freunde.«

Er sah mich nur schweigend an.

»Aber im Endeffekt ist das hier bloß ein Geschäftsverhältnis. Du hast nichts getan, was einen Vertragsbruch darstellen würde, und ich bin lediglich eine Angestellte. Weswegen ich eigentlich nicht das Recht habe, wütend auf dich zu sein.« Trotz meiner noblen Worte war ich irgendwie stinksauer. Gerade, als ich gedacht hatte, wir wären übereingekommen, Freunde zu sein, war er wieder in sein mürrisches und schweigsames Verhalten zurückgefallen. Ich bemühte mich so gut wie möglich, es zu verbergen und zu leugnen, aber egal. Da ich auch nur ein Mensch war, kamen solche Dinge eben gelegentlich in Form von passiv-aggressiven Tiraden hoch. »Allerdings ist mir aufgefallen, dass das bei dir immer so ist, dass du dich bei Fehlschlägen in deinen Panzer zurückziehst. Aber, na ja … Du bist mein Boss, und das alles geht mich nichts an. Ich werde jetzt aufhören, zu reden.«

Seine Stirn legte sich in Falten. »Nein, warte.«

»Was?«, fragte ich schärfer als beabsichtigt.

»Wir *sind* Freunde. Ich habe Mist gebaut. Sei wütend auf mich.«

»Würdest du dich dann besser fühlen?«, fragte ich und neigte das Kinn.

»Ich glaube schon. Ja.«

Mein Lachen klang selbst für meine Ohren kühl. »Na schön. Meinetwegen. Ich bin vor allem sauer, weil du mich gemieden hast, anstatt mit mir über alles zu reden. Ich dachte, das hätten wir hinter uns.«

»Ich habe dich verärgert«, sagte er, als wäre es eine Offenbarung. Männer waren manchmal solche Idioten.

»Ja. Ich schätze, das hast du.«

Seine Finger bewegten sich unruhig auf meiner Haut. Als würde er befürchten, ich könnte davonlaufen. Beziehungsweise schwimmen. Dann gab er einen tiefen, grollenden Laut von sich. »Es tut mir leid, Norah. Du hast recht. Ich hätte mich heute Morgen nicht so verhalten sollen. Verzeihst du mir?«

Als ich seine Worte hörte, wurde mir irgendwie leichter ums Herz. »Ich denke schon.«

»Freunde?«, fragte er.

»Ja.«

Für einen Augenblick schwiegen wir, während die leichten, vom Wind aufgewühlten Wellen im Pool gegen uns schwappten. Das war seltsam friedvoll.

»Aber du regst dich nicht darüber auf, dass diese Frau auf meinem Schoß gesessen hat?«, fragte er unvermittelt.

»Moment mal. Willst du etwa wissen, ob ich eifersüchtig bin?«, sagte ich so leise, dass es niemand sonst hören konnte.

Er erstarrte. »Nein. Nein. Natürlich nicht.«

»Das habe ich auch nicht gedacht.« Ich schlang die Arme um seinen Hals. Damit ich im Wasser besser das Gleichgewicht halten konnte. Aus keinem anderen Grund. Es war schön, zu wissen, dass ich nicht die Einzige war, die diese ganze Situation hin und wieder als etwas verwirrend empfand. Gefühle waren kompliziert. Aber dass wir Freunde waren, war gut und richtig.

»Seid ihr zwei mit Streiten fertig?«, rief uns Mei von ihrem Liegestuhl aus zu, wo sie mit ihrem Tablet arbeitete. »Weil es langsam peinlich wird.«

Tatsächlich waren alle Augen auf uns gerichtet. Wir hatten ein großes Publikum, inklusive der Stylistin, der Visagisten und Friseure sowie einer Vielzahl diverser Assistenten. Sogar der Wachmann schien sich für unseren Krach zu interessieren.

»Zeit, sich zu küssen und wieder zu vertragen«, sagte Mei.

»Ich schätze, so würde es ein echtes Paar machen«, flüsterte er und sah mir mit einem irritierend intensiven Blick in die Augen. Nur ein Freund. Aber auch ein sehr guter Schauspieler. Kein Wunder, dass mein Herz hin und wieder durcheinanderkam.

Der Fotograf nahm die Kamera und begann zu fotografieren.

»Wir sollten dafür sorgen, dass es gut aussieht«, flüsterte ich.

»Stimmt.« Er runzelte die Stirn. »Wie gut genau?«

Ich hob leicht die Schultern. »Keine Ahnung. Überrasch mich. Und hör auf, die Stirn in Falten zu legen. Was hast du neulich noch gesagt? Übers Küssen, wenn die Story es braucht?«

Seine Hände fassten mich fester, seine Nase rieb zärtlich über meine und sein warmer Atem strich über meine Lippen. Das hier war etwas ganz anderes als unser erster Kuss im Restaurant. Meine Nerven flatterten auf ganz andere Weise. Das hier war keine Tut-er-es-oder-tut-er-es-nicht-Situation, denn diesmal wusste ich, dass er es tun würde, und diese Gewissheit war zu einem Teil aufregend und zu zwei Teilen furchterregend.

Zuerst legte er wieder einen perfekten Filmkuss hin. Drückte zärtlich die Lippen auf meine. Eins, zwei, drei Küsse. Jeder etwas länger und verheerender als der vorherige. Eine seiner Hände lag noch immer auf meinem Kreuz, die andere in meinem Nacken. Alles in allem war kein Millimeter Abstand zwischen uns. Weder über noch unter Wasser. Und die Leute, die uns zusahen, das Wissen, dass wir Publikum hatten, verschwanden in dem Augenblick aus meinem Bewusstsein, in dem seine Zungenspitze meine Unterlippe berührte. Fragend. Einladend. Seine neckende Zunge jagte einen prickelnden Schauer durch meinen Körper.

Er wich einen Zentimeter zurück und sah mir ins Gesicht.

Ich nickte. Neigte kaum merklich das Kinn.

Dann legte Patrick den Kopf zur Seite, und ich öffnete den Mund, und das war so gut. Überwältigend-fantastisch. Seine Zunge in meinem Mund und sein Selbstbewusstsein. Er war zärtlich und forsch und wusste genau, was er tat. Wie er die Zunge über meine Zähne gleiten ließ, bevor er sie wieder an meiner rieb. Wie er mit den Fingern abwechselnd meinen Nacken massierte und mich festhielt, mich anspornte. Hätte mein Kleid es zugelassen, hätte ich ihn augenblicklich besprungen. Er schmeckte hauptsächlich nach Kaffee und Mann. Eine wirkungsvolle Mischung. Doch das Beste, das Erstaunlichste war der verlangende, sehnsüchtige Laut, der aus seiner Kehle drang. Ein Laut, an den ich mich bis zu meinem Lebensende erinnern würde. Wenn ich mich nicht irrte, spürte ich außerdem an meinem Bauch, dass bei ihm da unten etwas steif wurde. Nur von einem mehr oder weniger vorgetäuschten Kuss.

Plötzlich begannen alle zu applaudieren. Patrick und ich lösten uns voreinander, wobei Hitze über meinen Nacken aufwärtskroch. Weiß der Himmel, wie mein Lippenstift in diesem Augenblick aussah, denn er hatte nicht gerade wenig davon an seinem Mund kleben. Patrick und ich sahen uns keuchend an. So viel dazu, in seiner Rolle aufzugehen. Method-Kissing war nichts für Zartbesaitete.

»Alles im Kasten«, verkündete der Fotograf, während er die Fotos auf dem kleinen Display seiner Kamera durchsah. »Wir sind hier fertig.«

Nun wäre der richtige Augenblick gewesen, um einen Witz zu reißen. Um etwas zu sagen, das die merkwürdige sexuelle Spannung zwischen uns etwas entschärfte. Doch ich war vollkommen sprachlos.

Patrick umfasste meine Hüften und schob mich mit einem argwöhnischen Blick sanft zur Seite. »O-okay.«

10. Kapitel

Nachdem den ganzen Tag lang unzählige Leute im Haus ein und aus gegangen waren, herrschte nun himmlische Stille. Mei war gegangen, Patrick war im Fitnessraum verschwunden und unser Hausgast Jack trieb sich weiß Gott wo herum. Nachdem ich eine lange, heiße Dusche genommen hatte und in einen Hoodie aus Wolle und eine Designer-Jogginghose (die man in Wirklichkeit bestimmt als Loungewear bezeichnete) geschlüpft war, die ich in meinem Kleiderschrank entdeckt hatte, hatte ich es endlich geschafft, mich wieder aufzuwärmen. Und über diesen Kuss hinwegzukommen. Da wir schon einmal vorgegeben hatten, uns zu küssen, war er eigentlich keine große Sache. Aber aus irgendeinem verdammten Grund fühlte es sich trotzdem so an.

»Hi«, sagte die Fremde, die mit einem Fleischermesser in der Hand im Wohnzimmer stand.

Ich blieb wie angewurzelt stehen.

»Ist Patrick da?«, fragte sie ganz zwanglos.

»Äh, nein.«

»Oh.« Sie ließ enttäuscht die Schultern hängen. »Er ist so gut wie nie hier.«

»Er hat viel zu tun«, murmelte ich, den Blick fest aufs Messer gerichtet.

»Ich weiß. Ich habe ihm so oft geschrieben. Ihm Textnachrichten geschickt. Aber seine Karriere muss immer an erster Stelle stehen.«

Ich nickte, während ich am ganzen Körper zu zittern begann.

»Du kannst dich genauso gut setzen.« Sie deutete mit der Waffe auf die Couch. »Wir werden auf ihn warten.«

»Klar.« Und ich würde ihr und diesem Messer verdammt noch mal kein Stück näherkommen. »W-wie heißt du?«

Die Frau war schätzungsweise Anfang zwanzig. Sie trug eine Yogahose, ein Tanktop und eine Jeansjacke. Ihr dunkles Haar war kurz und ihre Tennisschuhe schmutzig. Nichts Außergewöhnliches. Sie war einfach nur jemand, dem man überall auf der Straße begegnen konnte, nur eben mit einem Messer in der Hand.

»Beth«, antwortete sie. »Es überrascht mich, dass er dir nichts von mir erzählt hat.«

»Wahrscheinlich hat er das, und ich habe es nur vergessen.« Ich hatte mein Handy in meinem Zimmer liegen gelassen. Ich zermarterte mir den Kopf, was ich sagen sollte. Doch die Panik hielt mich unerbittlich in ihrem eisernen Griff. »Ich, ähm …«

»Setz dich, Norah«, sagte sie, und diesmal klang es ungehalten. »Wir sollten das ausdiskutieren. Ich meine, du wirst gehen müssen. Ich kann nicht zulassen, dass du hier bei ihm bleibst, im Weg stehst.«

»Okay, alles klar. Ich verstehe.«

Ihre angespannte Miene verwandelte sich in ein kleines Lächeln. »Schön, dass du es verstehst. Das hier muss nicht hässlich enden. Aber Patrick und ich müssen miteinander alleine sein. Weißt du, wir sind füreinander bestimmt.«

»Absolut.«

»Es tut mir irgendwie leid, dass er dich auf diese Weise benutzt hat. Du scheinst nett zu sein«, sagte sie. »Doch du weißt ja, wie die Männer sind …«

Ich nickte mit fest zusammengebissenen Zähnen.

»Jetzt, da Patrick und ich zusammen sind, braucht er nicht mehr weiterzusuchen. Ich werde ihm alles geben, was er braucht.« Ihre Kiefermuskeln spannten sich. »Warum sitzt du nicht? Ich habe gesagt, du sollst dich hinsetzen.«

»Stimmt. Entschuldige«, sagte ich. Und dann rannte ich los.

Ihre dumpfen Schritte waren direkt hinter mir. Ich raste in mein Zimmer, streckte die Hand nach der Tür aus und warf mich mit dem ganzen Körper gegen das harte Holz. Sie packte die Kante mit der Hand, um zu verhindern, dass ich sie schließen konnte. Scheiß auf sie. Ihr zorniger Schmerzensschrei hallte durchs ganze Haus, als ich die Tür wieder und wieder zuschlug, bis sie sie schließlich losließ. Ich schloss ab, hatte jedoch keine Ahnung, wie lange das Schloss halten würde. Ich musste schnell sein. Die Gelegenheit nutzen und mir mein Handy schnappen. Das Blut rauschte mir in den Ohren, als ich zum Nachttisch hetzte, das Handy packte und wieder zur Tür rannte. Die Tür bebte unter ihren kraftvollen Schlägen. Etwas Rotes klebte daran. Einige Hautfetzen. Lieber Himmel. Am liebsten hätte ich sie angebrüllt, aber ich bekam nicht genug Luft. Ich brauchte all meine

Kraft, um die Tür zuzuhalten. Denn wenn sie es schaffen würde, reinzukommen, wäre ich mit ziemlicher Sicherheit tot.

»Du Miststück!«, keifte sie. »Du hast meine Finger zerquetscht. Wenn Patrick erfährt, dass du mir wehgetan hast, wird er stinkwütend werden. Komm da raus!«

Ich stemmte mich mit dem ganzen Körper gegen die Tür, damit sie nicht aufging, und wählte mit zitternder Hand den Notruf.

»Anscheinend ist sie über den Zaun geklettert und hat sich durch eine offene Tür Zutritt verschafft«, sagte der Kriminalpolizist.

»Wir lassen die Türen offen, um frische Luft hereinzulassen.« Ich saß zusammengesunken auf der Couch, mit einem Glas Whisky in den Händen.

Der Polizist nickte nur, obwohl sein Blick besagte: »Ihr reichen Idioten«. Es waren noch mindestens sechs weitere Beamte anwesend. Keine Ahnung, wer sie waren oder was sie taten.

Was für ein Scheißtag.

»Norah!«, rief Patrick, der zur Haustür hereinkam.

Und obwohl es weder cool noch tapfer war, fiel ich beim Klang seiner Stimme fast von der Couch. Tiefe Erleichterung erfüllte mich von Kopf bis Fuß. Dann schlang er herrlich fest die Arme um mich, und ich war noch nie in meinem ganzen Leben für eine feuchte, stinkige, verschwitzte Umarmung so dankbar gewesen. Was vermutlich erklärte, weshalb ich augenblicklich in Tränen ausbrach.

»Müssen diese ganzen Leute unbedingt hier sein?«, hörte ich jemand anderes fragen. Jack, soweit ich es beurteilen konnte.

Der Polizist reagierte leicht betreten und schickte nach kurzer Überlegung einige der Anwesenden hinaus. Gott sei Dank. Die Blicke und das Herumschnüffeln machten alles noch hundertmal schlimmer.

»Bist du verletzt?« Patricks Hände strichen über meinen Körper. Als er auf meinen Oberarm drückte, zuckte ich zusammen, was ihn die Stirn runzeln ließ. »Du brauchst einen Arzt.«

»Das ist nur eine Prellung.«

»Norah –«

»Es geht mir gut.«

Er fluchte grollend, doch ich blieb standhaft. Bis er mich hochhob und auf seinen Schoß setzte. Er war so warm und kraftvoll. Genau der Trost, den ich jetzt brauchte.

»Wo warst du?«, fragte ich ein klein wenig kläglich.

»Wir waren oben im Canyon laufen und mein Handy stand auf lautlos. Tut mir leid, dass es etwas gedauert hat, bis ich deine Nachrichten gesehen habe.«

Eine plausible und vernünftige Erklärung. Jetzt, da er hier war, beschloss ich, für den Rest des Tages offiziell kein großes, tapferes Mädchen mehr sein zu wollen. Sollte er sich doch um dieses ganze Fiasko kümmern. Und mit Fiasko meinte ich mich.

Als ich meine Nase in sein T-Shirt schnäuzte, war er so nett, es auszuziehen und mir zu geben. Da saß ich nun auf seinem Schoß, mit seinem widerlichen verschwitzen Oberteil in der Hand, und verbarg das Gesicht an seinem

Hals. Und dabei hallten die ganze Zeit über die Schreie dieser verrückten Frau durch meinen Kopf. Weil sie keine Sekunde den Mund gehalten hatte. Nicht mal, als die Polizei eingetroffen war. Patrick liebte sie. Ich versuchte, mich zwischen sie und ihn zu drängen. Sie würde mir in Schneewittchen-Manier das Herz rausschneiden. So war es immer und immer weitergegangen. Und den Geruch des Blutes von ihren zerquetschten Fingern und das Kratzen des Messers an der Schlafzimmertür bekam ich auch nicht mehr aus dem Kopf.

Jack brachte Patrick ein frisches T-Shirt und mir eine Schachtel Taschentücher und eine Flasche Wasser. Der Polizist stellte Patrick Fragen bezüglich seiner Fanpost, der Nachrichten, die er bekommen hatte, und so weiter. Bei einer Schnellsuche in seinen E-Mails kam heraus, dass Beth Whitmore schon seit mindestens achtzehn Monaten völlig besessen von ihm war. Glaubte, er wäre in sie verliebt. Kurz wurde eine Störung mit der Bezeichnung Erotomanie erwähnt. Da Patrick sehr beschäftigt und die meiste Zeit außer Landes gewesen war, war heute eine der ersten Gelegenheiten für sie gewesen, ihn von Angesicht zu Angesicht zu stalken. Und die Frau hatte keine Zeit verschwendet.

Anschließend rief Patrick kurz beim Wachdienst an. Wobei er weiterhin einen seiner starken Arme um mich gelegt hielt. Fotos wurden gemacht und das Messer eingetütet und weggebracht. Ich hatte keine Ahnung, was die Polizisten noch alles taten, bevor sie schließlich gingen. Sie erwähnten etwas von einem Pulk Paparazzi, der sich vor dem Tor zu sammeln begann, aber ich hatte keine

Energie, um genau zuzuhören. Dann rief Angie an, und sie und Patrick verfassten ein kurzes Statement für die Presse, und damit hatte es sich.

Als mein Gehirn sich endlich wieder ein bisschen beruhigt hatte und mein Herzschlag sich seinem normalen Rhythmus annäherte, trank ich den Rest meines Scotchs aus und versuchte, mich wieder in den Griff zu bekommen. An einem Ort, der für die nächste Zeit mein Zuhause sein sollte, derart große Angst zu haben, war absolut beschissen. Wie konnte diese Frau es wagen, an meiner inneren Ruhe zu rütteln? An meinem Sicherheitsgefühl? Aber sie hatte mich nicht erwischt. Es ging mir gut. Und da ich eine erwachsene, eigenständige Frau war, sollte ich damit aufhören, mich an Patrick zu klammern wie an einen Rettungsring.

»Hey«, sagte er mit sanfter Stimme. Allerdings schwang auch ein merkwürdig angespannter Unterton mit. Wahrscheinlich hatte ihm das alles ebenfalls einen Schock versetzt.

»Hey.«

»Was brauchst du? Was kann ich für dich tun?«

Ich kletterte seufzend von seinem Schoß und ließ mich neben ihm auf der Couch nieder. »Patrick, ich bin okay.«

Jack setzte sich mit seinem eigenen Drink in der Hand ans andere Ende der Couch. Auch er wirkte ein wenig mitgenommen.

»Können wir bitte noch mal auf den Punkt mit dem Arzt zurückkommen?«, fragte Patrick.

Ich zog den Hoodie aus, sodass mein Tanktop zum Vorschein kam, und begutachtete meinen Arm. Unter der

Haut zeichneten sich Blutergüsse ab. »Nur ein paar blaue Flecke vom Türzuhalten.«

Jack stieß einen Fluch aus und griff nach seinem Handy. »Die Polizei will bestimmt Fotos haben.«

Ich hielt still, während er mehrere Fotos machte.

»Bist du sonst noch irgendwo verletzt?«, fragte er.

»Nein.«

»Die Alarmanlage war nicht eingeschaltet, weil wegen des Fotoshootings den ganzen Tag über zahlreiche Leute ein und aus gegangen sind«, sagte Patrick. »Wir müssen vorsichtiger sein. So etwas darf nicht wieder vorkommen. Du darfst meinetwegen nicht in Gefahr geraten.«

Ich nickte nur.

»Norah, hast du Hunger oder Durst, oder möchtest du sonst etwas?«, fragte Jack.

»Nein, danke.« Ich stand langsam auf. Obwohl ich inzwischen nicht mehr zitterte, fühlte ich mich komisch. Irgendwie schwach. Wahrscheinlich lag es am abebbenden Adrenalin. »Ich glaube, ich gehe ins Bett. Ich möchte mich etwas hinlegen.«

»Gute Idee«, sagte Patrick und hob mich auf seine Arme. Wenn es ihn glücklich machte, konnte er mich von mir aus auch wie ein Baby herumkarren. Er lief mit mir durch den Flur, schnurstracks an meinem Zimmer vorbei und in sein Zimmer. Dort legte er mich vorsichtig auf dem Bett ab.

»Ich kann in meinem eigenen Zimmer bleiben.«

»Möchtest du das wirklich?«, fragte er.

In dem Zimmer, in dem sie mich in die Enge getrieben und mir geschworen hatte, das Herz rauszuschneiden.

Vielleicht doch nicht. Ich machte es mir bequem, schob mir ein Kissen unter den Kopf und kroch unter die Decke. Wenn schlimme Sachen passierten, war sich unter hochqualitativen Laken zu verstecken doch das Schönste.

»Das dachte ich mir.«

»Jack ist noch da«, sagte ich. »Er glaubt, dass wir ein Paar sind. Wahrscheinlich sollte ich deswegen sowieso besser hier schlafen.«

»Eigentlich weiß er Bescheid.« Patrick stand mit verschränkten Armen am Fußende des großen Betts. »Genau wie Cole. Als wir gestern Abend zusammen unterwegs waren, habe ich es ihnen erzählt.«

»Wirklich?«

»Ja. Ich weiß auch nicht, es war nur … Sie zu belügen kam mir nicht richtig vor.« Für einen Moment ging sein Blick ins Leere. »Cole hat mich noch einmal gebeten, dir seine Nummer zu geben.«

»Ach ja?«

»Ja. Er konnte nicht aufhören, von dir zu reden. Ich habe versucht, ihm eine zu verpassen, aber ich war so betrunken, dass ich danebengetroffen habe.«

»War wahrscheinlich besser so.« Ich lächelte. »Er macht das nur, um dich zu ärgern.«

»Hmm.«

Ich gähnte, sodass mein Kiefer knackte. Draußen war es noch nicht mal richtig dunkel. »Was für ein Tag.«

»Es tut mir so verdammt leid, Norah.« Seine Stirn legte sich in Falten. »Das hätte nie passieren dürfen.«

»Wer hätte gedacht, dass es so aufregend ist, deine Freundin zu sein?« Das Gefühlschaos aus Angst und Erschöpfung war grässlich. Ich wusste nicht mehr, wo oben und unten war. »Ich muss Gran anrufen. Weiß Gott, welche Geschichten sie in den Nachrichten verbreiten.«

»Das übernehme ich. Du ruhst dich aus.«

Was für eine gute Idee. »Ich mache nur einen Moment lang die Augen zu.«

»Okay«, sagte Patrick sanft.

»Du bleibst hier, ja?«

»Ich gehe nirgendwo hin.« Zur Unterstreichung seiner Worte setzte er sich auf eines der Sofas in seiner Sitzecke und nahm das Handy zur Hand.

Und das war für einige Stunden erst mal das Letzte, was ich mitbekam.

»Hey. Norah. Ist schon gut.«

Aber es war nicht gut. So viel wusste ich mit Sicherheit. Deswegen trat ich um mich und wehrte mich gegen die Hände, die mich festzuhalten versuchten. Jemand stöhnte schmerzerfüllt auf, und plötzlich erfüllte schwaches Licht das Zimmer.

Ich strich mir die Haare aus dem Gesicht und blinzelte gegen die Helligkeit an.

Patricks Gesicht hatte einen interessanten rötlichen Farbton angenommen.

»Was ist passiert?«, fragte ich.

»Du hattest einen Albtraum«, antwortete er gepresst.

»Oh.« Ich bemerkte, dass er das Gesicht verzog und die Hände unter der Decke auf irgendeinen Teil seines Unterkörpers drückte. Der Mann schien heftige Schmerzen zu haben. Mein Hirn dagegen mühte sich nach Kräften, so langsam wie nur möglich durchzublicken. »Jemand hat mich gejagt, mit Händen so scharf wie Messern. Ungefähr so wie Freddy Krueger.«

»Aha«, sagte er mit gepeinigter Miene.

»Was ist denn los?«

»Nun, Schatzi.« Er holte nochmals Luft. »Als du gegen Freddy gekämpft hast, hast du mir versehentlich eins mit dem Knie in die Hoden verpasst.«

Ich zog den Kopf ein. »Entschuldige.«

Er nickte nur.

»Und Schatzi geht gar nicht.«

Er presste die Lippen so fest aufeinander, dass sie langsam weiß wurden.

»Möchtest du vielleicht ein Kühlpack für deine Kronjuwelen?«, fragte ich.

»Das wäre vielleicht gar keine schlechte Idee.«

Ich stieg aus dem Bett und streckte vorsichtig meinen Arm. Er tat verdammt weh. Was vermutlich zu erwarten gewesen war. Als ich die Schlafzimmertür öffnete und jäh der dunkle Flur vor mir lag, war plötzlich Schluss. Mein Mund wurde trocken und mein Körper erstarrte.

»Bist du okay?«, fragte Patrick vom Bett aus.

»Ja.« Und das stimmte auch. Ich war total okay. Ich schaffte es nur nicht, meine verfluchten Füße in Bewegung zu setzen.

Hinter mir blieb es eine Weile still. Dann raschelten die Laken und er humpelte zu mir. Der arme, verwundete Krieger. Er trug schon wieder diese weichen Schlafhosen. Doch ich war nicht in der Verfassung, seinen halbnackten Körper zu bewundern. Ihn in guten Zeiten zu einem Sexobjekt zu degradieren war schon nicht in Ordnung. Es direkt nach der Attacke seiner Hoden zu tun erschien mir einfach nur unverschämt.

»Wie wäre es, wenn wir es gemeinsam holen gingen?«, schlug er vor.

»Ist schon okay. Ich kann das. Ich muss es tun.«

Er schaltete das Flurlicht ein. Keine Schreckgespenster, die darauf lauerten, mich anzuspringen. Keine Stalker, die sich mit einer Waffe in der Hand in den Schatten verbargen. Nur der Glanz des polierten Betonfußbodens und saubere weiße Wände. Die nüchternen, modernen Gemälde. Alles war gut.

»Draußen stehen zwei Wachleute, die aufpassen«, sagte er. »Von jetzt an hast du Rund-um-die-Uhr-Schutz.«

Ich schluckte angestrengt.

»Norah, ich möchte, dass du weißt, was heute geschehen ist, tut mir wirklich verdammt leid. Ich werde verhindern, dass so etwas jemals wieder passiert.«

Ich nickte und zwang meinen Fuß, sich vorwärtszubewegen. Einen Schritt nach dem anderen. Am Büro vorbei, am Fitnessraum und am Heimkino. Als Nächstes kam das Gästezimmer, in dem Jack schlief. Dem gegenüber sich mein Zimmer befand, mit seiner zerkratzten Tür. Beths Messer hatte einige beeindruckende Scharten im Holz hinterlassen. Auf dem Boden war noch ein einzelner, dunkler Blutfleck zurückgeblieben. Der Rest war verschwunden.

Und Patrick beobachtete mich die ganze Zeit über schweigend.

Ich ging weiter ins Wohnzimmer und schaltete eine

Lampe ein. In der Wand aus Glastüren, die nach draußen führten, sah ich nur schwarze Leere und mein eigenes Spiegelbild. Perfekt, um die Aussicht zu genießen, aber verdammt furchteinflößend, wenn man kurz innehielt und darüber nachdachte, ob einen dort draußen möglicherweise jemand beobachtete. Meine Fantasie war hellwach. Und mein Körper nahm alles irgendwie übersteigert wahr. Keine Ahnung, wie man das sonst beschreiben sollte. Und die ganze Zeit über hämmerte mein Herz in meiner Brust.

Ich eilte in die Küche zum Kühlschrank und schnappte mir eine Tüte mit Tiefkühlgemüse. Sieg. Hinter mir hörte ich leise männliche Stimmen. Jack und Patrick erwarteten mich im Wohnzimmer, beide mit identisch besorgten Mienen. Als würden sie erwarten, dass ich jeden Augenblick in Tränen ausbrach oder einen Nervenzusammenbruch erlitt. Jack trug noch immer Jeans und T-Shirt. Anscheinend hatte er es noch nicht ins Bett geschafft. Oder aber Musiker schliefen in ihren Levi's. Wer weiß?

»Wie ich höre, hast du einen Treffer zu Ehren des gesamten weiblichen Geschlechts gelandet«, sagte Jack und holte seine Akustikgitarre aus der Ecke.

»Wie meine Großmutter immer sagt: Zuckerbrot und Peitsche.«

Patrick nahm die Tüte mit gefrorenem Gemüse mit einem gequälten Lächeln entgegen. Er spreizte ganz in Manspreading-Manier die Beine und platzierte die Gemüsemischung aus Erbsen, Karotten und Bohnen in seinem Schoß. Dann sah er zu mir auf und klopfte auf den freien Platz neben sich auf der Couch. Natürlich wollte er mich in seiner Nähe haben, damit er mich im Auge behalten konnte. Er hatte wegen der heutigen Geschehnisse Schuldgefühle. Nachvollziehbar.

»Wie viel Uhr ist es?«, fragte ich und machte es mir gemütlich.

»Kurz nach Mitternacht«, sagte Jack und ließ sich ebenfalls auf der Couch nieder. Er fing an, die Saiten zu zupfen und, ohne hinzusehen, eine wunderschöne Melodie zu spielen. »Wie fühlst du dich?«

Ich schenkte ihm das überzeugendste Lächeln, das ich zustande brachte. Es fiel eher mittelprächtig aus. »Es geht mir gut.«

»Dad hatte jahrelang einen Stalker. Er hat ihm lauter gestörte Nachrichten geschickt«, erzählte Jack. »Tauchte immer wieder beim Haus auf und versuchte, reinzukommen. Als ich noch ein Kind war, hat mir das höllisch Angst gemacht.«

»Kann ich mir vorstellen.«

»Am Ende ist er im Gefängnis gelandet.«

»Besuchst du während deines Aufenthaltes hier deinen Vater?«, fragte Patrick.

Jack schürzte die Lippen und schüttelte den Kopf. »Nö.«

»Es ist schon eine Weile her.«

»Das stimmt«, sagte Jack. »Sogar schon einige Jahre.«

Patrick kratzte sich an seinem stoppligen Kinn und schwieg.

Ich wusste kaum etwas über Angus Gilmour. Nur die grundlegendsten Dinge. Er gehörte zu den frühen Größen des Grungerocks, war verheiratet gewesen und in jungen Jahren Vater eines Kindes, Jack, geworden. Als Grunge nicht mehr angesagt war, hatte er sich auf Alternative Rock verlegt. Die Ehe war turbulent gewesen, wie sich den Texten vieler seiner Songs entnehmen ließ, und am Ende hatten sie sich scheiden lassen. In dieser Szene, in solch einem Haushalt aufzuwachsen, musste schräg gewesen sein. Als Promi zweiter Generation geboren zu werden, mit Geld, Privilegien und Anerkennung von Anfang an. Allerdings behielt ich diese Gedankengänge für mich.

Ablenkung war wirklich von entscheidender Wichtigkeit. Wenn ich meine Gedanken auf andere Dinge richtete, fühlten sich die Dunkelheit und die Erinnerungen an den zurückliegenden Tag nicht mehr ganz so erdrückend an.

Jack begann einen alten Song von Crowded House zu spielen.

In diesem Augenblick bemerkte ich die Blumen auf dem Beistelltisch: Eine große weiße Hutschachtel mit Dutzenden Rosen, eine Glasschale mit einem großen Wildblumengesteck, ein kunterbunter Strauß in einer kunstvollen Vase und vier weiße Orchideen in einer rustikalen Holzkiste. Ein süßer Duft lag in der Luft. Mein Gehirn war offenbar benebelter, als ich gedacht hatte, denn sonst wären sie mir bestimmt schon früher aufgefallen.

»Was ist das alles?«, fragte ich mit einem Nicken in Richtung der Blumen.

»Sie sind für dich«, sagte Patrick. »Nachdem du zu Bett gegangen warst, fingen sie an, hier einzutreffen. Sie sind von meinem Agenten, vom Studio, mit dem ich meinen letzten Film gedreht habe, und dem Fotografen von vorhin.«

»Wow.« Diesmal fiel mir das Lächeln leichter. »Und diese Blumen werde ich behalten. Du wirst dir eben etwas einfallen lassen müssen, was du Mei erzählen kannst.«

»Deine Allergien sind auf wundersame Weise verschwunden. Niemand kann es sich erklären. Wahrscheinlich eine Art posttraumatische Schockreaktion.«

»Ich kann mich nicht mal mehr entsinnen, wann ich zum letzten Mal Blumen bekommen habe.«

»Du hast dir wirklich welche gewünscht?«, fragte er etwas verwirrt.

»Klar hat sie das, du Volltrottel«, murmelte Jack.

Patrick runzelte die Stirn. »Die Rosen sind von Cole. Er wollte vorbeikommen und nach dir sehen, aber ich habe ihm gesagt, du würdest schlafen.«

»Mach dir deswegen keine Vorwürfe, mein Freund.« Jack lächelte. »Wäre Landry hinter meiner Kleinen her, würde mich das auch verunsichern.«

»Ich dachte, Patrick hätte euch erzählt, dass das mit uns alles andere als echt ist«, sagte ich.

»Was hat das denn damit zu tun?« Jack hob eine Augenbraue. »Wir Männer lieben es eben, den Platzhirsch zu spielen.«

»Super.«

»Wenn du damit fertig bist, seinen Hintern aus dem Morast zu ziehen, kannst du gern damit weitermachen, mich zu retten. Mein Ruf müsste auch aufpoliert werden«, sagte Jack. »Die letzte Ehe lief nicht so gut. Aus irgendeinem Grund erwarten die Leute von einem, dass man länger als zwei Monate zusammenbleibt.«

»Sieh an«, sagte ich.

»So lange habe ich nämlich gebraucht, um dahinterzukommen, dass sie das Geld und den Ruhm mehr geliebt hat als mich.«

»Autsch.«

»Ja«, sagte Jack. »Zum Glück gibt es Eheverträge.«

Obwohl ich eben noch hellwach gewesen war, wurde ich plötzlich wieder schläfrig. Allerdings behagte mir die Vorstellung, ganz allein in das Schlafzimmer am anderen Ende des Hauses zurückzukehren, überhaupt nicht. Also nahm ich mir ein Kissen, legte mich hin und ließ mich von den leisen Stimmen einlullen. Es war schön, nicht alleine zu sein. Für lange Zeit hatte ich in meiner Wohnung nur mich selbst als Gesellschaft gehabt. Ich hatte zwar auch Freunde gehabt, mit denen ich mich hin und wieder getroffen hatte, aber, na ja, keine Ahnung … Ich hatte viel um die Ohren gehabt und war träge gewesen, und ehe ich michs versehen hatte, waren Monate und schließlich Jahre vergangen.

Anscheinend hatte ich mich irgendwann im Halbschlaf ausgestreckt, denn meine Füße lagen nun auf Patricks Oberschenkel. Er rieb mit einer Hand meine Zehen, bewegte sie hin und her, während er den Daumen der anderen Hand kraftvoll auf meiner Fußsohle kreisen ließ. Auch das letzte bisschen Anspannung verpuffte. Wenn es mit der Schauspielerei mal nicht mehr klappen sollte, konnte der Mann auf seine hervorragenden Fähigkeiten als Fußmasseur zurückgreifen.

»Schauspielerst du gerade?«, fragte Jack aus heiterem Himmel.

»Hmm?«

»Es ist nur, weil du und Norah gerade ziemlich kuschelig wirkt.«

»Sie hatte einen Scheißtag«, sagte Patrick.

»Schon klar«, antwortete Jack. »Hilf meinem Gedächtnis kurz auf die Sprünge ... Wie lange ist es her, dass du mit einer Frau, auf die du stehst, länger als ein paar Dates zusammengeblieben bist?«

»Ich habe nie behauptet, dass ich auf sie stehe.«

»Weil du jeder Frau, die hier hereinspaziert, die Füße massierst?«

Patrick stieß ein abschätziges Schnauben aus.

»Wenn du nicht auf sie stehst – warum lässt du es Cole dann nicht bei ihr versuchen?«, fragte Jack.

»Ich liebe ihn wie einen Bruder«, antwortete Patrick. »Aber Cole ist ein Scheißaufreißer.«

»Und du nicht?«

Patricks Hände hörten auf, sich zu bewegen.

Die Gitarre verstummte. »Es wird Zeit für mich, schlafen zu gehen.«

»Das ist eine verdammt gute Idee«, murrte Patrick.

Wenig später schob er meine Füße beiseite und stand auf. Offenbar ging es seiner Leiste wieder besser. Weil er mich nämlich ganz vorsichtig auf seine Arme hob und ins Bett trug. Und ich tat die ganze Zeit so, als würde ich fest schlafen.

11. Kapitel

Helles Sonnenlicht fiel durch die Ritzen der Schlafzimmervorhänge. Patricks Seite des Bettes war verlassen und die Laken fühlten sich kühl an. Was traurig war. Ich glaube, ich mochte es, neben jemandem aufzuwachen. Beziehungsweise, wenn ich ehrlich war, neben ihm aufzuwachen. Allerdings war es schon spät. Später, als ich erwartet hatte. Das lag daran, dass mein Handy mich nicht geweckt hatte – weil es nämlich nicht mehr auf dem Nachttisch war, wo ich es hingelegt hatte. Was für eine verdammte Katastrophe. Heute stand doch unser großes Interview an. Ich stieg aus dem Bett und sah zu, dass ich in die Gänge kam. Noch nie in der Geschichte der Hygiene hatte jemand so schnell geduscht und die Zähne geputzt, wie ich es tat. In der Jogginghose und dem Tanktop vom Vorabend machte ich mich auf den Weg. Mein Oberarm tat noch immer teuflisch weh, und die Blutergüsse hatten über Nacht die wildesten Farbtöne angenommen. Das ärmellose Kleid, das die Stylistin für mich vorgesehen hatte, schied heute definitiv aus.

Mei und Patrick waren im Wohnzimmer und sprachen angeregt mit einem Mann mittlerer Größe in einem schlichten schwarzen Anzug. Beim Anblick anderer Menschen spürte ich eine merkwürdige Anspannung von mir abfallen. Zu wissen, dass ich nicht allein im Haus war, war mir wichtiger, als es hätte sein sollen.

»Wir sind spät dran«, unterbrach ich, ohne zu zögern, ihre Unterhaltung.

»Nein, sind wir nicht«, entgegnete Patrick. »Das Interview verschiebt sich um einige Tage. Bei ihnen ist etwas dazwischengekommen.«

Mei warf ihm einen raschen Blick zu, bevor sie mit weit ausgebreiteten Armen auf mich zukam. »Wir drücken uns jetzt. Mach dich auf den Zusammenprall gefasst.«

»Okay.« Ich lächelte.

»Pass auf ihren Arm auf«, sagte Patrick fürsorglich.

»Als ich es gestern erfahren habe, war ich höllisch erschrocken. Eigentlich wollte ich herkommen und nach dir sehen, aber Patrick meinte, du würdest dich ausruhen und alles wäre unter Kontrolle und ich solle lieber bis heute warten.« Sie unterbrach sich, um Luft zu holen, jedoch ohne die Umarmung zu unterbrechen. »Ich bin so froh, dass es dir gut geht.«

»Vielen Dank.« Ich drückte sie ebenfalls.

»Von einer Irren mit einem Messer attackiert zu werden muss entsetzlich gewesen sein.«

»Ja.« Und je weniger wir darüber redeten, umso besser.

Patrick behielt uns weiter im Auge, wobei sein Stirnrunzeln mal wieder in Bestform war. Zugegeben, in den vergangenen vierundzwanzig Stunden waren einige üble Dinge passiert, aber trotzdem. Ihn so verdrossen zu sehen war Mist. Eines schönen Tages würde jemand diesen Mann glücklich machen. Ihn lehren, dass es in Ordnung war, das Leben optimistisch anzugehen. Ich konnte nicht anders, als ein wenig eifersüchtig auf diese Person zu sein.

»Dein Handy liegt auf dem Couchtisch«, sagte Patrick, bevor ich dazu kam, zu fragen. »Ich dachte mir, es würde dir guttun, auszuschlafen.«

»Danke. Wer sind all diese Leute, die in unserem Garten spielen?«, fragte ich, als mir das geschäftige Treiben draußen auffiel.

»Sie installieren zusätzliche Sicherheitsvorkehrungen«, erklärte Patrick. »Kameras, Bewegungssensoren, Panikknöpfe für den Innenbereich, alles Mögliche.«

»Wenn Sie fertig sind, Mr Walsh, erwarten wir Sie draußen bei den Wagen.« Der Mann im schwarzen Anzug nickte uns kurz und knapp zu, bevor er hinausging. Seine Miene blieb absolut ausdruckslos. Jede Wette, dass er beim Pokern immer gewann.

»Lass mich raten – ein Bodyguard?«, fragte ich und ging in Richtung Küche, weil Kaffee.

»Einer von ihnen«, bestätigte Patrick. »Nimm einen Thermobecher zum Mitnehmen.«

»Wo wollen wir hin?«

Er dehnte seinen Nacken und runzelte noch stärker die Stirn. »Malibu. Ich dachte mir, wir bleiben eine Nacht lang dort, während hier alles geregelt wird. Mei hat dir schon eine Tasche gepackt.«

Sie reckte beide Daumen in die Höhe. »Alles erledigt.«

»Danke«, sagte ich. »Dass das Interview heute verschoben wurde, weiß ich ja. Aber was ist mit der Party morgen, zu der wir erscheinen sollen?«

Patrick öffnete den Mund, um etwas zu sagen, doch

Mei kam ihm zuvor. »Angie macht sich Sorgen, dass euch alles zu viel werden könnte. In Anbetracht der Ereignisse von letzter Nacht fand sie, dass es das Beste wäre, für eine Weile einen Gang zurückzuschalten. Dann hat euer begeistertes Publikum auch Gelegenheit, kurz durchzuatmen.«

»Okay.« Ich nickte. »Solange sie nicht glaubt, dass ich nicht einsatzfähig wäre. Weil es mir nämlich blendend geht.«

»Natürlich geht es dir gut«, sagte Mei. Ihren skeptischen Blick beschloss ich zu ignorieren. »Aber, Norah, wäre es nicht toll, mit deinem sexy Verlobten ein paar Tage am Strand zu verbringen?«

Patrick stand mit verschränkten Armen an die Kücheninsel gelehnt und sagte weiterhin eine Menge Nichts. Seine Armmuskeln, die sich in dieser Haltung herrlich raffiniert wölbten, sprachen dagegen eine deutliche Sprache. So heiß. Und doch einfach nur ein Freund.

»Ich meine, sieh ihn dir doch mal an«, sagte Mei und bedachte mich mit dem anrüchigsten Augenzwinkern aller Zeiten. »Stell dir mal vor, wie er in Badesachen aussieht.«

»Nicht zu glauben, dass ich in meinem eigenen Haus zum Sexobjekt abgestempelt werde«, grummelte Patrick.

»Es ist für einen guten Zweck«, entgegnete sie. »Siehst du, deine wunderschöne Verlobte lächelt.«

»Mei, du bist zu gut für diese Welt.« Ich biss mir auf die Lippe, um nicht zu lachen. Aber irgendwie war das alles auch absolut nicht witzig. Ich wandte mich nach Patrick um und sagte: »Ich fühle mich wie ein Arsch. Bitte, sag es ihr.«

Der Gute zögerte keine Sekunde. »Das mit Norah und mir ist nicht echt.«

»Ach wirklich?« Sie neigte den Kopf. »Ich meine, jetzt ernsthaft?«

»Ja.« Ich nickte. »Es ist alles nur ein Publicity-Trick.«

»Hmm. Wenn du das sagst. Na ja, wie auch immer, ich muss los, ich habe noch zu tun. Viel Spaß am Strand.« Und schon war sie weg.

»Das lief anders als erwartet«, sagte ich verwirrt.

Patrick zuckte nur mit den Schultern.

»Was, wenn du noch mal zum Vorsprechen kommen sollst? Musst du dafür nicht in der Stadt sein?«

»Falls sie anrufen, sind wir in Malibu ja nicht weit weg.«

»Du willst gern dorthin fahren.«

»Ja, so ist es«, bestätigte er. »Und ich möchte, dass du mit mir kommst.«

Irgendwie gefielen mir seine Worte etwas zu gut. Die Vorstellung, dass er von alldem wegkommen und mich bei sich haben wollte. Nach dem gestrigen Tag hatte ich wirklich eine kleine Auszeit nötig. Ich drückte lächelnd den Deckel auf den Becher. »Na schön.«

Das Haus aus Teakholz und Glas lag oberhalb einer Steilküste. Hier gab es nur Felsen, knorrige Bäume und Gischt. Das Meer und der Himmel strahlten blau und erstreckten sich schier endlos. Es fühlte sich an, als stünde man am Ende der Welt. Die Lichter der Stadt und alles, was wir dort zurückgelassen hatten, verblassten in der salzigen Luft zu einer dunklen, undeutlichen Erinnerung.

»Gehört dir das Haus?«, fragte ich ziemlich erstaunt, als ich aus dem Range Rover stieg. »Nebenbei bemerkt: Herzukommen war wirklich eine gute Idee.«

»Nein«, sagte Patrick. »Wir borgen es uns nur aus.«

»Es ist fantastisch.«

Einer der Bodyguards, die uns nachgefahren waren, hatte bereits das Haus betreten, während der andere in unserer Nähe wartete. Überwacht zu werden war merkwürdig. Ich hatte ständig das Gefühl, beobachtet zu werden. Was vielleicht daran lag, dass mich tatsächlich jemand beobachtete. Die beiden bewegten sich mit militärischer Präzision, hielten sich stets kerzengerade und behielten aufmerksam alles im Auge. Und sie lächelten niemals.

Wir holten unsere Taschen hinten aus dem Auto und warteten darauf, dass das Haus für sicher befunden wurde. Im Anschluss würden die beiden im Wachhaus beim Tor einziehen und auf dem Grundstück patrouillieren. Manchmal erschien es mir vollkommen übertrieben, dass sie bei uns waren. Aber ein kurzer Flashback von der Frau und ihrem Messer genügte, damit ich akzeptierte, dass Bodyguards von nun an ein bedauerlicher neuer Teil unserer Realität waren.

Mit jeder Meile, die wir zwischen uns und West Hollywood gebracht hatten, waren Patricks verkrampfte Schultern lockerer geworden. Auch das Stirnrunzeln hatte nachgelassen. Als er gemerkt hatte, wie sehr ich die Fahrt die Küste entlang und die herrliche Aussicht genoss, hatte sich seine besorgte Miene in ein Lächeln verwandelt. Mein letzter Urlaub lag schon Jahre zurück. Und bei Patrick mit seiner überdimensionierten Arbeitsmoral sah es auch nicht viel besser aus. Doch wir hatten es tatsächlich getan, waren den Highway entlanggerast, freudestrahlend dem Strand entgegen. Irgendwie hatte ich mich ihm in diesem Moment ganz nah gefühlt. Ich hatte das seltsame Bedürfnis verspürt, ihn zu berühren. Die Hand nach ihm auszustrecken und … Keine Ahnung, einfach Körperkontakt mit ihm zu haben. Doch so etwas taten wir nur, wenn ein Fotograf anwesend war. Weswegen ich meine Hände bei mir behalten hatte.

»Es gibt keinen Grund, nervös zu sein«, sagte Patrick. »Du bist hier sicher. Versprochen.«

»Ich bin nicht nervös.«

Er richtete den Blick auf meine Finger, mit denen ich am Saum meiner fließenden weißen Bluse herumzupfte. Bevor wir losgefahren waren, hatte ich die Jogginghose und das Tanktop ausgezogen und mir das Haar zu einem ordentlichen Pferdeschwanz frisiert. Ich würde mich auf keinen Fall dabei erwischen lassen, wie ich wie ein komplettes Wrack aussah. Etliche Paparazzi waren uns durch die Stadt gefolgt. Doch je weiter wir nach Norden gefahren waren, desto mehr hatte der Großteil von ihnen das Interesse verloren. Nur einige wenige unerschrockene Arschlöcher hatten uns bis zum Ende der Fahrt verfolgt. Doch dieses Haus war im Hinblick auf absolute Privatsphäre gebaut worden, mit hohen Zäunen, die jeden Einblick von der Straße aus verhinderten.

»Vielleicht bin ich doch ein wenig nervös«, räumte ich ein. »Aber das hat nichts damit zu tun, dass ich mich hier nicht sicher fühlen würde. Für ein paar Tage wegzufahren war eine gute Idee. Und dank unserer beiden Freunde mit den eisernen Mienen sind wir wahrscheinlich so sicher, wie es nur geht.«

»Woran liegt es dann?«

»Es ist …« Ich zögerte. Recht lange. Weil ich ihm ungern gestehen wollte, dass es mich beunruhigte, für so lange Zeit ohne festen Ablaufplan ganz allein mit ihm zu sein. Allerdings hatten wir einander versprochen, nicht zu lügen. Darum entschied ich mich dafür, ihm teilweise die Wahrheit zu sagen. »Was sollen wir hier eigentlich machen? Nur du und ich, ganz allein?«

Er stieß den Atem aus. »Ich habe ehrlich gesagt keine Ahnung. Warum entscheiden wir das nicht einfach spontan?«

Das klang theoretisch ganz vernünftig. Aber ein fester, von Angie abgesegneter Tagesplan wäre sicherer gewesen. Er hätte weniger Raum für unpassende Gefühle gelassen.

»Miss Peers, Mr Walsh, Sie können nun gern hineingehen«, sagte der erste Bodyguard.

»Danke, Tim.« Patrick nahm die beiden Reisetaschen und bedeutete mir, voranzugehen.

Von innen war das Haus noch spektakulärer als von außen. Bodentiefe Glaswände, dekorative Antiquitäten und ein großer, offen gestalteter Wohnraum mit bequemem, plüschigem, weißem Mobiliar. Hätten ein romantisches französisches Bauernhaus und ein modernes Gebäude ein Baby gehabt, hätte es so ausgesehen. Weiß der Himmel, was das alles gekostet hatte.

Ein eleganter Herr mittleren Alters mit einem beeindruckenden Schnurrbart kam uns entgegen. »Hallo. Ich bin Felix, der Hauswirtschafter.«

»Hi«, sagte ich.

»Ich wohne hier auf dem Anwesen. Falls Sie etwas brauchen sollten, lassen Sie es mich einfach wissen.«

Patrick nickte ihm kurz zu, bevor er nach oben ging. Weil er es natürlich gewohnt war, dass plötzlich wie aus dem Nichts irgendwelche Leute auftauchten, um ihn von vorn bis hinten zu bedienen. Verwöhntes Balg.

»Soll ich Ihnen das Haus zeigen?«, fragte Felix.

»Nicht nötig«, antwortete ich. »Vielen Dank.«

»Ich habe zum Mittagessen einen pikanten Nudelsalat mit Shrimps vorbereitet. Aber wenn Sie lieber etwas anderes hätten, kann ich es gern zubereiten.«

»Der Salat klingt prima.«

»Soll ich ihn vielleicht auf der Terrasse servieren?«, fragte er. »Es ist ein herrlicher Tag.«

Da Patrick nach oben verschwunden war, beschloss ich, das Heft in die Hand zu nehmen. »Das wäre schön.«

Felix lächelte und kehrte in die Küche zurück.

Ich stieg die freischwebende Holztreppe in den ersten Stock hinauf. Der Flur erstreckte sich in beide Richtungen und war von einer Reihe offener Türen flankiert. Das Haus war nicht gerade klein. »Ausladend« traf es eher. »Prachtvoll« passte ebenfalls gut.

»Paddy?«

»Geh nach rechts«, hörte ich ihn aus einem der Zimmer. Als ich eintrat, stand er am Fenster und blickte aufs Meer hinaus. »Ich habe deine Tasche in die erste Garderobe gestellt.«

»Es gibt zwei?«

»Sieht so aus.« Seine Tasche stand noch immer zu seinen Füßen. »Ich überlasse dir, wo du schläfst.«

Und weil ich augenblicklich an Sex denken musste, stierte ich ihn einfach nur wortlos an. So was von erwachsen.

»Du kannst ja ausprobieren, wie du dich alleine fühlst«, fuhr er vollkommen ahnungslos fort. »Wenn es dir unbehaglich wird, kann ich jederzeit zu dir kommen.«

»In Ordnung.« Meine Wangen waren feuerheiß. Verflixt. »Das klingt, als wäre ich ein kleines Kind, das Angst vor der Dunkelheit hat.«

»Aber du siehst aus wie eine erwachsene Frau, die ein traumatisches Erlebnis verarbeiten muss.«

»Ist das deine Art, mir mitzuteilen, dass ich einen Bad Hair Day habe?«

»Ich mache keine Witze. Du weißt, was ich damit meine.« Er leckte sich die Lippen. »Wenn du mal mit jemandem reden möchtest – «

»Meinst du, mit einem Therapeuten oder so?«

»Genau«, sagte er. »Nur kein Stress. Mei hat eine Liste mit empfehlenswerten Leuten und kann einen Termin für dich vereinbaren. Ich würde selbstverständlich alle Kosten tragen.«

»Vielen Dank. Ich werde es mir merken.«

Er widmete sich wieder der Aussicht. »Ich könnte doch das Zimmer nebenan nehmen?«

»Bist du sicher, dass du nicht dieses hier möchtest?« Ich schlenderte in das Badezimmer mit riesengroßer Dusche und kolossaler Badewanne. In dem Ding konnte man

Bahnen schwimmen. Die Fenster gingen aufs Wasser hinaus, und die Wände waren mit kleinen silbernen Glasfliesen gekachelt. Flauschige weiße Handtücher lagen ordentlich gefaltet auf dem langen Waschtisch, und alle Böden bestanden aus warm schimmerndem Holz. Dieses Badezimmer war größer als meine ehemalige Wohnung. Absolut nobel. »Es gibt sogar eine Sauna.«

»Es gehört ganz dir.« Er stand in der Badezimmertür und beobachtete mich aufmerksam. »Gefällt es dir, Norah?«

»Ja. Sehr.«

»Gut«, murmelte er und war verschwunden.

Beim Mittagessen auf der Terrasse war es still. Abgesehen vom Rauschen der Brandung und den gelegentlichen Rufen der lokalen Vogelwelt. Ich sah ihn immer wieder an und er mich, aber wir hatten beide nicht viel zu sagen. Angie und Mei hätten uns darauf vorbereiten sollen, miteinander alleine zu sein. Das wäre praktisch gewesen. Bisher waren wir ganz gut zurechtgekommen, aber jetzt wurde es langsam schräg.

Waren wir außerhalb seines Hauses noch immer Arbeitgeber und Angestellte? Wie sollten wir uns verhalten, wenn niemand da war, der es mitbekam? Und wo landeten all die verschwundenen Socken?

Ich nippte an meinem Pinot Grigio und grübelte.

»Magst du Meeresfrüchte?«, fragte er mit einem Blick auf meinen halbaufgegessenen Salat.

»Ja. Schmeckt lecker. Ich bin gerade nur nicht besonders hungrig.«

Er legte seine Serviette auf den Tisch. »Wie wäre es dann mit einem Spaziergang am Strand.«

»Großartige Idee.« Ich lächelte und stand auf. Sich ein bisschen zu bewegen und umzusehen war gut. Vielleicht war Stillsitzen im Moment einfach nicht das Richtige für mich. Weil ich mich irgendwie kribbelig fühlte.

Auf halbem Weg die hölzerne Treppe hinab sagte er: »Wenn du eine Massage oder dergleichen möchtest, können wir jemanden ins Haus kommen lassen. Du musst nicht rausgehen, wenn du nicht willst.«

»Danke, aber ich weiß nicht, ob es mir momentan gefallen würde, von jemand Fremdem angefasst zu werden.«

Er nickte nur.

Wir ließen unsere Schuhe am Ende der Treppe stehen. Der Sand unter unseren Füßen fühlte sich kühl und weich an. Es war schön hier. Sehr malerisch. Und eigentlich hätte die Umgebung eine beruhigende Wirkung auf mich haben müssen, aber irgendwie schaffte ich es nicht recht, mich zu entspannen. Ein Stück weiter weg sonnten sich Leute am Strand. Einige schwammen in der Brandung. Weit genug weg, dass kein Grund zur Sorge bestand. Die Chancen standen gut, dass denjenigen, die es sich leisten konnten, hier zu sein, ihre Privatsphäre ebenso wichtig war wie uns.

Gemeinsam spazierten wir auf die Uferlinie zu, wagten uns näher und näher an die Wellen heran. Die Sonne strahlte vom Himmel herab und das Wasser, das unsere Zehen umspülte, war angenehm. Mit Patrick an meiner Seite und den Bodyguards, die sich zweifellos in unmittelbarer Nähe aufhielten, war ich hier so sicher, wie man nur sein konnte. Doch je mehr ich mich bemühte, nicht an die vergangene Nacht zu denken, desto mehr drängten sich mir die Gedanken daran auf. Das hatten schlimme Erinnerungen so an sich.

Patrick warf mir die ganze Zeit über verstohlene Blicke zu, und sein Stirnrunzeln war auch wieder da.

»Es geht mir gut«, sagte ich.

Kein Wort von ihm.

»Ich bin nur ein bisschen unruhig.«

»Willst du abhauen?«, fragte er.

»Nein«, entgegnete ich lachend und überlegte kurz. »Eigentlich will ich schreien.«

Seine Augen weiteten sich einen Moment. »Wenn du schreien willst, solltest du das tun.«

»Wirklich?« Ich lächelte. Je länger ich darüber nachdachte, desto besser gefiel mir die Idee. »Das würde dich nicht stören?«

»Nein.« Der Mann meinte es ernst. Er schob die Hände in die Jeanstaschen und blickte gleichmütig aufs Meer hinaus. »Leg los.«

Je eingehender ich darüber nachdachte, desto klarer wurde mir, dass es tatsächlich so war. In meiner Brust hatte sich ein Knäuel aus innerer Anspannung festgesetzt. Wie eine große, dunkle Masse. Ich ballte die Fäuste, holte tief Luft, öffnete weit den Mund und ließ alles raus. Die ganze Angst und die Wut. Ich brüllte »Fuck«, aus vollem Herzen, bis meine Kehle schmerzte. Dann schrie ich es noch einmal, einfach so. Wir waren ganz schön laute Nachbarn.

Patrick wandte sich in Richtung der anderen Leute am

Strand um und winkte ihnen zu, um ihnen zu signalisieren, dass alles in Ordnung war. Denn wir hatten auf jeden Fall ihre Aufmerksamkeit erregt.

Als ich schließlich aufhörte, hatte ich ein Lächeln im Gesicht.

»Fühlst du dich besser?«, fragte er.

»Ja.«

Er erwiderte zaghaft mein Lächeln.

»Ich bin noch heil. Dieses Erlebnis hat mich nicht gebrochen, Paddy«, versicherte ich. »Du musst dir keine Sorgen machen.«

»Ich weiß. Du bist stark.« Er seufzte. »Ich glaube, ich habe eher Angst, du könntest beschließen, dass du genug von meinem Mist hast, von dem Mist, der um mich herum passiert, und gehst.«

Hm.

»Was egoistisch von mir ist.« Er mahlte mit dem Kiefer. »Wenn du aus dem Vertrag rauswillst, gehört das ganze Geld dir. Das musst du wissen. Was du bisher getan hast … Du warst klasse. Was ich damit sagen will, ist, dass es deine Entscheidung ist, was als Nächstes passiert.«

»Hast du etwa gerade zugegeben, dass du mich gern um dich hast?«, fragte ich.

»Ich dachte, das hättest du schon vor einigen Tagen gemerkt.« Er wandte sich wieder dem Wasser zu. »Aber die Wahrheit lautet, dass du ohne mich besser dran wärest.«

»Das sehe ich anders«, widersprach ich. »Zugegeben, das Leben als deine bessere Hälfte hat seine Tücken. Von denen die meisten mich eiskalt erwischt haben. Aber, Paddy, ich bin glücklich, da zu sein, wo ich gerade bin.«

Sein Stirnrunzeln wurde stärker.

»Zeit für eine Abkühlung«, sagte ich und stupste ihn leicht gegen seinen flachen Bauch.

»Wie bitte?«

»Wir gehen rein.« Ich schubste ihn wieder, und er taumelte einen Schritt rückwärts. Die Wellen rauschten heran und durchnässten die Säume unserer Jeans. Das Wasser war zwar recht kühl, aber an einem so heißen Tag nicht unangenehm. Über uns kreischten die Möwen, und das Meer und der Himmel leuchteten makellos blau. Die Wärme der Sonne auf meiner Haut zu spüren war, als würde ich aus einem bösen Traum erwachen. Er reckte sein Kinn und blickte über seine aristokratische Nase hinweg auf mich herab. »Du kannst doch schwimmen, oder?«

»Selbstverständlich kann ich schwimmen.« Er legte die Hände auf meine, drückte sie gegen seine Brust und lief weiter rückwärts. Dass er dorthin ging, wohin ich ihn führte, oder besser gesagt schob, fühlte sich herrlich an. Dass er bereit war, sich auf meine verrückte Idee einzulassen und einfach mit mir ins Meer hineinzuspazieren. In meinem Leben hatte es nicht viel Raum für derart albernes, harmloses Vergnügen gegeben. Zumindest schon seit geraumer Zeit nicht mehr. Das Wasser war lange nicht so warm wie im Sommer, aber das schien keinen von uns zu stören. »Hast du vergessen, dass wir noch vollständig angezogen sind, Norah?«

»Das hat uns gestern auch nicht abgehalten.«

Er schenkte mir ein zurückhaltendes Lächeln. Es gehörte zu meinen Favoriten.

»Ich betrachte es als eine Art spirituelle Reinigung«, teilte ich ihm mit.

»Ach ja?«

Das Wasser ging mir inzwischen bis zu den Oberschenkeln. Meine Hose war klatschnass und der weißen Bluse würde es bald ebenso ergehen. Zum Glück trug ich einen schlichten Baumwoll-BH und nicht eines von diesen spitzenbesetzten Dingern. »Wir wenden der Künstlichkeit und Unaufrichtigkeit der Gesellschaft symbolisch den Rücken zu. Und umarmen die Natur in ihrer ganzen Pracht.«

Er lachte leise.

Ein Geräusch, von dem ich jedes Mal weiche Knie bekam. »Du machst dich über die Tiefe und die Ernsthaftigkeit dieses Augenblicks lustig. Aber hinterher wirst du dich verjüngt fühlen. Wart's nur ab, Paddy. Ein wohltuendes, therapeutisches Salzwasserbad. So etwas kann dir kein Spa in Beverly Hills bieten.«

Er hob mich auf seine starken Arme und watete ins tiefere Wasser hinein. »Wie du meinst«, sagte er noch, bevor er mit mir auf dem Arm ins Wasser eintauchte.

Erwachsene Frauen konnten alleine schlafen. Das war eine allgemein bekannte Tatsache. Doch das vermochte nicht zu erklären, weshalb ich in den frühen Morgenstunden hellwach im Bett lag und an die Decke starrte.

Zum Abendessen hatte es Joghurthähnchen mit Knoblauchreis und griechischen Salat gegeben. Felix war ein fantastischer Koch. Ich hätte glatt um seine Hand angehalten, wenn denn die Aussicht bestanden hätte, dass er meinen Antrag annahm. Er hatte zum Essen einen Cabernet Sauvignon serviert und als Nachtisch Baklava. Entsprechend waren weder Hunger noch Durst mein Problem.

Da ich mit diesem Haus keine schlechten Erinnerungen verband wie mit dem anderen, hatte ich auch keine Angst. Mit meiner Schreitherapie hatte ich eine ganze Menge schlechte Schwingungen exorziert, und inzwischen hatte ich nicht mehr das Gefühl, ständig am Rande einer Kampf-oder-Flucht-Reaktion zu stehen. Zum Glück. Deswegen musste meine Unruhe eine andere Ursache haben.

Ich konnte alleine schlafen. So viel stand fest. Das Problem war nur, dass ich es nicht wollte. Es war so viel schöner, wenn Patricks großer, warmer Körper neben mir die Hälfte der Matratze einnahm. Ihn atmen zu hören, seinen angenehmen, männlichen Duft zu riechen. Es brachte eine gewisse Erleichterung mit sich, dem Sex abzuschwören. Sich dem uralten Drang, sich zum Wohle der Menschheit zu reproduzieren, zu verweigern. Das Leben wurde in vielerlei Hinsicht unkomplizierter. Doch trotzdem ließ mir dieses Thema keine Ruhe. Wollte ich tatsächlich für diesen Mann meinen Seelenfrieden aufgeben? War er das wert? Und konnte ich mich darauf verlassen, dass ich in puncto Männer diesmal die richtige Entscheidung traf?

Boss. Freund. Wichtige Punkte, die man im Gedächtnis behalten sollte. Zum Leidwesen für alle Beteiligten schien ich jedoch eher der vergessliche Typ zu sein. Die traurige Wahrheit lautete, dass ich ihn ebenso sehr vermisste wie begehrte. So viel zu dem Vorsatz, angemessene emotionale Distanz zu wahren. Die Erinnerung daran, wie seine Arme mich vorhin umschlungen hatten, machte alles nur noch schlimmer. Wie gut sich seine warme, harte Brust im kalten Wasser auf meiner Haut angefühlt hatte. Vielleicht sollte ich mich noch einmal ins Meer werfen. Irgendwo in meinem Genitalbereich schien definitiv etwas in Flammen zu stehen. Aber das war nur rein sexuell. Das körperliche Verlangen nach einem persönlichen Zusammentreffen mit seinem besten Stück. Viel mehr musste gar nicht dahinterstecken.

»Paddy? Paddy?« Ich schlich auf Zehenspitzen in sein Zimmer. Was irgendwie blöd war, weil ich ja eigentlich bewusst darauf abzielte, ihn zu wecken. »Hey. Bist du wach?«

Der unförmige Schatten auf dem Bett reagierte nicht.

Ich blieb neben ihm stehen, während mein Herz in meiner Brust umherzustolpern begann. Aus nächster Nähe konnte ich ihn im schummrigen Licht viel besser erkennen. Den Umriss seines Halses und die Wölbung seiner Schulter, die sich gegen das weiße Kissen und die Laken abzeichneten. So viel friedlich schlummernde, männliche Schönheit. Ich war ein furchtbarer Mensch. Er brauchte seinen Schlaf. Außerdem war es womöglich sowieso grundfalsch, einen Annäherungsversuch bei ihm zu starten.

Ganz vorsichtig schlich ich mich auf Zehenspitzen zurück zur Tür. Eine Nachttischlampe wurde angeknipst und erhellte das Zimmer. *Erwischt.*

»Norah?« Er rieb sich die Augen. »Was ist los?«

»Nichts. Schlaf weiter.«

Er setzte sich auf, wobei ihm die Decke bis zur Taille herunterrutschte. Zwar war die Nacht nicht direkt kalt, aber ein Oberteil wäre dennoch eine gute Idee gewesen. Nicht zuletzt wegen meiner unkontrolliert tobenden Libido.

»Ich habe mich nur kurz als Lagerleiterin betätigt und nachgeschaut, ob du hier drinnen Unfug machst. Heimlich im Dunkeln Süßigkeiten naschst oder Pornos schaust. Aber du bist offensichtlich brav.« Ich winkte ihm mit den Fingern. »Gute Nacht.«

»Warte mal.« Er gähnte. »Warum bist du wach?«

»Ich weiß es auch nicht. Ich konnte nicht schlafen und da dachte ich … Eigentlich habe ich nicht nachgedacht. Nicht wirklich. Obwohl diese Situation eigentlich nach reiflicher Überlegung verlangt.« Ich holte Luft. »Okay. Das war ein Fehler. Ich höre jetzt sofort mit dem Sprechdurchfall auf und verziehe mich zurück in mein Zimmer.«

Er neigte den Kopf. »Was hast du denn da an?«

»Oh.« Ich betrachtete mit verzogenem Gesicht mein blaues Seidennachthemd. »Die übrigen Sachen, die Mei eingepackt hat, waren alle entweder durchsichtig oder mit Federn besetzt. Zwar bedeckt es nur eben so meine Brüste und meinen Po, aber dafür ist wenigstens das dazu passende Höschen bequem.«

»Ich muss ihr eine Gehaltserhöhung geben«, murmelte er.

»Sie ist toll. Das solltest du wirklich tun.« Ich wich einen Schritt zurück in Richtung Tür. »Ich lasse dich jetzt wieder schlafen.«

Anstatt sich nach meinen Worten zu richten, schlug er

die Decke beiseite und stand auf. Noch nie sah jemand zerzaust so gut aus. Sein verschlafener Blick und sein strubbeliges Haar. Und er trug wieder diese aufreizende Schlafhose, die nichts der Fantasie überließ. Wie sollte eine gottesfürchtige Frau angesichts eines derartigen Kleidungsstücks ihre Gedanken keusch und rein halten? Selbst wenn ich nicht schon völlig notgeil gewesen wäre, wäre das nahezu unmöglich gewesen.

»Komm«, sagte er, legte mir eine Hand aufs Kreuz und schob mich aus dem Zimmer. Doch als wir die Tür erreichten, blieb er abrupt stehen.

»Was ist los?«, fragte ich, und als ich mich umdrehte, stellte ich fest, dass sein Blick auf meinen Po gerichtet war. »Paddy?«

»Verdammt«, fluchte er, stützte sich mit den Händen am Türrahmen ab und ließ den Kopf hängen. »Tut mir leid. Ich sollte nicht –«

»Ist schon gut.«

»Nein. Ist es nicht.« Seine Schultern spannten sich an, und er umfasste den Türrahmen fester. Als müsse er sich selbst zurückhalten. »Hör mal … Es gibt etwas, das ich dir sagen muss. Das Problem ist, dass das hier ziemlich kompliziert ist.«

»Weil du mein Boss bist?«

»Ja.« Die Konturen seines Gesichts wirkten im fahlen Licht viel kantiger. Die Haut irgendwie straffer gespannt. »Ich komme nur zu gern mit und schlafe bei dir, wenn du dich dadurch sicherer fühlst. Wenn du möchtest, dass ich die Nacht über in einem Sessel sitze und über dich wache, mache ich das.«

»Danke.«

Er nickte nur.

»Absolute Ehrlichkeit, okay?«

»Okay«, antwortete er.

War ich wirklich so mutig? Das war hier die Frage. Ich rieb mit meinen feuchten Händen über meine nackten Oberschenkel. »Ich habe dich allerdings nicht geweckt, weil ich Angst hatte.«

»Okay.«

Und genau an diesem Punkt blieb ich stecken. Absolut und hoffnungslos.

Für einen Augenblick sah er mich nur an, bevor er sagte: »Du kannst von mir bekommen, was immer du willst.«

»Ja?«

»Ja«, sagte er entschieden. »Das solltest du wissen.«

»Das hat noch nie jemand zu mir gesagt.«

Da stand er nun, mit den Händen am Türrahmen, die Lippen zu einer schmalen Linie zusammengepresst, und wartete auf meine Entscheidung. Ich machte vorsichtig einen Schritt vorwärts, streckte die Hand aus und legte sie auf die Stelle, wo sein Herz kräftig und verlässlich schlug. Ein leichter Flaum aus Brusthaar, warme, glatte Haut und die Wölbung seiner Brustmuskeln. Er hielt vollkommen still und sah mich mit einem derart hitzigen Blick an, wie ich es noch nie zuvor erlebt hatte. Und ich wollte alles. Ich trat noch näher, nah genug, um meine Wange an seiner Brust zu reiben. Sein Griff um den Türrahmen wurde so fest, dass das Holz protestierend knarrte.

»Das ist ein sehr schönes Haus.« Ich legte das Kinn an seine Brust, damit ich sein Gesicht sehen konnte. Ihm so nahe zu sein, einzig und allein aus dem Grund, weil ich es wollte, war unvergleichlich. »Es wäre doch schade, wenn es kaputtginge.«

»Du musst nur den ersten Schritt machen«, sagte er mit kehliger Stimme.

»Du solltest besser aufpassen, Paddy.« Ich lächelte. »Das habe ich doch schon getan.«

12. Kapitel

Meine Worte entfesselten ihn. Anders ließ es sich nicht beschreiben. Er stürzte sich auf mich, legte eine Hand in meinen Nacken und packte mit der anderen meinen Po. Ehe ich michs versah, drückte er mich schon mit dem Rücken gegen die Flurwand und hob mich mit der Hand, die an meinem Hintern lag, hoch. Ich schlang die Beine um seine Taille und, oh ja, das war einfach perfekt. Wir sollten diese Position für immer beibehalten.

Unsere Münder trafen sich zu einem heißen, feuchten Kuss. Feste Lippen, geschmeidige Zungen und seine Zähne, die auf meine trafen. Es war, als könnten wir uns gar nicht nah genug kommen, als wollten wir ineinander hineinkriechen. Unsere Münder lieferten sich ein Gefecht, bei dem ich kein Problem hatte zu verlieren. Ich konnte ihn zwischen meinen Beinen spüren, lang und dick, und das fühlte sich himmlisch an. Seine Hand packte meine Pobacken fester, stachelte mich dazu an, mich an ihm zu reiben. Beste Idee aller Zeiten.

Ich hielt die Arme um ihn geschlungen und wusste nicht, was ich zuerst anfassen sollte. Die weichen Strähnen seines Haars oder die heiße Haut seines Rückens. Seine muskulösen Schultern oder seinen kraftvollen Hals. Schließlich entschied ich mich dafür, mich einfach fest an ihn zu klammern. Obwohl er keinerlei Anstalten machte, sich von mir zu befreien. Ganz im Gegenteil. Diese ganze Szene fühlte sich an wie ein Fiebertraum. Wir konnten beide die Finger nicht voneinander lassen. Er wollte mich genauso sehr wie ich ihn. Und sein Begehren war deutlich zu spüren, in jeder sicheren Berührung und im fordernden Druck seines Mundes auf meinem.

Als er den Kuss beendete, hätte ich weinen können.

»Bett?«, fragte er atemlos.

Ich nickte.

»Deines ist größer.«

Schon trug er mich den Flur entlang zu meinem Zimmer. Ohne eine Sekunde zu verschwenden. Mein Rücken prallte auf die Matratze, und er knipste die Nachttischlampe an, bevor er hinter mir herkrabbelte und mich in die Mitte des Bettes zog. Als er sich auf mich legte und ich sein Gewicht spürte, schlang ich wieder die Beine um ihn und alles war fantastisch. Wie er seine Stärke und seine Körpergröße einzusetzen verstand, war unfassbar erregend. Dieser Anflug von Dominanz, den er an den Tag legte.

Seine Finger stahlen sich unter den Saum meines Nachthemds und strichen über meinen Brustkorb aufwärts, stoppten nicht eher, bis seine große Hand auf meiner Brust lag. Sein Daumen rieb über meine steife Brustwarze, hin und her und rundherum, bevor er hineinkniff. Die Nervenenden in meiner Brust schienen Funken zu schlagen und schickten lodernde Flammen direkt in meinen Schoß. Jeder Zentimeter meines Körpers schien plötzlich hypersensibilisiert zu sein. Erfüllt von Hitze und Verlangen.

Sein Mund ging eigene Wege, glitt meinen Kiefer entlang und über meinen Hals abwärts. Er leckte und saugte und hörte nicht damit auf, bis er den Ausschnitt meines Nachthemds so weit nach unten gezogen hatte, dass meine Brüste entblößt waren. Der Anblick, wie er an meiner Brust saugte, seine ungezügelte Gier zu erleben, brachte mich fast um den Verstand. Das Spannungsgefühl zwischen meinen Hüften steigerte sich immer mehr, und mein Schoß schwoll an und wurde von Minute zu Minute nasser.

Klar, das letzte Mal, dass ich so etwas getan hatte, lag schon ein Weilchen zurück, aber ich war mir trotzdem nicht sicher, ob ich in Sachen Sex schon jemals etwas derart Wildes erlebt hatte. Unser verzweifeltes Verlangen nacheinander grenzte an Manie.

Als er eine Hand zwischen uns schob, zuerst abwärts über meinen Bauch und dann wieder nach oben unter mein Nachthemd, wäre ich um ein Haar gekommen. Wie er die Hand in mein Höschen gleiten ließ und über meinen Venushügel legte, als würde er längst bestehende Eigentumsrechte geltend machen. Seine Berührungen und seine Blicke waren so besitzergreifend. Er drückte die Handfläche auf meinen Körper, schenkte mir ein klein wenig Druck und Reibung. Aber nicht genug. Als Nächstes strich er mit den Fingerspitzen meine Schamlippen entlang, bis ich mich lustvoll unter ihm wand.

»Halt still«, befahl er und schob sich neben mich auf die Matratze.

»Ich kann nicht.«

»Willst du, dass ich aufhöre?«

Ich riss entsetzt über seine Drohung die Augen auf. »Und ich hatte dich mit Hosen an für einen netten Kerl gehalten.«

»Ich habe noch immer meine Hosen an, aber darum kümmern wir uns gleich«, sagte er. »Es gibt nur ein kleines Problem. Ich habe keine Kondome. Ich habe absichtlich keine mitgenommen, weil ich etwas wie das hier eigentlich vermeiden wollte.«

»Moment mal. Du willst das hier nicht?«

»Norah, mit dir hier zusammen zu sein will ich mehr, als zu atmen.«

»Oh.« Ich leckte mir die Lippen, schmeckte ihn. Ein Hauch Minze von seiner Zahnpasta und noch etwas anderes, das ganz nach ihm schmeckte. Lecker. »Ich habe auch keine eingepackt.«

Er biss die Zähne zusammen und nickte. Dann ließ er einen seiner Finger in mich gleiten und begann, ihn behutsam vor und zurück zu bewegen. Sein Daumen umkreiste den Knubbel meiner Klitoris, während sich all die empfindsamen Muskeln in meinem Inneren um ihn spannten. Es fühlte sich so gut an. Viel zu gut. Ich konnte mir zwar auch selbst Vergnügen bereiten, aber Patricks Berührungen waren noch eine Million Mal besser.

»Dann werden wir andere Möglichkeiten finden müssen, um Spaß zu haben«, sagte er. »Was könnten wir da nur machen?«

»Es fällt mir unfassbar schwer, klar zu denken, solange du es mir mit dem Finger besorgst.«

»Tatsächlich?«

Mein Lächeln war etwas wackelig. »Paddy, ich nehme die Pille und ich bin gesund. Wenn du willst, dann –«

»Ja.« Er stürzte sich auf meinen Mund und küsste mich tief und hitzig. Währenddessen trug mich seine geschickte Hand in immer höhere Höhen. Als er schließlich innehielt und die Stirn an meine legte, atmeten wir beide schwer. »Ich bin auch gesund. Werde regelmäßig getestet.«

»Na dann.«

Er schob einen zweiten Finger in mich hinein, legte sich mächtig ins Zeug, und beobachtete die ganze Zeit über mein Gesicht. Dabei spielte er weiter mit dem Daumen an meiner Klitoris, stahl sich immer näher an sie heran. Gemeiner Plagegeist. Sein Blick glitt über meine entblößten Brüste und meine harten Brustwarzen. Der Anblick seiner Hand in meinem Höschen schien ihn unendlich zu erregen. Bei mir war es auf jeden Fall so.

»Dein ganzer Körper wird gerade richtig hübsch rosig«, murmelte er. »Ich denke, du bist kurz davor.«

Ich dachte in diesem Augenblick absolut nichts mehr. Jeder Muskel in mir spannte sich von den Empfindungen, die mich durchströmten. Es war zu gut, fast schon zu viel, und doch konnte ich nicht anders, als mehr zu wollen. Mehr von seinen Blicken, mit denen er mich betrachtete, mehr von seinen Berührungen. Meine Brüste fühlten sich schwer an und mein Kopf leicht. Das Ziehen tief in meinem Bauch nahm immer mehr zu. Als er begann, meine Klitoris zu stimulieren, riss ich keuchend den Mund auf, und dann war es vorbei mit mir. Wellen der Lust rollten durch mich hindurch. Die Muskeln in meinen Schenkeln bebten und ich stemmte die Fersen in die Matratze, um mich zu erden. Es schien, als würde alles in mir zu einem perfekten Moment verschmelzen. Einem Moment, den er mir geschenkt hatte.

Patricks Berührungen wurden sanfter, bis seine Finger sich schließlich nicht mehr bewegten. Er strich mit der Nase über meine Wange und bedeckte meinen Kiefer mit sanften Küssen. Und dabei sagte er kein einziges Wort.

Ich wusste auch nicht recht, was ich sagen sollte. Darum drückte ich mein Gesicht an seinen Hals und versteckte mich ganz tapfer. Vor ihm zu kommen war irgendwie aufwühlend gewesen. Als hätte ich etwas von meinem Innersten preisgegeben. Zwar vertraute ich ihm mehr oder weniger, aber trotzdem …

Er zog vorsichtig die Finger aus mir und aus meinem Höschen. Dann waren saugende Geräusche zu hören, denn, na klar: Bloß nichts verschwenden.

»Du schmeckst gut«, sagte er. »Und riechst auch gut.«

»Danke.«

»Salzig-süße Frau. Gefällt mir.«

Ich lachte leise. »Da bin ich aber froh.«

»Wenn du jetzt aufhören möchtest, ist das okay.«

Ich lehnte mich zurück, damit ich sein Gesicht sehen konnte. Seine Erektion drückte sich verlangend gegen meine Hüfte, seine Miene jedoch war der Inbegriff von Zurückhaltung und gleichzeitig noch mehr. Freundlichkeit. Sanftheit. Sogar Freundschaft. All die Dinge, die bei meinen sämtlichen bisherigen Partnern gefehlt hatten. Seine Gesichtszüge wirkten vor Verlangen gestrafft, und seine Pupillen waren so sehr geweitet, dass sie das Blau verschluckten. Doch trotzdem waren seine Worte ernst gemeint gewesen.

»Es liegt bei dir«, sagte er.

»Ich will nicht aufhören.«

Er nickte langsam und stieß den Atem aus. Dann ließ er die Hand über den Seidenstoff meines Nachthemds gleiten, musterte die zarten Stickereien am Ausschnitt. »So hübsch dieses Ding auch ist – es muss weg.«

Gemeinsam zogen wir das Hemd über meinen Kopf und das Höschen über meine Beine. Hörten erst auf, als ich nackt auf den Laken lag und die Wäsche fort war. Achtlos über seine Schulter auf den Boden geworfen. Na ja, er hatte dafür bezahlt – dann konnte er damit wohl auch machen, was er wollte. Und mit jemandem Sex zu haben war so ein großer Akt des Vertrauens. Ich hatte ganz vergessen, wie intim es eigentlich war, mit jemandem ins Bett zu gehen.

Patrick verschwendete derweil keine Zeit und entledigte sich seiner Hose. Sein Glied wies in einer anmutigen Kurve nach oben, und dicke Adern schlängelten sich zum breiten Kopf hinauf. Der Mann war wirklich gut bestückt. Sein Penis war gleichzeitig perfekt und einschüchternd, genau wie jeder andere Zentimeter seines Körpers. Kein Wunder, dass es eine Website gab, die sich ausschließlich mit Fotos von seinem Schritt befasste und den Namen »Ein Hoch auf Patricks Hosenschlange« trug. Nicht, dass ich sie mir angeschaut hatte. Die Seite meine ich. Sein bestes Stück starrte ich gerade nach Herzenslust an. Und nach seinem dreisten Gesichtsausdruck zu urteilen, hatte er kein Problem damit, von mir begafft zu werden. Dann streckte ich die Hand nach ihm aus, und er legte sich zwischen meine Beine. Sein Körper war fiebrig heiß und verdrängte den Rest der Welt.

Der runde Kopf seines Glieds drückte sich gegen meinen Schoß und schon drang er in mich ein. Zentimeter für Zentimeter gab mein Körper ihm langsam nach, öffnete sich ihm, nahm ihn tief in sich auf. Sein gequältes Stöhnen an meinem Hals klang wie Musik in meinen Ohren. Dann spannte sich jeder Muskel in seinem Körper, als er sich vorsichtig wieder zurückzog, bevor er erneut eindrang. Einmal, zweimal. In aller Ruhe.

»Geht es?«, fragte er.

Ich nickte. »Mehr.«

»Fester?«

»Ja.«

Diesmal stieß er kraftvoll in mich hinein. Ohne Zögern, ohne sich zu bremsen. Und, ach du Scheiße, sofort schienen elektrische Ladungen mein Rückgrat entlangzurasen. Ich schlang die Beine um ihn, hielt ihn fest. Er legte ein wildes Tempo vor. Was immer das zwischen uns auch sein mochte, kannte keine Zurückhaltung. Zumindest nicht für lange. Unsere verschwitzten Körper schimmerten feucht. Er grub die Finger in meine Pobacke, zog meine Hüften hoch, damit ich ihn noch besser aufnehmen konnte. Die Kraft seines Blickes schien absolut. Auf seinen Wangen zeichneten sich rote Flecke ab. Noch nie hatte er so schön ausgesehen wie in diesem Moment.

Haut klatschte auf Haut, und jede einzelne Zelle meines Körpers schrie nach mehr. Mehr von ihm, mehr Reibung. Dieses Gefühl, dass alles zu viel war und doch nicht genug. Ich dachte nicht, dass ich noch einmal kommen könnte. Doch ich hätte wissen müssen, dass Denken sowieso sinnlos war. Wie Patrick mich in die Matratze vögelte, war einfach nur animalisch. Wir waren wild und zügellos. Ich, wie ich ihn mit den Händen gepackt hielt, und er, wie er all die herrliche Kraft, die in seinem Körper steckte, rausließ.

Er ballte seine Hand in meinem Haar zur Faust, zog fest daran und sah mir weiterhin direkt ins Gesicht. Mein ganzer Körper zitterte, und ich schrie und klammerte mich an ihn. Ich kam noch einmal, und diesmal nahm ich ihn mit. Es hörte einfach nicht auf. Eine endlose Flut, die durch meinen Körper strömte. Nichts anderes existierte mehr. Nichts blieb übrig. Diesmal war ich wirklich fertig. Ich war nur noch ein federleichtes, schwebendes Überbleibsel der Frau, die ich zuvor gewesen war. Das vollkommen fix und fertig auf dem Laken lag. Doch eine wichtige Erkenntnis blieb. Die Einsicht, dass ich den Sex, wenn er früher auch so gut gewesen wäre, niemals aufgegeben hätte.

Patrick lag derweil noch immer auf die Arme gestützt über mir. Sein Atem ging abgehackt, und er verbarg das Gesicht an meinem Hals. Ich rieb über seine Kopfhaut, gab ihm eine sanfte Massage. Der Mann hatte hart gearbeitet. Er hatte Gutes verdient. Ganz langsam ließ er sich auf mich sinken, und ich schlang sofort die Arme um ihn. Ich wollte nicht klammern, aber ihn so nah bei mir zu haben, war einfach schön.

Nach und nach beruhigte sich alles. Die Nacht wurde wieder still.

Der Morgen danach war immer etwas merkwürdig. Dieses plötzliche Bewusstsein, dass man einen neuen Grad der Intimität erreicht hatte. Oder vielleicht auch nicht. In diesem Fall folgte meistens der schnelle Aufbruch. Zwar glaubte ich nicht, dass eine Beziehung dadurch entstand, dass man einen Penis in eine Vagina steckte, doch es sprach trotzdem einiges dafür, dass diese neue Vertrautheit zwischen uns etwas bedeutete. Nicht alles, aber etwas.

Patrick wirkte zufrieden, wie er ausgestreckt auf dem Rücken lag, mein Kopf auf seiner Schulter und einen Arm um mich gelegt. Es war offiziell. Nicht nur war er ein Kuschler, sondern ich war jetzt auch ein Starfucker. Obwohl man wahrscheinlich mit mehr als nur einem Promi ins Bett gehen musste, um diesen Status zu erreichen. Keine Ahnung. Ich machte mir eher über die üblichen Dinge Gedanken. Welche Auswirkungen hatte das alles auf unsere Freundschaft? Und wie lange noch, bis wir es wieder tun konnten?

»Hey«, murmelte er und kniff die Augen vor dem hellen Morgenlicht zusammen. »Du siehst nachdenklich aus.«

»Tue ich das?«

In einer fließenden Bewegung rollte er uns herum, bis er oben lag. Nun waren wir ein einziger Wirrwarr aus verhedderten Laken und Körperteilen. Dann rieb er die Nase an meinem Hals. »Du hast da eine etwas wundgescheuerte Stelle.«

»Ich kann mir nicht vorstellen, wie das passiert sein könnte.«

»Sag mir, was los ist«, bat er.

»Nur das übliche Nervenflattern am Morgen danach.«
Sein halberigierter Penis wurde an meinem Bauch noch steifer. Als Nächstes umfasste seine große Hand meine Brust, und seine geschickten Finger spielten mit meiner Brustwarze, bis ich aufstöhnte. Was wenigstens die Frage beantwortete, wann wir es wieder tun würden.

»Bitte etwas ausführlicher.«

»Wie, möchtest du eine Auflistung aller Problempunkte, oder was?«, fragte ich ein wenig schnippisch.

»Ja.«

Ich wand mich unter ihm, versuchte, den Körperkontakt zu intensivieren. Als ob es nicht schon genug gewesen wäre, dieses große, kräftige Tier von einem Mann auf mir zu haben. »Wie geht es weiter? Sind wir noch Freunde? War das eine einmalige Sache, oder ist es etwas Fortlaufendes? Wie wird das Wetter heute? Und glaubst du, dass Felix uns zum Frühstück Eier Benedikt machen würde, wenn wir ihn lieb darum bäten?«

»Ist das alles?«, erkundigte er sich.

Ich nickte und keuchte auf, als er in meine Brustwarze kniff.

»Was den ersten Punkt betrifft, muss ich ehrlicherweise sagen, dass ich es nicht weiß. Aber ja, wir sind noch immer Freunde.« Er drückte die Spitze seines Glieds an mich und drang langsam in mich ein. »Und auf jeden Fall etwas Fortlaufendes.«

»Aha«, hauchte ich.

Als unsere Hüften schließlich direkt aufeinanderlagen, stieß er einen zufriedenen Seufzer aus. »Wo war ich?«

»Ähm, beim Wetter?«

»Genau. Da die Sonne scheint, dürfte das Wetter ganz gut werden. Und ich bin mir sicher, dass Felix dir mit Freuden Frühstück machen würde. Und falls nicht, können wir jederzeit ins Café in der Stadt gehen.« Er leckte über meinen Hals, knabberte an meinem Ohrläppchen. »Ist damit alles klar für dich? Können wir uns jetzt wieder aufs Vögeln konzentrieren?«

»Bist du morgens immer so leidenschaftlich?«

»Wenn ich neben dir aufwache, offensichtlich schon.«

»Soso.« Ich lächelte und schlang die Beine um ihn. »Dann vögle mal los, mein Freund.«

Er grinste und machte sich ans Werk.

»Überraschung!«

Helles Licht durchflutete das Wohnzimmer und offenbarte, dass Leute anwesend waren. Eine ganze Menge Leute. Ich packte ziemlich überrumpelt Patricks Arm. Aber wahrscheinlich war das Sinn und Zweck einer Überraschungsparty. Oder in diesem Fall einer Überraschungs-Verlobungsparty. Silberfarbene Banner, Hochzeitsglocken und eine Discokugel hingen von der Decke herab. Der Esstisch war mit Häppchen vollgestellt, und in einer Ecke des Wohnzimmers war eine komplette Bar aufgebaut worden. Draußen auf der Straße hatten eine Menge Autos und vor dem Haus Fans und Paparazzi gestanden. Ich hatte es jedoch ignoriert, weil ich wegen meiner Rückkehr in die Stadt so aufgeregt gewesen war. In Malibu hatten wir in unserer eigenen kleinen, sexy Blase gelebt, und sie zu verlassen war einfach Mist. Eine einzige Nacht war nicht annähernd genug gewesen. Insbesondere, weil wir Sex für uns entdeckt und den ganzen Tag mit selbigem verbracht hatten. Die abendliche Rückfahrt durch die Stadt war ganz okay gewesen, und jetzt waren wir wieder hier, zurück an der Arbeit.

Paddy murmelte leise etwas ziemlich Unflätiges und setzte ein Lächeln auf. Um ehrlich zu sein, fühlte ich mich genauso. Ich sah auf jeden Fall so aus, mit meiner von der Sonne geröteten Nase und meinen zerzausten, zu einem Knoten gebundenen Haaren. Wenigstens war meine Kleidung dank meiner permanenten Angst vor Fotografen einigermaßen okay. Wenn ich die bequeme, schlabbrige Strickjacke ablegte, gingen mein ärmelloser schwarzer Jersey-Jumpsuit und meine Ballerinas von Prada einigermaßen als Partyoutfit durch.

»Eine Überraschungs-Verlobungsparty!« Mei versuchte, uns beide gleichzeitig zu umarmen. »Ist das nicht toll?«

»Willst du eine ehrliche Antwort?«, fragte Patrick.

»Halt die Klappe, Paddy. Das ist super.«

»Absolut«, sagte ich. »Von einer Überraschungs-Verlobungsparty habe ich noch nie etwas gehört.«

»Oh doch, das gibt es.« Mei trank einen Schluck aus ihrem Coupé-Glas mit Champagner. »Und es sind nur etwa hundert eurer engsten Freunde anwesend. Also gar keine große Sache.«

»So viele Freunde habe ich gar nicht.« Patrick runzelte die Stirn. »Wer bezahlt das alles?«

»Du natürlich.« Mei lachte. »Paddy, du bist so witzig.«

»Ach, entspann dich, Geizhals«, sagte Cole, der in schwarzer Hose und Hemd heute besonders fesch aussah. »Sie macht nur Witze. Die Bedienungen, das Essen und die Getränke kommen alle aus meinem Club. Betrachte es als ein Geschenk an euch beide.«

»Das ist sehr nett von dir«, sagte ich.

Er zwinkerte mir zu. Himmel, der Mann war wirklich attraktiv.

Patrick legte einen Arm um mich und zog mich enger an sich. Ich ließ es nur zu gern geschehen.

»Nach allem, was passiert ist, fanden Angie und ich, dass ihr das Schöne in eurem Leben feiern solltet«, erklärte Mei. »Und euren Freunden Gelegenheit geben solltet, euch ihre Unterstützung zu demonstrieren. Am Ende ist das dabei herausgekommen.«

Ein zaghaftes Lächeln stahl sich auf sein Gesicht. »Danke.«

»Nebenbei solltet ihr euch mal die coolen Sachen anschauen, die ihr bekommen habt«, bemerkte Mei. »So viele Geschenke. Das Gästezimmer ist schon voll. Es sind auch noch mehr Blumen geliefert worden, aber da uns langsam der Platz ausgeht, habe ich sie an das Seniorenheim deiner Großmutter geschickt.«

»Wow.«

»Ich habe sie auch eingeladen und ihr angeboten, einen Wagen zu schicken, aber sie meinte, sie könne nicht kommen, weil sie heute Abend Karten spielt«, berichtete Mei.

»Verständlich.«

»Ich habe ihr versprochen, sie über die Junggesellinnenparty auf dem Laufenden zu halten. Sie freut sich schon total darauf. Ihr Vorschlag war, dass wir alle mit einem Privatjet nach Vegas düsen.« Mei hatte bezüglich der Legitimität von Patricks und meiner Beziehung offensichtlich noch immer ihre ganz eigene Meinung. Oder sie organisierte einfach nur gern Partys. »Deine Freundin Zena, die heute Abend leider ebenfalls nicht kommen konnte, weil sie etwas mit den Eltern ihres Freundes unternimmt, war auch für diese Idee. Dann geht es wohl nach Vegas!«

»Wann wirst du endlich für mich arbeiten, Mei?«, fragte Cole und nahm einen Schluck von seinem Wodka auf Eis. Er trank ganz schön viel.

Patrick verlegte sich wieder aufs Stirnrunzeln.

Mei schüttelte nur den Kopf. »Keine Chance, Mr Landry. Sie würden mich nur dazu verdonnern, mit Ihnen bis in die frühen Morgenstunden durch die Nachtclubs zu ziehen, hübsche Frauen um ihre Telefonnummern zu bitten und ihre schmutzigen Sexgeheimnisse zu hüten. Im Moment habe ich fast ein Privatleben. Ich bin ganz nah dran. Mein Handy klingelt nur ein- oder zweimal die Woche um vier Uhr morgens. Ich musste schon seit über einem Monat nicht mehr aus dem Koffer leben. Ich meine, das Schlimmste und Seltsamste, was ich in letzter Zeit für Patrick tun musste – abgesehen davon, seine Unterwäsche zu falten –, war ein Sushi-Restaurant dafür zu bezahlen, außerhalb der Geschäftszeiten für ihn zu öffnen und ihm Abendessen zu servieren. Das, und aus Paris Pfingstrosen für die Großmutter seiner Verlobten und Macarons für seine Mutter einfliegen zu lassen. Und diese ganze Party in weniger als vierundzwanzig Stunden zu organisieren, weshalb ich letzte Nacht nur drei Stunden Schlaf hatte. Sie haben ja keine Ahnung, wie gut ich es habe!«

»Wir sprechen hier von einem sechsstelligen Gehalt, Mei«, sagte Cole.

»Das bekomme ich doch schon längst.« Mei lachte. »Da müssen Sie sich schon mehr anstrengen, Mr Landry.«

»Nein, streng dich nicht an«, grummelte Patrick. »Ich brauche Mei, damit sie meine neue Produktionsfirma leitet.«

»Ach ja?« Mei rieb sich die Hände. »Wie aufregend. Sag deinen Leuten, dass sie meine Leute anrufen sollen, Paddy.«

»Du bist doch meine Leute.«

»Wurde auch Zeit«, meinte Cole. »Ich sage dir schon seit Jahren, dass du eine gründen und in diese Branche einsteigen sollst.«

»Warte mal. Du hast Blumen aus Frankreich einfliegen lassen?«, hakte ich ein.

Patrick verzog das Gesicht. »Ist doch keine große Sache.«

»Doch, irgendwie schon. Danke. Das war sehr nett von dir.«

Er wandte nur beschämt den Blick ab.

»Aber du solltest deine Unterhosen wirklich selbst falten«, sagte ich und stupste ihn mit dem Ellenbogen an.

»Ach, bitte.« Mei lachte. »Als ob die Haushälterin und ich nicht mit eurer Unterwäsche fertigwerden würden.«

»Du musst um vier Uhr morgens ans Telefon gehen?«, fragte ich nach.

»Ach, das ist nicht weiter wild«, meinte Mei. »Es hat seine Gründe, dass derartige Positionen mitunter recht gut bezahlt werden. Ich habe vorher für einen Regisseur gearbeitet, der von mir verlangt hat, dass ich rund um die Uhr drei verschiedene Handys bei mir habe. Bei zweien davon musste ich immer drangehen, egal ob am Tag oder in der Nacht. Das ist in der Filmindustrie nichts Ungewöhnliches. Ich musste anwesend sein von morgens, wenn er aufstand, bis nachts, wenn er ins Bett ging. Nur für den Fall, dass er etwas brauchte.«

»Hollywood kann so einiges sein«, bemerkte Cole. »Aber Freundlichkeit findet man hier nur selten.«

Patrick schnaubte. »Stimmt.«

»Ja. Er war ein Arsch. Das erste Mal, dass er mich angebrüllt und beschimpft hat, war auch das letzte Mal, dass er mich angebrüllt und beschimpft hat«, fuhr sie fort. »Zu diesem Zeitpunkt hatte ich Paddy schon kennengelernt und wusste, dass er jemanden suchte, der ihm unter die Arme greift. Wir haben uns auf eine Summe und gewisse Grenzen geeinigt. Und nun habe ich ein schönes Leben, werde angemessen entlohnt und Achtzehn-Stunden-Tage sind nicht die Regel, sondern eine seltene Ausnahme. Hurra!«

»Das ist wirklich ein Knochenjob, Mei«, sagte ich.

»Du hast ja keine Ahnung, Norah.«

Drüben in einer Ecke stand Angie und unterhielt sich mit Jack. Er schien ihr wie üblich mal wieder den letzten Nerv zu rauben. Sie wedelte beim Sprechen derart dramatisch mit den Händen, dass sie ihm ein- oder zweimal fast eine Ohrfeige verpasst hätte. Und die beiden waren so ziemlich die einzigen Leute, die ich kannte. Eine Reihe von Gästen hielt sich in unserer Nähe und wartete offenbar darauf, uns Hallo zu sagen. Oder sie beobachteten uns nur interessehalber. Keine Ahnung. Wie üblich sahen alle äußerst glamourös aus, und viele Gesichter kamen mir vage bekannt vor. Zweifellos von der Kinoleinwand.

Patrick beugte sich zu mir herunter und flüsterte mir ins Ohr: »Norah, kommst du hiermit klar?«

»Was würdest du tun, wenn ich Nein sagen würde?«

»Ich weiß nicht. Wahrscheinlich könnten wir einfach abhauen.«

Ich lächelte. »Es ist alles in Ordnung, Paddy.«

Wir hatten noch nicht darüber gesprochen, welches Maß an Vertraulichkeit wir jetzt in der Öffentlichkeit zeigen wollten. Und das hier zählte definitiv als »in der Öffentlichkeit«. Praktisch alle verdammten Augen im Raum schienen auf uns gerichtet zu sein. Was auch logisch war, denn schließlich sollte das hier unsere Party sein. Dass wir jetzt Sex miteinander hatten, bedeutete noch lange nicht, dass sich alles ändern musste. Oder überhaupt irgendetwas. Ich sollte wohl möglichst zügig damit aufhören, mir über alles den Kopf zu zerbrechen. Das wäre sicher klug.

»Ich brauche nur einen Augenblick, um ein bisschen Make-up aufzulegen«, sagte ich.

Er nickte. »Ich finde, du bist schön, wie du bist. Aber tu, was immer du möchtest.«

Bei seinen Worten rollte sich mein Herz augenblicklich auf den Rücken und reckte ihm seinen Bauch entgegen. Ich konnte nichts dagegen tun.

»Komm her«, forderte er.

»Weißt du, du wirkst immer so cool und zurückhaltend. Aber wenn du in Fahrt kommst, kannst du ganz schön herrisch-sexy sein.«

»Ach, Hasi.«

»Nein«, sagte ich.

»Schnuckelchen?«

»Oh Gott, nein.«

Er lächelte. »Her mit deinen Lippen.«

Ich tat, was er verlangte.

»Weißt du, du machst ihn glücklich«, sagte Jack und pirschte sich an mich heran.

Ich versteckte mich nicht direkt, sondern hatte nur mal einen kleinen Augenblick zum Verschnaufen gebraucht. Patrick stand um die Ecke und unterhielt sich mit einem Produzenten. Und ich drückte mich im dunklen Flur herum, der zu den Schlafzimmern führte und genoss die Ruhe. Nachdem ich stundenlang neue Leute kennengelernt und geplaudert hatte, hatte ich mir eine Pause verdient.

»Hey«, sagte ich. »Ich habe mich schon gefragt, wann wir uns mal wieder über den Weg laufen.«

»Ich war unterwegs.«

»Wie läuft es bei dir?«

Er trank einen großen Schluck von seinem Bier. »Gut. Ich habe mir einige Eigentumswohnungen in der Gegend angeschaut. Und ich habe einen Job angeboten bekommen und kann vielleicht mit einer Band, die ich gern mag, auf Tour gehen. Großer Name, gutes Geld. Und man kann mit ihnen Spaß haben.«

»Das ist toll.«

»Ignorieren wir jetzt einfach, was ich gerade gesagt habe?«

Ich lächelte. »Es freut mich, dass Patrick glücklich ist. Er macht mich auch glücklich. Wir sind gute Freunde.«

»Freunde ... Na klar.«

»Du willst dir also eine Wohnung kaufen und bald ausziehen?«

»Na ja. Ich brauche eben einen Ort, wo ich meinen Kram aufbewahren kann.« Er zuckte mit den Schultern. »Meine neuste Ex könnte im Rahmen der Scheidungsvereinbarungen das Haus in Santa Monica zugesprochen bekommen. Sieht ganz so aus, als wäre das die einfachste Lösung, um alles aus der Welt zu schaffen.« .

»Für zwei Monate Ehe?«

»Liebe tut weh, Norah.«

»Das stimmt.« Ich nahm noch einen Schluck von meinem Drink. Das seltene Geräusch von Patricks Lachen drang zu uns und ich lächelte. In meinem Magen kribbelte es. Das war verrückt. Wir schliefen seit noch nicht mal vierundzwanzig Stunden miteinander. Ich musste mich zusammenreißen und aufhören, Happy Ends für uns zusammenzufantasieren. Mit meinem Gehirn denken und nicht mit meiner Vulva.

»Was Paddys Ex angeht: Liv ist eine nette Frau, aber ich glaube, dass ihr Herz hin- und hergerissen ist. Eine ganz schön beschissene Situation.«

Ich hob verwundert die Brauen. »Ich wusste nicht, dass du sie kennst.«

»Wir leben eben in einer kleinen, glitzernden Stadt.«

»Aha.«

»Mit ungefähr dreizehn hat sie in ihrem ersten Film mitgespielt. Wir sind immer zusammen auf Partys oder

Events gewesen«, erzählte er. »Sowohl die Kids, die in der Filmindustrie arbeiteten, als auch die Kinder der Stars, der Filmmogule, Musikindustrie-Bonzen und der anderen reichen Säcke. Sie waren die Einzigen, die genug Geld hatten, um mitzuhalten, aber man konnte sich außerdem darauf verlassen, dass sie den Mund hielten. Wenn sie bei einem zu Hause waren und mitbekamen, wie dein Dad sich volllaufen ließ, wussten sie genau, dass man darüber besser nicht redete. Eine Woche später würde vielleicht einer ihrer Eltern etwas Bescheuertes tun, wie beispielsweise in der Küche in einer Liebesschaukel hängen. Außerdem wissen sie, wie es ist, als Kind von der Presse auf dem Handy angerufen und um einen Kommentar zur Scheidung seiner Eltern gebeten zu werden. Auf der Straße erkannt zu werden. Wie es ist, wenn der erste Job neben der Schule darin besteht, die Fanpost deiner Eltern zu sortieren.«

»Oh Mann.«

»Falls ich jemals Kinder haben sollte, obwohl ich das nicht vorhabe, aber falls es so weit kommen sollte«, sagte er und presste die Lippen aufeinander, »dann werde ich mit Sicherheit nicht zulassen, dass sie tun und lassen können, was immer sie wollen, und sich permanent in Schwierigkeiten bringen. Mein erstes Auto war ein individuell gefertigter Lamborghini. Das ist doch nicht normal.«

Ich sagte nichts.

»Aber zurück zu dir und Paddy«, sagte er und trank noch etwas Bier. »Ist dir schon aufgefallen, dass du immer so einen verträumten Blick bekommst, wenn du ihn ansiehst?«

»Er ist eben ein hübscher Anblick«, meinte ich gleichmütig.

»Er scheint es ebenfalls kaum zu schaffen, dich aus den Augen zu lassen, was für ihn kein normales Verhalten ist.« Jack nickte in Richtung des besagten Mannes, der tatsächlich in diesem Augenblick um die Ecke spähte. »Erbärmlich.«

»Ich finde es nett, dass er so aufmerksam ist.«

»Ihr beide könntet Kinder haben. Ich glaube, ihr würdet gute Eltern werden. Ich würde jedenfalls einen großartigen Onkel abgeben.«

»Nun aber mal nicht so vorschnell, mein lieber Freund«, sagte ich. »Du weißt, dass die Situation in Wirklichkeit ganz anders ist.«

»Ist sie das?« Er kratzte sich an seinen Bartstoppeln. »Versteh mich nicht falsch. Patrick ist ein guter Schauspieler. Aber nicht so gut. Und du sowieso nicht, was nicht als Beleidigung gemeint ist.«

Ich lachte. »Danke, Jack. Vielleicht weiß ich selbst nicht so genau, wie es zwischen ihm und mir wirklich steht. Aber lass uns trotzdem nichts überstürzen.«

Er lehnte sich an die Wand und schlug die Füße an den Knöcheln übereinander. Mit seinen Tattoos, seinen zerrissenen Jeans und seinen klobigen schwarzen Stiefeln sah er aus wie der Inbegriff eines lässig-entspannten Rockstars. »Bei Beziehungen hängt vieles vom Timing ab, nicht wahr? Ich meine, da kommt dieser potthässliche Trottel plötzlich auf die Idee, dass er eine Beziehung haben möchte. Dass das etwas ist, das in sein Leben passt. Dann geht das mit Liv schief. Und dann kommst du daher.«

»Willst du damit sagen, dass ich eine praktische Lösung darstelle?«, fragte ich.

»Wäre das denn so schlimm?«

»Mir wird langsam klar, weshalb du so oft geschieden wirst.«

Er grinste. »Ich bin ein Romantiker. Und es gibt nichts Aufregenderes als diesen Rauschzustand, wenn man jemanden kennenlernt und alles super läuft und der Sex fantastisch ist. Nun ja, fast nichts Aufregenderes. Nach den ersten paar Dates findet man dann die Sachen, die die Frau macht, plötzlich doch nicht mehr so süß und beginnt sich zu fragen, ob sie vielleicht in Wirklichkeit ein Arschloch ist. Oder ob du selbst eines bist. Eines von beidem. Oder womöglich auch eine Mischung aus beidem.«

»Genau«, sagte ich trocken.

»Ich glaube, das ist der Grund, warum du und Paddy so gut miteinander harmoniert«, sagte er nachdenklich. »Mei und ich haben letzte Nacht einen Joint zusammen geraucht und darüber gesprochen.«

»Ach wirklich?«

»Ja.« Er verschränkte die muskulösen Arme vor seiner breiten Brust. »Seitdem ich ihn kenne, hat er es nie geschafft, länger als bis zum zweiten oder dritten Date durchzuhalten. Er hatte einfach null Interesse an einer Fortsetzung. Daran, jemanden richtig kennenzulernen. Aber bei dir hat er keine andere Wahl. Er muss dabeibleiben. Wenn er will, dass das mit der Wiederherstellung seines Rufs klappt, dann muss er durchhalten.«

Ich blinzelte nur irritiert.

»Was denn?«

»Ich bin also nicht nur praktisch, sondern er kann mir auch nicht entrinnen?«

»Ganz genau!«

Zwar lag er damit nicht gänzlich falsch, aber trotzdem gefiel mir diese Zusammenfassung unserer Situation nicht besonders. Das zwischen Patrick und mir war vielleicht noch neu und unerprobt, und möglicherweise waren wir einfach nur Freunde, die miteinander ins Bett gingen, aber wir hatten möglicherweise eine Zukunft. Vielleicht.

»Belästigt dich dieser Idiot?«, fragte Patrick und legte mir einen Arm um den Hals.

Cole gesellte sich mit einem neuen Drink in der Hand ebenfalls zu uns. »Sein Mund hat sich bewegt. Das ist eigentlich immer ein deutliches Zeichen.«

Jack zeigte ihm den Mittelfinger. »Wisst ihr was? Wir sollten uns alle zusammen für ein paar Tage verdrücken. Mein Vater besitzt eine private Insel in den Bahamas, die wir nutzen könnten.«

»Geht leider nicht«, sagte Cole. »Ich muss morgen wieder am Set sein, und morgen Abend findet noch eine Preisverleihung statt.«

Patrick wickelte eine Strähne meines Haars um einen seiner Finger und zog sanft daran. »Außerdem hast du schon seit Jahren kein Wort mehr mit deinem Vater gewechselt. Schon vergessen?«

Jack schnaubte. »Der Mann hat sich in den Neunzigern eine Menge Drogen reingezogen. Er würde es gar nicht merken, wenn wir dort vorbeischauten. Er hält sich dort sowieso kaum auf.«

»Bist du bereit für deinen ersten roten Teppich morgen Abend, Norah?«, fragte Cole.

»Na klar«, log ich.

»Du wirst das großartig machen.« Patrick drückte mir einen Kuss auf den Scheitel. »Du wirst schon sehen.«

13. Kapitel

Wie sich herausstellte, war über den roten Teppich zu laufen einerseits richtig spaßig und andererseits total furchtbar. Die Actors Foundation Awards wurden im Fernsehen übertragen und waren eine Riesensache. Ich war vielleicht nur die Verlobte, aber trotzdem waren die Vorbereitungen intensiv. Als Erstes kam ein Waxing dran, gefolgt von einer Gesichtsbehandlung. Meine Haarfarbe wurde aufgefrischt und anschließend eine leichte Sprühbräune aufgetragen. Einige dieser Prozeduren waren eigentlich schon ein oder zwei Tage früher geplant gewesen, doch zu diesem Zeitpunkt hatten wir uns in Malibu aufgehalten. Deswegen wurde es nun etwas hektisch. Angie versuchte, mir eine Last-Minute-Saftkur aufzunötigen, doch Mei rettete mich mit einem Burger und einer Limo. Man musste diese Frau einfach lieben.

Meine Fingernägel wurden gemacht, meine Haare gestylt und zu einem strukturierten, lockeren Dutt frisiert, der tief in meinem Nacken saß, und ungefähr ein Liter Make-up auf mein Gesicht aufgetragen. Da es am Abend zuvor spät geworden war, war das eine durchaus sinnvolle Maßnahme. Für Tage wie diesen hatte der liebe Gott Concealer erschaffen. Da das Wetter wärmer geworden war, schienen mir die Schweißpads für die Achselhöhlen eine hervorragende Idee zu sein. Am meisten Spaß machte es jedoch, meinen Hintern in gleich zwei Paar Shapewear-Unterhosen zu quetschen. Wer musste schon atmen oder die Taille beugen?

Dann, endlich, kam das schwarze, schwere Spitzen-Cocktailkleid von Dolce & Gabbana an die Reihe, kombiniert mit Pumps von Jimmy Choo und baumelnden, tropfenförmigen Diamantohrringen als Leihgabe von Chopard.

Der Assistent der Stylistin lächelte, zeigte mir einige Posen für den roten Teppich, machte ein Foto, um es seiner Chefin zu schicken, und eilte dann weiter, um den nächsten Kunden einzukleiden.

»Was denkst du?«, fragte Mei.

Ich betrachtete die glamouröse Fremde im Spiegel. »Ich weiß nicht recht. Glaubst du, es wird ihm gefallen?«

»Paddy«, brüllte Mei.

»Patricks Meinung ist irrelevant«, sagte Angie und gab mir meine Clutch. »Hier geht es nur darum, was für die Kamera gut aussieht und was uns Likes einbringt. Wir hatten uns auch ein rotes Kleid von Carolina Herrera angeschaut, aber in Anbetracht der jüngsten Ereignisse fanden wir, dass dieses Kleid hier eine passendere Botschaft übermittelt. Es wirkt kultivierter und würdevoller. Nicht ganz so sexy. So, die Regeln des roten Teppichs lauten wie folgt …«

Patrick kam aus dem Flur herein. Er hatte sich heute noch kaum in das Chaos des Wohnzimmers hineingewagt. Männer hatten es so viel leichter als Frauen. Bevor er für den Abend zurechtgemacht worden war, hatte er sich die ganze Zeit im Fitnessraum verkrochen. Ich hatte ihn noch nie zuvor im Smoking gesehen. Zumindest nicht leibhaftig. Da half nur noch, meine Lenden zu gürten.

Angie schnippte vor meinem Gesicht mit den Fingern. »Norah, hör auf, ihn verzückt anzustieren, und pass auf.«

Ich bedachte sie mit einem verdrossenen Blick.

»Lasst ihr uns bitte einen Augenblick allein?«, bat Patrick.

Mei lächelte und Angie grummelte etwas, aber sie taten, worum er sie gebeten hatte, und verschwanden ins Büro.

»Du siehst wunderschön aus.« Er nahm meine Hand und rückte den Klunker an meinem Ringfinger zurecht, bevor er mir einen Kuss auf die Fingerknöchel drückte. »Wie fühlst du dich?«

Ich seufzte. »Nervös. Und du?«

Er zuckte mit den Schultern. Für ihn war das einfach nur ein normaler Tag in Hollywood.

»Der Wagen ist hier!«, rief Mei.

»Wir könnten auch zu Hause bleiben und miteinander schlafen«, sagte er und beugte sich zu mir, um meinen Hals zu küssen. Er war so ein Romantiker. »Die Möglichkeit besteht immer.«

»Bist du nicht für einen Preis nominiert?«, fragte ich.

»Schon. Doch ich werde nicht gewinnen. Das ist vor allem ein Beliebtheitswettbewerb, und in dieser Hinsicht muss ich erst wieder aufholen.«

»Aber man kann nie wissen. Vielleicht gewinnst du doch.«

»Bist du sicher, dass du das tun willst?«, fragte er.

»Ich habe mich doch nicht den ganzen Tag lang fertiggemacht, um die Party zu verpassen.«

Er lächelte und bot mir seinen Arm an. »Na dann. Gehen wir.«

»Ich muss mir nur noch kurz die Nase pudern«, sagte ich. Beim Betreten des roten Teppichs pinkeln zu müssen wäre bestimmt nicht besonders spaßig.

Wir machten noch das unumgängliche Zuhause-Foto für die sozialen Medien und dann ging es los. Sobald wir in der Limousine saßen, legte Angie direkt los und stellte klar, wie der Hase lief. »Wir geben keine Interviews. Beantworte keine Fragen. Sprich erst gar nicht mit den Fotografen. Lass sie ihre Bilder machen und dann nichts wie weg.«

»Verstanden«, sagte ich. »Ist das normal?«

»Dieses Jahr schon.« Mehr sagte sie nicht dazu. »Wenn sie dich um einen Fashion Shot bitten, ist das ihre höfliche Art, dir mitzuteilen, dass du aus dem Weg gehen sollst, damit sie Patrick allein fotografieren können.«

Ich nickte.

»Und denk daran, dass ihr beide verliebt seid«, sagte sie. »Euch gerade erst verlobt habt. Das bedeutet öffentliche Liebesbekundungen.«

Patrick runzelte die Stirn, sagte jedoch nichts dazu.

Draußen rauschte Los Angeles an uns vorbei. Es war erst später Nachmittag und bis zum Sonnenuntergang noch eine gute Stunde hin. Patrick goss zwei Gläser Champagner ein und reichte sie Angie und mir. Mei war im Haus geblieben, um aufzuräumen, und einer der Bodyguards saß vorne beim Fahrer. Dass das jetzt mein Leben war, wollte mir noch immer nicht recht in den Kopf.

Als ich vorhin mit Gran gesprochen hatte, hatte sie mich gefragt, wie es wäre, berühmt zu sein. Der Umstand, dass die Leute so großen Anteil an meinem Leben nahmen, war gleichzeitig befremdlich und bedeutungslos. Mein bewunderndes Publikum konnte jeden Augenblick das Interesse an mir verlieren, und dann hieße es für mich wieder, in irgendeiner Bar Getränke zu schleppen.

»Wir werden bei der Ankunft von einem Betreuer erwartet, der euch bis zu euren Plätzen begleiten wird«, fuhr Angie mit der Belehrung fort.

Ich nippte an meinem Champagner und versuchte, nicht die Nerven zu verlieren. Mein Herz war mir schon längst bis in die Hose und noch weiter runter gerutscht und hing nun irgendwo am Boden. Millionen Menschen würden dieses Event verfolgen. Total irre.

Wir reihten uns in eine lange Schlange aus Limousinen ein, die jedoch recht schnell vorankam. Als wir schließlich stehen blieben und die Autotür geöffnet wurde, war das Erste, was ich wahrnahm, der Lärm. Was für ein Geschrei und Gekreische. Überall waren Menschen und viele von ihnen schienen sehr aufgeregt zu sein. Wachleute und Polizisten behielten die Fans und Schaulustigen hinter den Absperrungen im Auge.

Patrick half mir aus dem Wagen, Angie hängte sich sofort ans Handy und dann war es soweit. Unsere Betreuerin war eine Frau meines Alters mit gebräunter Haut, die von den Pazifischen Inseln zu stammen schien. Ihr Name war Leilani, sie trug ein Headset und hatte offensichtlich eine Begabung dafür, jederzeit alles im Blick zu haben. Ihr entging nichts.

Vor uns auf dem roten Teppich stand ein bekannter Schauspieler mit seinem Gefolge und vor ihm die amtierende Queen of Pop. Bei ihrem Anblick bekam ich zugegebenermaßen weiche Knie. So cool. Auch der berühmte Regisseur, den wir beim Abendessen gesehen hatten, war da. Mehrere Reporter mit Kamerateams standen bereit, um den neusten Klatsch und Tratsch einzufangen. Etwa in der Mitte wartete eine Frau in einem eleganten weißen Kleid mit einem Tablett mit Wasserflaschen. Alles schien mit geradezu militärischer Präzision organisiert zu sein.

Patrick winkte den Fans, die seinen Namen schrien. Er hatte ein entspanntes Lächeln auf den Lippen. Sogar mein Name wurde gerufen, was echt verrückt war. Er legte meine Hand in seine Ellenbeuge und dann liefen wir los.

Oh Gott. So viele Menschen. So viel Lärm. Mir wurden die Knie so weich, dass ich auf meinen hohen Absätzen etwas wackelig stakste. Tief und gleichmäßig zu atmen war jetzt immens wichtig. Ich konnte das schaffen. Obwohl ich vielleicht doch besser die Wodkaflasche aus der Limousine hätte stehlen sollen, um mir die Sache etwas zu erleichtern. Das wäre wahrscheinlich schlau gewesen.

»Lächeln«, zischte Angie.

Ich setzte ein leicht wahnsinniges Grinsen auf. Ich konnte es spüren. Es ging völlig daneben.

Angie gab ein verzweifeltes Ächzen von sich. »Das sieht nicht natürlich aus.«

»Sie macht das gut.« Patrick beugte sich zu mir herunter, um mir ins Ohr zu flüstern. »Ich bin da. Wir machen das gemeinsam. Alles wird gut, Bärchen.«

»Bärchen?«

Neben seinen wunderschönen blauen Augen erschienen Lachfältchen. »Gefällt dir das nicht? Wie wäre es mit Mausilein?«

»Wow. Nein.« Ich musste lachen. »Wie kommst du nur auf solche Sachen? Lässt du dir neuerdings von einer Bande Fünfjähriger helfen?«

Er sah mich amüsiert an.

»So ist es besser, Norah.« Angie seufzte. »Behalt diesen Gesichtsausdruck bei.«

Unsere Betreuerin führte uns weiter, während hinter uns weitere Gäste aus ihren schicken Autos stiegen. Die Paparazzi waren offenbar alle in einem Bereich neben dem roten Teppich zusammengepfercht worden. Wir blieben vor einem Hintergrund mit einem Werbeaufdruck für die Actors Foundation Awards stehen. Patrick legte den Arm um mich und ließ seine Hand leicht auf meiner Hüfte ruhen. Okay. Alles gut. Mit Patrick an meiner Seite schien alles gar nicht mehr so schlimm zu sein. Ich stellte mich aufrecht hin, nahm die Schultern zurück, legte eine Hand auf seine und hielt mit der anderen meine Clutch fest. Dabei achtete ich selbstverständlich darauf, dass mein Ring zu sehen war. Die Fotografen riefen unsere Namen und forderten uns auf, zu ihnen zu schauen. Als ob ich in diesem Blitzlichtgewitter irgendetwas hätte erkennen können. Dann begannen sie, einen Fashion Shot zu fordern, woraufhin ich beiseitetrat. Patrick schenkte ihnen sein lässiges Grinsen, und … wow!

»Wenn wir erst mal wieder zu Hause sind, werde ich diesen Mann reiten wie ein Pony«, murmelte ich.

»Wie bitte?«, fragte Angie.

»Schönes Wetter heute.«

Sie kniff die Augen zusammen und trat etwas näher an mich heran. »Normalerweise würde ich jetzt die Gelegenheit nutzen, um dich über emotionales Engagement zu belehren. Streite es erst gar nicht ab. Es ist mehr als offensichtlich.«

Ich hielt den Mund. Meiner Ansicht nach fiel das unter die Rubrik »Geht dich nichts an«. Patrick und ich waren mündige Erwachsene. Es war nicht nötig, dass sie ihren Senf dazugab. Aber egal.

Irgendjemand brüllte eine Frage über Liv, und wir ignorierten den Idioten.

»Aber, Norah, wir stehen hier auf einem roten Teppich, von dem ich bis vor Kurzem nicht wusste, ob ich Patrick dazu bewegen könnte, ihn zu beschreiten. Wir warten auf Rückmeldung, ob er in einem Big-Budget-Film von einem der vielversprechendsten Nachwuchsregisseure unserer Zeit eine Rolle bekommen hat«, sagte sie. »Und Patrick lächelt gerade tatsächlich. Deswegen werde ich alle abfälligen Bemerkungen, die ich zu dieser Angelegenheit womöglich abgeben möchte, für mich behalten.«

»Das weiß ich zu schätzen, Angie.«

Sie schnaubte. Richtete sich auf. »Liv und Grant sind eingetroffen. Gehen wir weiter.«

Ich nahm Blickkontakt zu Patrick auf und hob auffordernd das Kinn. Und er kam sofort mit ausholenden, sexy Schritten in seinem schwarzen Smoking zu mir, ohne den

Blick von mir abzuwenden. Diesmal zitterte ich aus weitaus angenehmeren Gründen. So schnell so viel zu empfinden war etwas beängstigend. Zu begreifen, wie tief meine Gefühle für ihn gingen. Natürlich konnte es auch sein, dass mir lediglich der Sex die Sinne vernebelt hatte. Das ergab durchaus Sinn, und diese Verwirrung würde bestimmt bald wieder abklingen. Niemandes bestes Stück war *so* gut.

Ich schluckte angestrengt. »Zeit, weiterzugehen.«

»Eins vorweg.« Er legte eine Hand an meine Wange und drückte seine Lippen zu einem sanften Kuss auf meine. So zärtlich, dass mein Herz ins Stottern geriet. Oh nein. Ich war nicht verwirrt. Sondern völlig vernarrt in ihn. Verflucht. Die Fotografen drehten schier durch und die Fans johlten.

Er ergriff mit einem zufriedenen Lächeln meine Hand und führte mich weiter.

Die Preisverleihung hatte im prachtvollen Festsaal eines großen, noblen Hotels stattgefunden. Im Anschluss gab es vor Ort nicht weniger als neun After-Partys. Patrick suchte für uns die des größten Streaming-Anbieters der Stadt aus. Vor einigen Jahren hatte er in einer ihrer beliebten Serien mitgespielt. Das Beste an der Party war allerdings das Fehlen von Fotografen. Während die Kameras gelaufen waren, hatte mein Gesichtsausdruck vier Stunden lang zwischen gespanntem Interesse, Freude und stoischer Gelassenheit, als Patrick nicht gewonnen hatte, geschwankt. Mein Gesicht brauchte eine Pause.

»Ich finde nach wie vor, du hättest gewinnen sollen«, flüsterte ich nicht zum ersten Mal.

»Ich weiß, dass du das so siehst, Norah. Deswegen bist du mir von allen Menschen hier ja auch der liebste.« Er schnappte sich zwei Drinks vom Tablett eines Kellners, der an uns vorbeilief, und reichte mir einen.

»Oh, vielen Dank.«

Ich trank gleich das halbe Glas auf einmal. Vier Stunden waren eine wirklich lange Zeit, und währenddessen hatte ich ja nicht ständig zur Bar spazieren können. Außerdem hatte ich nicht zu oft zur Toilette gehen wollen. Der erste Platzfüller, der sich auf meinen Platz gesetzt hatte, während ich kurz zu den Waschräumen gedüst war, hatte wie ein Supermodel ausgesehen und war etwas zu sehr von meinem Scheinverlobten angetan gewesen. Keine Ahnung, ob Patrick auf Männer stand, aber trotzdem. Dann war da noch dieses Starlett gewesen, das ihn mit Eierstöcken in den Augen angestiert und später beim Verlassen des Saals nichts unversucht gelassen hatte, um sich ihm an den Hals zu werfen. Zum Glück wusste der Mann, wie man solche Annäherungsversuche abfälschte. Für manche Menschen schien der Umstand, dass das Objekt ihrer Begierde seine bessere Hälfte dabeihatte, nur eine bedauerliche Nebensache zu sein, die man am besten ignorierte. Ich hoffte, dass es ihr eines Tages einmal genauso ergehen würde.

Karma und so.

Oh Mann. Seit wann war ich eigentlich so eine eifersüchtige Giftnudel? Eigentlich hätte ich doch nur aus Glückshormonen bestehen sollen. Doch nach so langer Zeit zum ersten Mal wieder verliebt zu sein brachte meinen Kopf und mein Herz offenbar gehörig durcheinander.

Das Singledasein hatte doch eine Reihe Vorteile, die man leicht übersehen konnte. Und für den unwahrscheinlichen Fall, dass es den Familienfluch tatsächlich gab, war ich auch für ein Leben allein gewappnet. Doch jetzt stand ich hier und drehte wegen eines Kerls schier durch. Das war wirklich nicht der richtige Zeitpunkt, um in mein altes Verhaltensmuster als Königin der schlechten Entscheidungen zurückzufallen. Ich würde die Zeit mit Patrick genießen, solange sie eben dauerte, und dann einfach mein Leben weiterleben.

Einige der Partygäste hatten inzwischen ihre prächtigen Abendroben gegen extravagante Kleider oder sogar Designer-Trainingsanzüge getauscht. Letzteres war wirklich eine preisverdächtige Idee. Ernsthaft. Auch wenn die Jimmy Choos wirklich hübsch aussahen, war ich mir ziemlich sicher, dass ich inzwischen in einer Blutlache stand. Auch meine Ohren schmerzten von den gewichtigen Ohrringen. Das war eben der Preis dafür, wenn man schwere Diamanten und nicht eingelaufene Schuhe tragen wollte. Positiv zu bemerken war allerdings, dass Liv und Grant diese Party anscheinend nicht besuchten. Bitte hier erleichtertes Seufzen einfügen.

»Woran denkst du gerade?«, fragte Patrick und beugte sich zu mir.

»Sollten wir schmusen?«

Für einen Augenblick sah er mich nur an. Dann lächelte er. »Klar. Können wir machen. Gleich nachdem du mir erzählt hast, was dir durch den Kopf geht, das dich ein so ernstes Gesicht machen lässt.«

Ein Hollywood-Schwergewicht lief an uns vorbei, und

mir klappte der Mund auf. »Oh mein Gott. Als Kind habe ich sie angebetet. Und sie hat Sushi. Ich frage mich, wo sie es herhat.«

»Ich helfe dir sehr gern dabei, etwas zu essen zu finden, sobald du meine Frage beantwortet hast.«

Ich seufzte. »Möchtest du meine aktuell größte Sorge hören, oder nur eine Auflistung der Punkte, die mich allgemein beunruhigen?«

»Fangen wir mit Ersterem an und sehen dann weiter.«

»Okay.« Ich atmete tief durch. »Wenn es um dich geht, werde ich manchmal eifersüchtig. Das gefällt mir nicht. Ich will so nicht sein.«

Er nickte.

»Und ich weiß, dass du selbst nichts tust, um andere zu Annährungsversuchen zu ermuntern, aber … Ich weiß auch nicht.« Ich stürzte die zweite Hälfte meines Getränks hinunter.

Patrick nahm mein leeres Glas und reichte mir kommentarlos sein volles.

»Du bist wunderschön und berühmt – weshalb es kein Wunder ist, dass andere Leute dich anschauen und anbaggern wollen und deine Nähe suchen. So ist das eben, wenn man in einem Job wie deinem erfolgreich ist«, sagte ich. »Ich muss mich eben damit abfinden.«

Er leckte sich die Lippen. »Norah, mein Aussehen ist nützlich. Aber um wirkliche Beziehungen zu anderen Menschen aufzubauen, ist es nicht unbedingt hilfreich. Verstehst du, was ich meine?«

»Ja.«

»Die Sache ist so: Wenn ich morgen einen schrecklichen Unfall hätte, von dem ich Narben im Gesicht davontragen würde – würdest du mich dann verlassen?«

Ich schüttelte den Kopf. »Nein.«

»Würdest du ein sexy Krankenschwesternkostüm anziehen und dich darin an meinem Krankenhausbett unsittlich tief bücken?«

»Ja.«

»Na also«, sagte er, »das ist doch das Einzige, was zählt, oder?«

Ich grinste. Ach ja. Da war er, dieser Oxytocin-, Serotonin- und Dopaminrausch, auf den ich so gierig war. Dieser dezent perverse Kerl machte mich so dumm im Kopf. Und so glücklich. »Lass uns losziehen und gesellig sein und etwas zu essen finden.«

»Wird gemacht.«

Bis wir nach Hause kamen, war es schon nach ein Uhr morgens. Bei unserem Aufbruch waren die Partys noch in vollem Gang gewesen. Weiß Gott, wann sie enden würden. Doch nach unserer Überraschungs-Verlobungsparty am Vorabend hatten wir genug.

»Versteh mich nicht falsch«, setzte ich unsere Unterhaltung fort, »einige von diesen Leuten waren Riesenarschlöcher, die nur darauf aus waren, dass du etwas für sie tust. Dann gab es da noch die Narzissten, denen gar nicht klar war, dass es auf der Welt noch andere echte Menschen mit Wünschen und Bedürfnissen gibt. Aber einige waren auch bemerkenswert normal und nett.«

»Wahrscheinlich trifft man überall auf diese Mischung von Menschen.«

»Sogar in Hollywood.«

Patrick folgte mir in die Stille des Schlafzimmers und entledigte sich seiner Fliege und seines Jacketts. Ich stieg unendlich erleichtert aus meinen Schuhen und legte die Ohrringe zurück in die bereitstehende Samtschatulle.

»Kannst du mir den Reißverschluss aufmachen?«, bat ich.

Ich wandte ihm den Rücken meines Kleids zu, und er zog mit größter Vorsicht den Reißverschluss herunter. Dann startete ich mit der nicht besonders eleganten Prozedur, mich aus besagtem Kleid zu schälen, die Schweißpads loszuwerden und die Strumpfhose auszuziehen, um mich anschließend der doppelten Shapewear-Hose und der darunter verborgenen Unterwäsche zu entledigen. Was Frauen im Namen der Mode und der Schönheit nicht alles taten. Total sexy.

»Dreh dich um«, befahl ich. »Das brauchst du nicht unbedingt mitanzusehen.«

»Ich weiß doch, dass du nicht einfach heute Morgen aufgewacht bist und so ausgesehen hast.«

»Also, das sind ganz schön harte Worte.«

»Du bist mit meinem Gesicht in deinen vom Schlaf zerzausten Haaren und meiner Morgenlatte an deinem Po aufgewacht«, sagte er und klang ziemlich zufrieden.

»So, wie es sein sollte.«

»Und du hast wunderschön ausgesehen.«

»Vielen Dank«, sagte ich und hatte schon wieder das Gefühl, dass mein Herz zu groß für meine Brust war.

»Ich fand, dass du bemerkenswert cool geblieben bist,

als du deinem Jugendschwarm begegnet bist«, bemerkte er. »Du hast ihn nur eine Minute lang sprachlos angestarrt.«

»Hey, wenigstens habe ich nicht gesabbert.«

»Das stimmt allerdings.«

»Das weckt nostalgische Erinnerungen an meine Teenagerzeit. Würde es dich stören, wenn ich hier ein paar Poster aufhängen würde?«, fragte ich mit einem spöttischen Grinsen.

»Das wäre toll, Norah.«

»Ja, nicht wahr?«

»Warum kleben wir sie nicht an die Decke? Gut, ich habe Tausende Dollar für einen Innenarchitekten ausgegeben, aber ein paar Poster von diesem Schönling hier und da werden der Ästhetik sicherlich keinen Abbruch tun.« Er gab mir einen Klaps auf den Po. »Fräulein Schlauberger.«

»Autsch.«

Er schmunzelte und steuerte die Dusche an. »Kommst du?«

»Ja.«

Patricks Badezimmer war mit einer großzügigen Badewanne und einer Regendusche ausgestattet. Eine wahrlich großartige Erfindung. Er schlüpfte aus seinen Kleidern und warf sie auf einen Holzstuhl in der Ecke. Der Mann hatte einen fantastischen Hintern. So straff, mit Rundungen an genau den richtigen Stellen. Sofort juckte es mich in den Fingern.

»Was starrst du da an?«, fragte er.

»Dich.«

Er hielt mir die Hand hin und zog mich mit sich unters warme Wasser. Ah. Wie gut das meinem Rücken tat.

»Kanntest du die Frau, die mit Cole da war?«, fragte ich.

»Nein. Sie ist neu.«

»Die Art, wie er sie angesehen hat, war … interessant.«

Ein Schnauben von ihm.

Ohne zu fragen, begann er, die Haarnadeln aus meiner schicken Frisur zu ziehen und auf der in die Dusche integrierten Sitzbank abzulegen, die entlang einer der Wände aus grauem Marmor verlief. Um mein Make-up abzuwaschen, waren geschlagene drei Runden mit dem schäumenden Gesichtsreiniger-Zeugs nötig. Als Nächstes goss er sich Shampoo in die Hand. Mit starken Fingern massierte er meine Kopfhaut und wusch mir den ganzen klebrigen Stylingkram aus den Haaren. Ich schloss die Augen und genoss es. Was für ein Tag.

Plötzlich legten sich seine seifigen Hände über meine Brüste, seine geschickten Finger spielten an meinen Brustwarzen, und Hallo.

»Sauberkeit ist eine Zier«, kommentierte er meinen fragenden Blick.

»Schon klar.«

Als ich mir ebenfalls die Hände einseifte und nach seinem Ständer griff, hielt er mich sanft zurück. »Nichts da. Setz dich für mich auf die Bank. Schön an den Rand.«

»Du bist so herrisch.«

Die Sitzfläche fühlte sich unter meinem nackten Po kalt an. Ich schob den Haufen aus Haarnadeln beiseite, während er sich vor mir hinkniete. Dann spreizte er mit

Nachdruck meine Beine, und ich klammerte mich an der Kante fest. Plötzlich nahm ich meinen Körper sehr deutlich wahr. Meine Brustwarzen wurden steif, und zwischen meinen Beinen zog es sehnsüchtig. Allerdings war dieses prickelnde Verlangen schon einige Zeit im Gange. So war das eben, wenn man mit Patrick nackt war. Obwohl, wenn er Kleidung anhatte, war es eigentlich ganz genauso.

Er strich sich mit einer Hand die Haare aus seinem perfekten Gesicht, während er mit der anderen mein Bein auf seiner Schulter platzierte. Damit befand sich sein perfektes Gesicht in genau der richtigen Position, um mich zu lecken.

»Okay?«, fragte er.

Ich nickte nur.

Zuerst küsste er meinen Bauch, spielte mit der Zunge an meinem Bauchnabel. Das kitzelte.

»Halt still«, murmelte er.

»Ich versuche es ja.«

Er überzog meine Haut weiter mit Küssen, bis er an meinem Venushügel anlangte. Dann öffnete er mich mit seinen Daumen. »Was für eine hübsche rosige Muschi.«

Bei seinen Worten wurde mir ganz heiß. Die Spitze seiner Zunge umkreiste sanft den Knubbel meiner Klitoris. Er neckte mich immer weiter, bis ich atemlos keuchte. Und dabei hatte er gerade erst angefangen. Als er mit der flachen Zunge einmal von hinten nach vorn über mich leckte, spannten sich sofort die Muskeln in meinen Beinen und ich zog die Schultern hoch. Das war so gut. Mein Inneres hatte leider nichts, worum es sich zusammenziehen konnte, was eher traurig war. Doch Patrick, der Sexgott, hatte natürlich meine Gedanken erraten und begann, mich mit seiner geschmeidigen Zunge zu vögeln. Diese ganzen Zungenübungen, die Schauspieler zum Aufwärmen nutzten, waren offensichtlich auch in anderer Hinsicht von Vorteil.

Ich ertastete mit einer Hand seine Haare und krallte mich in die nassen Strähnen. Um ihn näher heranzuziehen oder wegzuschieben, wusste ich selbst nicht. Das war alles ganz schön heftig. Von seinem Daumen, der sanft, aber bestimmt gegen mein Poloch drückte, zu seiner gewandten Zunge, die sich mit meiner Muschi vergnügte – dieser Mann gab beim Oralsex einfach alles. Ich zitterte und wand mich und stieg immer höher und höher. Vorhin war ihm seine Trophäe vielleicht durch die Lappen gegangen, aber hierfür hatte er auf jeden Fall einen Preis verdient.

»Fuck«, keuchte ich. »Paddy.«

»Ja, was ist?«

Und er nannte *mich* einen Schlauberger. Als ob einer von uns in diesem Augenblick an einer Unterhaltung interessiert gewesen wäre.

Er presste die Lippen auf meine Klitoris und saugte daran. Als er dann auch noch begann, zusätzlich mit der Zunge daran zu spielen und gleichzeitig mit zwei Fingern der Hand, die gerade nicht damit beschäftigt war, aufreizend gegen meinen Hintereingang zu drücken, in mich einzudringen, war es um mich geschehen. Mein ganzer Körper spannte sich an. Ein Strom aus Licht und Empfindungen flutete durch mich hindurch. Ein Sternenmeer erstrahlte hinter meinen geschlossenen Lidern. Ich hoffte, dass er noch genug Luft bekam, weil ich seinen Kopf zwischen meinen Schenkeln einklemmte und sein Gesicht gegen meinen Schoß drückte. Vielleicht war das tiefe, brummende Geräusch, das er nun von sich gab, ein Todesröcheln oder ein Ächzen nach Luft. Jedenfalls rief es eine ganze Reihe an Nachbeben hervor, und ich konnte nichts anderes tun, als sie geschehen zu lassen. Sein Wohlergehen musste jetzt erst einmal hinten anstehen.

»Verdammt. Paddy. Oh.«

Stück für Stück entspannte sich mein Körper wieder. Mein Gehirn brauchte etwas länger, um wieder zurück auf die Erde zu kommen. Dieser Orgasmus war definitiv himmlisch gewesen. »Befriedigt« war das heutige Wort des Tages. Oder der Nacht. Was auch immer. Er hob meine schlaffen Beine von seinen Schultern und stand auf, um sich unter dem laufenden Wasser das Gesicht und die Hände mit Seife abzuwaschen. Die dunkelrote Spitze seines harten Glieds war ein deutliches Zeichen dafür, dass er sich meine Aufmerksamkeit nicht nur verdient hatte, sondern ihr auch umgehend bedurfte.

Ich leckte mir die Lippen und setzte mich auf. »Komm näher.«

»Nein.« Er schüttelte den Kopf, nahm meine Hände und zog mich hoch. »Du wirst mich reiten, Norah.«

»Ach, werde ich das?«

»Oh ja.«

Er nahm mit einem charmanten, lüsternen Lächeln auf den Lippen meinen Platz auf der Bank ein. Genau dieses Lächeln sollten sie für die Reklametafeln verwenden. Die Frauen würden milliardenfach in seine Filme strömen. Zumindest ich würde es tun. Er legte die Hände um meine Hüften, zog mich auf seinen Schoß und hielt mich fest. Ich legte eine Hand auf seine Schulter und führte mit der anderen sein Glied an meinen Schoß. Das war wirklich eine hervorragende Idee. Dazu das warme Wasser, das auf uns herabregnete, und der Dampf, der sich überall ausbreitete – wundervoll.

Das prickelnde Gefühl, als sein Glied in mich glitt, ließ mich schon wieder nach Luft schnappen. Wie breit und gut er sich anfühlte. Ganz zu schweigen von seinem Mund, der schon bereitwillig auf mich wartete. Seine Lippen waren feucht und von den Zärtlichkeiten, mit denen er mich verwöhnt hatte, etwas geschwollen. Was für ein Held. Das finstere Verlangen in seinen Augen war so erregend. Seine Finger gruben sich in meine Pobacken, halfen mir, mich auf ihm zu bewegen. Wir sollten unsere Tage immer so enden lassen. Patrick zu lieben war einfach perfekt.

Und genauso fühlte es sich an. Wie Liebe. Sicher, das war ein wenig dumm und ganz schön vorschnell. Doch in diesem Augenblick schaffte ich es nicht, dieses Gefühl zu verdrängen. Später würde ich wieder vernünftig sein und die dringend nötige Distanz zwischen uns bringen. Wenn ich nicht mehr damit beschäftigt war, mich in ihm zu verlieren. Sex musste nicht zwangsläufig irgendetwas bedeuten, aber das hier hatte eine Bedeutung, und ich konnte es nicht verleugnen. Nicht in diesem Moment.

Also stürzte ich mich gierig mit offenem Mund auf seine Lippen. Unsere Zungen umschlangen einander. Die perfekte Ablenkung. Derweil leistete ich seinen anspornenden Händen Folge und ritt ihn immer schneller und wilder. Nur Reibung zählte. Die Art, wie sie mich wieder von innen zum Leuchten brachte. Ein Orgasmus war ein hervorragendes Gegenmittel gegen ungebetene Gefühle. Ganz klar. Ich bohrte die Fingernägel in seinen Rücken, woraufhin der gute Mann mich praktisch anfauchte.

Ich wollte sehen, wie er kam. Ich wollte, dass er in mir kam. Weil schmutzige Sachen mit diesem Mann zu machen mir inzwischen einfach alles bedeutete.

Mit einem leisen Fluch schob er eine Hand zwischen uns. Er und seine geschickten Finger. Binnen kürzester Zeit zog sich mein Inneres erneut um sein Glied zusammen. Mein gesamter Körper wurde von dem Verlangen erfasst, noch einmal diese unglaublichen Höhen zu erreichen. Ich schluchzte, klammerte mich an ihn und vögelte ihn in mich hinein. Ohne Zurückhaltung. Nichts anderes zählte. Er packte wieder fest meine Hüften, spornte mich an, benutzte meinen Körper, um sich zum Höhepunkt zu bringen. Ich keuchte auf und er stöhnte, und diesmal gewannen wir beide. Gemeinsam.

14. Kapitel

Als ich aufwachte, war auf meinem Handy wieder die übliche Mischung aus netten und irren Nachrichten eingegangen. Inklusive einer dringenden von Angie, die sie um fünf Uhr morgens geschickt hatte. Nicht gut. Aber damit würde ich mich nicht beschäftigen, bevor ich richtig wach war. Nein, das würde ich nicht tun. Ich würde mein Leben nicht von irgendwelchen Dramen bestimmen lassen. Also zog ich mich an und ging in die Küche, um mir erst mal einen Kaffee zu machen. Ehe ich mich dem Tag stellte, musste ich mich mit Koffein wappnen. Schließlich hatte Angie schon so lange gewartet, da würden ein paar Minuten auch keinen Unterschied mehr machen.

Patrick hatte darauf bestanden, dass wir uns eine Auszeit nehmen sollten. Es ruhiger angehen lassen sollten. Etwas sagte mir, dass das seine Art war, um mich nach dem Einbruch in unser Haus zu beschützen. In Anbetracht der Riesenveranstaltung gestern war das keine schlechte Idee. Eine kleine Auszeit mit meinem Freund klang super.

Anmerkung: Ihn in der Privatsphäre meines eigenen Schädels als meinen Freund zu bezeichnen war okay, wurde jedoch problematisch, sollten mir die Worte herausrutschen. Wir hatten noch nicht mal darüber geredet, ob wir nun exklusiv waren oder nicht. Ich würde erst einmal damit warten müssen, irgendwelche Besitzansprüche auf ihn zu erheben.

All diese Gedankengänge wurden mit einem Schlag irrelevant, als ich sah, dass Mei an der Haustür stand und mit Liv Anders sprach. Ja, genau, mit Liv. Höchstpersönlich. Ihre Augen waren gerötet, doch ihr Make-up sah trotzdem perfekt aus. Sie war nicht nur wunderschön, sondern obendrein bloß halb so breit wie ich, was einfach nur unverschämt war. Wenn das hier ein Wettbewerb war, hatte ich keine Chance. Dass sie nach allem, was passiert war, in diesem Zustand hier auftauchte, konnte lediglich einen Grund haben. Sie wollte Patrick zurück. Und wer konnte es ihr verdenken?

Schade, dass ich nicht gewusst hatte, was auf mich zukam, denn sonst hätte ich mich dem Anlass entsprechend gekleidet. Eine Rüstung wäre weitaus angemessener gewesen als Slim Jeans und ein weißes Tanktop. Livs Leben mochte in Scherben liegen, doch selbst ihren Untergang bestritt sie in Couture. Konkret in einem makellos sitzenden schwarzen Hosenanzug und hohen Schuhen mit Pfennigabsätzen. Noch nie hatte ich mich so unbedeutend und durchschnittlich gefühlt. Obwohl ich das natürlich niemals zugegeben hätte. Wenn mein Leben schon ruiniert werden würde, dann zumindest von jemandem in Prada. Vernichtung auf hochklassigem Niveau.

»Oh«, sagte Liv und starrte mich an. Als ob sie nicht erwartet hätte, mich hier anzutreffen.

Mei presste die Lippen aufeinander. »Norah, das ist Liv.«

Ich nickte.

»Ich habe ihr gerade erklärt, dass Paddy joggen gegangen ist«, fuhr Mei fort. »Weswegen es wahrscheinlich am besten wäre, wenn sie ihn anrufen und später wiederkommen würde.«

»Er reagiert nicht auf meine Anrufe.« Liv umklammerte den Griff ihrer Hermès-Handtasche. »Ich versuche es schon seit Tagen, aber er ist kein einziges Mal ans Telefon gegangen.«

Für diese Lebensentscheidung hätte ich den guten Mann am liebsten sofort beglückwünscht.

»Können wir reden?«

»Du willst mit mir reden?«, fragte ich überrascht.

»Bitte«, sagte Liv.

»Ich weiß nicht recht …«

Sie runzelte die Stirn (was bei ihr ebenfalls unfassbar hübsch aussah). Ihr Blick wirkte plötzlich verwirrt, und oh Mann. Wahrscheinlich hatte es noch niemals jemand gewagt, ihr eine Bitte abzuschlagen. Man machte es den Schönen, Reichen und Berühmten gern jederzeit recht. Und sie war in dieser Hinsicht die ultimative Dreierkombination. Mei schüttelte derweil verstohlen den Kopf. Sie hatte wahrscheinlich recht. Es gab eine Menge gute Gründe, abzulehnen. Doch exakt in diesem Moment rollte eine dicke, fette Träne Livs Wange hinunter, und verdammt noch mal. Das sah so perfekt aus, wie aus dem Drehbuch. Und ich hatte mich doch auch schon in so einer Lage befunden … gebeutelt von der Liebe. Ich wusste zu gut, wie es einem in dieser Situation ging.

»Möchtest du einen Kaffee?«, fragte ich.

»Ja.«

Mei zuckte mit den Schultern und kümmerte sich wieder um ihre eigenen Angelegenheiten. Gab die Verantwortung für uns beide ab. Wer konnte es ihr verübeln?

Nachdem ich zwei Tassen Kaffee eingegossen hatte, fragte ich: »Milch oder Zucker?«

»Nein. Danke.«

Ich reichte ihr eine Tasse, bevor ich Zucker in meine gab. Heute war ein Zwei-Stück-Zucker-Tag, denn er musste wirklich dringend versüßt werden. Sie stand derweil auf der anderen Seite der Mücheninsel. So hatte jeder seinen Bereich, und das war wahrscheinlich am besten.

»Was willst du, Liv?«, fragte ich mit weitestgehend fester Stimme.

»Ich war wahrscheinlich neugierig auf dich.« Sie spielte nur mit dem Griff ihrer Kaffeetasse, führte sie jedoch nicht an die Lippen. »Du bist plötzlich so populär. Irgendwie kommt man im Internet nicht um dich herum. Wann immer Patrick irgendwo erwähnt wird, bist du auch da. Du entsprichst eigentlich nicht seinem Typ. Soll keine Beleidigung sein.«

»Habe ich auch nicht so aufgefasst«, log ich.

Sie sah unter ihren langen dunklen Wimpern zu mir auf. »Es war nicht leicht, mitanzusehen, wie er weitergezogen ist. Du weißt fraglos, was zwischen uns war. Alle wissen, was passiert ist. Und selbst wenn es mit jemandem nicht richtig funktioniert, ist es doch schwer, denjenigen mit jemand anderem zu sehen.«

Ich wartete ab.

»Aber dann ist mir ein Gerücht zu Ohren gekommen …« Sie richtete sich auf und schob das Kinn vor. So was von selbstgerecht. »Ich bin hier, weil ich die Wahrheit erfahren will.«

Die Frau konnte nur eine verdammte Sache meinen. *Scheiße.*

»Nein«, sagte sie mit nun festerer Stimme. »Weil ich die Wahrheit erfahren *muss.*«

»Worüber, Liv?«

Sie blinzelte verwundert. »Über dich und Patrick natürlich.«

»Soso.«

»Was soll das heißen?«, fragte sie scharf.

Ich stellte meine Tasse ab. »Das heißt, dass du für mich eine Fremde bist und ich dir verdammt noch mal überhaupt nichts schuldig bin. Jack behauptet ja, du wärest eine von den Guten, aber im Moment habe ich einen anderen Eindruck.«

Sie öffnete den Mund, um etwas zu sagen, doch ich kam ihr zuvor.

»Nein. Du warst schon an der Reihe. Jetzt bist du dran mit Zuhören«, sagte ich. »Was immer zwischen dir und Patrick gewesen ist, hat nichts mit mir zu tun. Genauso wie meine Beziehung mit Patrick nichts mit dir zu tun hat.«

»Deine *Beziehung?*«

»Ja.«

Sie schnaubte verächtlich. Selbst das klang bei ihr seltsam attraktiv. *Bitch.*

»Hast du tatsächlich geglaubt, du könntest hier hereinspazieren und Forderungen stellen und ich würde mich unterwürfig auf den Rücken rollen?«

Ein Anflug von Schuldgefühlen huschte über ihr Gesicht.

Patrick schritt herein. Als er Liv Anders sah, biss er sichtlich die Zähne zusammen. Obwohl Mei ihn bestimmt wegen ihres Besuchs vorgewarnt hatte, wirkte er irritiert. Wahrscheinlich war es das erste Mal, dass sie sich nach allem, was passiert war, tatsächlich gegenüberstanden. Seine Stirn legte sich in Falten, und seine Lippen pressten sich fest aufeinander. Er schien nicht direkt wütend zu sein. Aber glücklich wirkte er auch nicht. Keine Ahnung, was ich erwartet hatte. Obwohl es wirklich toll gewesen wäre, wenn er sie augenblicklich rausgeschmissen hätte. Diese ganze verfluchte Szene tat mir jetzt schon im Herzen weh, und es würde noch schlimmer werden. Ich konnte es spüren, verdammt noch mal.

»Was willst du hier, Liv?«, fragte er, während ihm noch immer der Schweiß herunterlief. Sein nasses T-Shirt hing ihm über der Schulter, und seine Shorts saßen tief auf seinen Hüften.

Ich holte eine Flasche Wasser aus dem Kühlschrank und gab sie ihm. Das Lächeln, mit dem er mich daraufhin bedachte, war so schwach, dass mir das Herz in die Hose rutschte. Liv war mit Sicherheit gekommen, um sich ihren Mann zurückzuholen. Wie dumm von mir, zu versuchen, mich ihr in den Weg zu stellen. Trotzdem brachte ich es nicht über mich, einfach zu gehen. Nicht, bevor er mich ausdrücklich darum bat. Stattdessen trat ich ein paar Schritte beiseite und brachte dringend nötige Distanz zwischen uns. Dann verschränkte ich die Arme und lehnte mich mit dem Po an die Arbeitsfläche, um Halt zu finden und mich so gut zu schützen, wie es ging. Genau, wie es diese Situation erforderte.

»Ich habe angerufen«, sagte sie. »Du bist nicht drangegangen.«

Er trank erst die halbe Flasche aus, bevor er ihr antwortete. »Ich war beschäftigt. Du hättest nicht herkommen sollen. Was, wenn dir jemand gefolgt wäre? Du kannst von Glück sagen, dass heute keine Fotografen draußen stehen. Eine Wiederholung dessen, was vor deinem Haus passiert ist, ist das Letzte, was ich gebrauchen kann.«

»Ich weiß, dass das mit euch beiden vorgetäuscht ist«, platzte sie heraus.

Ich sah sie nur an.

»Eigentlich logisch. Es erklärt, warum alles so schnell ging.« Sie reckte trotzig das Kinn. »Ein nettes, normales Mädchen, das deinen Ruf retten soll, nachdem du dich mit mir im Dreck gewälzt hast. Angie war bestimmt stolz auf sich, als sie die Idee dazu hatte.«

Ich hielt den Atem an. Was immer er als Nächstes sagen, wie immer er diese Situation handhaben würde, würde mir verraten, was ich wissen musste. Ob wir eine Zukunft hatten oder ob wir nur eine Bettgeschichte waren. Herauszufinden, dass Letzteres zutraf, würde höllisch wehtun. Aber es war besser, es jetzt zu erfahren und das Herz nur ein klein wenig gebrochen zu bekommen, bevor es ernster wurde und aus ein wenig Herzschmerz sehr viel mehr werden würde.

Patrick sagte nichts.

Auf Livs Kinn erschien ein Grübchen, und ihre Augen wurden schon wieder glasig.

»Wir müssen ... Kann ich alleine mit dir reden? Wir müssen das einfach klären. Es gibt so viel, was ich dir sagen muss.«

Sein Blick wanderte verwirrt zwischen ihr und mir hin und her. Er war so ein Riesenidiot.

»Das mit Grant und mir ist vorbei. Ich schwöre, diesmal stimmt es wirklich. Ich reiche noch heute die Scheidung ein. Wir können zusammen sein«, beteuerte sie mit brüchiger Stimme. »Genauso, wie du gesagt hast, dass du es willst. Beim letzten Mal habe ich Panik bekommen. Grant hat sich so aufgeregt, und ich ... Ich bin eingeknickt und habe gesagt, wir könnten es noch einmal miteinander versuchen. Aber jetzt weiß ich es besser.«

Meine Kehle schmerzte. Aber ich würde mit Sicherheit nicht in Tränen ausbrechen. Diese ganze Szene war auch so schon dramatisch genug. Außerdem sah ich beim Heulen nicht annähernd so attraktiv aus wie Liv Anders. Ich war eher der Typ Wrack-mit-knallroter-Nase-und-fleckiger-Haut. Das brauchte niemand zu sehen.

Noch eine Träne rollte über ihr Gesicht. »Bitte, können wir reden? Allein?«

Patrick wandte sich zu mir um. Er würde es tatsächlich tun. Er würde mich bitten, zu gehen, damit sie miteinander alleine sein konnten. In Momenten wie diesen hatte es sich für mich bewährt, Gran nachzueifern. Mein Herz lag vielleicht in Scherben und mein Stolz war erschüttert, aber ich wusste trotzdem genau, was sie zu der ganzen Sache gesagt hätte, und dabei hätte sie sich weder nett noch höflich ausgedrückt. Ich war dazu erzogen worden, meine Wahrheit laut auszusprechen. Und es wurde langsam

Zeit, dass ich in Sachen Männer und Beziehungen anfing, genau das zu tun.

»Du hast eine Entscheidung zu treffen, Paddy«, verkündete ich und stemmte die Hände in die Hüften. »Hier und jetzt, sie oder ich. Wenn ich dieses Zimmer verlasse und ihr beide euer Pläuschchen haltet – dann war es das. Dann hast du, was mich betrifft, deine Wahl getroffen.«

Seine Brauen sanken nach unten. »Du stellst mir ein Ultimatum?«

»Verdammt richtig, das tue ich.«

Er rieb die Stoppeln an seinem Kinn und sah mich argwöhnisch an. Dazu hatte er auch allen Grund. Ich war vielleicht keine Hollywood-Prinzessin, aber ich kannte trotzdem meinen Wert.

»Ich weiß, dass ihr beide schon lange befreundet seid und dass eure Beziehung kompliziert ist. Ich verlange nicht, dass du mir irgendetwas davon erklärst. Das geht nur sie und dich etwas an. Aber Liv hat dir eine Frage gestellt«, sagte ich. »Obwohl es wahrscheinlich eher als Anschuldigung gemeint war, oder? Was sagst du? Ist das mit uns vorgetäuscht?«

»Norah …«

»Ich weiß, dass es so ist«, mischte sich Liv hochnäsig ein.

»Du hältst verdammt noch mal die Klappe«, blaffte ich.

Ihr Mund klappte auf. »Patrick! Lässt du zu, dass sie so mit mir spricht?«

Nicht zu fassen.

Sein Blick zuckte von mir zu ihr und wieder zurück. Und noch immer hatte er kein Wort gesagt.

»Paddy, sie oder ich?« Ich holte tief Luft und ließ den

Atem langsam wieder ausströmen. Jetzt wurde es ernst. »Ich muss es wissen. Ich schätze, wir beide müssen es wissen.«

Für einen Moment stand er wie erstarrt da und sah mich an. Lange genug, damit auch der letzte Rest an Hoffnung in mir verschrumpelte und starb. Es war so dumm von mir gewesen, zu glauben, ich hätte eine Chance. Ich und ein Hollywood-Herzensbrecher. Was für ein Witz.

Dann öffneten sich endlich seine Lippen, und er sagte: »Nein, Norah, das zwischen uns ist nicht vorgetäuscht.«

Liv stieß einen schrillen Schrei aus. »Was? Aber …«

»Okay.« Ich atmete erleichtert auf. »In Ordnung.«

Sein Lächeln war zaghaft, kaum sichtbar. Doch es war das schönste, das ich jemals gesehen hatte.

Livs hübsches Gesicht dagegen war ernst und starr. »Du bist … Du willst sie?«

»Ja«, sagte Patrick entschieden.

»Ich komme zu spät.«

Sein Blick wurde traurig, doch er widersprach ihr nicht.

Sie hielt mürrisch den Blick auf die Arbeitsfläche gerichtet. »Ich, ähm, ich schulde dir eine Entschuldigung, Norah.«

Mir fiel keine Erwiderung ein.

»So etwas wird nicht wieder vorkommen.« Dann schnappte sie sich ihre teure Handtasche und ergriff die Flucht. Gott sei Dank.

Und in mir ging viel zu viel auf einmal vor. Ein gigantisches Anschwellen von Emotionen, mit denen ich nicht umzugehen wusste. Es war gut und schlecht und alles dazwischen. Vielleicht hatte ich eine Panikattacke. Keine

Ahnung. Irgendwie hatte ich Lust, es noch mal mit der Schreitherapie zu versuchen, einfach nur, um alles rauszulassen, aber dann hätten die Nachbarn wahrscheinlich die Polizei verständigt. Deswegen tat ich das Nächstbeste. Ich nahm einen Ofenhandschuh von der Arbeitsfläche und warf ihn Patrick an den Kopf. Da er weich und ich noch nie besonders sportlich gewesen war, schwebte der Gute jedoch nicht ernsthaft in Gefahr.

Tatsächlich fing er ihn mit Leichtigkeit noch in der Luft. »Wofür war das denn?«

»Du hast gezögert. Du hast so dermaßen gezögert.«

»Wärest du wirklich gegangen?«, fragte er. »Sag die Wahrheit.«

»Darauf kannst du deinen Hintern verwetten.«

Er hob überrascht die Brauen. »Hm.«

»Wir konnten die letzten Tage kaum die Finger voneinander lassen, und da wundert es dich, dass ich nicht einfach beiseitetrete und einer anderen Frau meinen Platz überlasse?« Ich verzog das Gesicht. »Ich bin weder so nett noch so verständnisvoll, Paddy. Oder vielleicht bin ich auch einfach keine Idiotin.«

Nichts von seiner Seite.

»Gefühle sind eine reale Sache.«

»Stimmt.«

»Und du musst meine respektieren.«

»Kapiert«, sagte er mit gebotenem Ernst. Auch gut.

»Oh mein Gott«, sagte Mei, die plötzlich mit dem Handy in der Hand hinter Patrick auftauchte. »Du hast recht, Angie. Er sieht furchtbar aus. Als hätte ihn ein Tiger in die Mangel genommen.«

Patrick sah sie fragend an.

Ich packte ihn am Oberarm und drehte ihn um, damit ich sehen konnte, was sie meinte. Oh, wow. Rechts und links neben seiner Wirbelsäule zogen sich gut sichtbare rote Kratzspuren über seinen Rücken. Für jeden meiner Fingernägel eine Strieme auf seiner Haut. Ach du Scheiße.

»Ich kann mich gar nicht erinnern, das getan zu haben«, sagte ich leicht benommen.

»Du bist eine Wilde, Norah.« Mei lächelte und machte ein Foto.

Als Patrick es sah, bekam er erfreulich große Augen.

»Deine Geilheit und Territorialmarkierungen waren unsere Rettung«, fuhr sie fort. »Einer der Assistenten hat hingeschmissen. Er und Angie haben sich nicht gerade im Guten getrennt, woraufhin er heute früh ins Internet gegangen ist, um es ihr heimzuzahlen. Das hat er gemacht, indem er jedem, der es hören wollte, erzählt hat, dass das mit dir und Paddy gar nicht echt ist. Allerdings ist ein Fan Paddy auf seiner Joggingrunde gefolgt, und als Paddy sein Oberteil ausgezogen hat … wurde pures Internetgold geschaffen. Genau in diesem Augenblick gehen die Fotos viral. Ihr seid offiziell das versaute Promipärchen der Woche. Du hast nicht nur verhindert, dass der Fotograf etwas von Livs Eintreffen mitbekommen hat, sondern auch noch eure sexuelle Beziehung vor den Augen der ganzen Welt bestätigt.«

»Indem ich ihn zerfleischt habe?«, fragte ich.

»Genau«, sagte Mei.

»Ich frage mich, wie viele Leute mich in diesem Moment als Schlampe darstellen.«

»Nicht annähernd so viele, wie dich für deine vollkommen natürlichen fleischlichen Begierden feiern.« Mei grinste. »Okay, ihr verrückten Kids. Gute Arbeit, weiter so!«

Ich zog den Kopf ein. »Auf einer Skala von eins bis zehn – wie sauer bist du auf mich?«

»Wieso sollte ich sauer sein?«, fragte Patrick schmunzelnd.

»Du wirst vielleicht meinetwegen Narben zurückbehalten.«

»Es werden keine Narben bleiben. Entspann dich.« Er streckte die Hand aus und grub die Finger in die verkrampften, schmerzenden Muskeln in meinem Nacken. Was für ein Mann. »Jetzt wissen alle, dass ich es dir ordentlich besorge.«

Mein Gesicht wurde ganz heiß, und ich musste lachen.

Er zog mich an sich, schlang die Arme um mich und setzte die Massage fort. Was schön war und gut und dringend notwendig. »Tut mir leid, dass ich gezögert habe. Wahrscheinlich war ich einfach nur überrascht, dass sie hier war und so weiter.«

»Hmm.«

»Schnupperst du an mir?«

Ich seufzte wohlig. »Ja.«

»Ach so. Also, was ich sagen wollte: Das mit uns mag zwar unter fragwürdigen Umständen begonnen haben, aber inzwischen ist es kein Fake mehr«, sagte er. »Okay?«

Ich nickte und schlang die Arme um seine Körpermitte.

»Keine Ahnung, wo die Reise für uns noch hingeht, aber ich bin hundertprozentig mit an Bord.«

»Vielen Dank«, sagte ich und schnupperte noch ein bisschen. »Ich auch.«

»Weinst du oder riechst du noch immer an mir?«

Ich schmiegte die Wange an seine Brust und atmete tief ein. »Ein bisschen von beidem.«

»Warum weinst du denn?«, fragte er und drückte mich fester an sich.

»Du hast dich für mich entschieden. Ich war mir nicht sicher, ob du es tun würdest. Außerdem war das eine ziemlich stressige Situation, und ich hatte noch nicht mal meine erste Tasse Kaffee.«

»Weshalb hätte ich mich nicht für dich entscheiden sollen?«, fragte er und klang ein wenig verblüfft. Wofür ich ihn irgendwie noch mehr vergötterte.

»Weil sie Liv Anders ist und ich nicht.«

»Du glaubst, ich stehe noch immer auf sie?«

Ich überlegte kurz. »Ich war mir ehrlich gesagt nicht sicher. Aber ich schätze, du tust es nicht.«

»Was ich für Liv empfunden habe …«

»Sprich weiter«, forderte ich.

Er stöhnte. »Sagen wir einfach, dass ich für Liv deutlich weniger empfunden habe, als ich für dich empfinde. Sie war ein Vielleicht. Jemand, an den ich früher oft gedacht und von dem ich mich gefragt habe, ob es mit uns etwas werden könnte. Aber all das ist Vergangenheit. Du bist ein Definitiv. Du hältst mir den Rücken frei. Wortwörtlich.«

»Ha.«

»Du bist witzig und sexy und lässt dir nichts gefallen. Das mag ich. Ich werde nirgendwo hingehen, okay?«

»Okay.«

Er legte den Kopf auf meinen Scheitel.

»Ich habe dich total gern, Patrick Walsh.«

»Mm.«

»Du hörst mir zu und gibst mir ein sicheres Gefühl. Abgesehen von gerade eben … Aber das wollen wir einfach vergessen.«

»Das wäre gut«, murmelte er.

»Dann sind wir jetzt wohl exklusiv.«

»Verdammt richtig, das sind wir. Dachtest du, es wäre nicht so?«

»Nun ja, wir hatten das nicht besprochen …«

Er schüttelte den Kopf. Als wäre es eine totale Selbstverständlichkeit. Blödmann. »Möchtest du wieder mit mir Sauereien unter der Dusche machen?«

»Ich dachte schon, du würdest nie fragen.«

15. Kapitel

Wenn Zena noch ein weiteres Mal die Haare zurückwarf, würde sie sich garantiert den Hals verrenken. Da saß sie, auf der Couch, lachte kehlig und flirtete, was das Zeug hielt. Als wäre sie nicht mit einem sexy Highschoollehrer verlobt. Sie sollte sich was schämen. Andererseits konnte ich es ihr nicht verdenken. Jack legte sich ganz schön ins Zeug. Und sie war mit ihrer dunklen Haut und ihrem breiten Lächeln wirklich eine Schönheit. Ich mochte sie, weil sie witzig, loyal und verdammt clever war. Es war schön, sie zu sehen. Mir war gar nicht bewusst gewesen, wie sehr ich meine Freunde vermisst hatte. Auch wenn ich nicht besonders viele hatte.

Patrick hatte vorgeschlagen, dass ich jemanden einladen und mich mehr verhalten sollte, als wäre das Haus mein Zuhause. Ein großer Schritt. Andererseits schien der heutige Tag, was unsere Beziehung anging, im Zeichen großer Schritte zu stehen. Nach Livs Besuch war er an meiner Seite geblieben, hatte jedoch in sich gekehrt gewirkt. Entweder, weil er sich die Schuld daran gab, dass die Ehe seines Freundes am Ende war, und er dabei eine Rolle gespielt hatte, oder aus Sorge über die Konsequenzen, falls Liv die Scheidung einreichte. Die Medien würden ihn unter Garantie mit dieser neuen Entwicklung in

Verbindung bringen. Schließlich hatte sich die Story auch schon beim letzten Mal hervorragend verkauft.

Doch zur allgemeinen Überraschung gab es keine große Bekanntmachung. In West Hollywood blieb es still. Vielleicht war Liv lieber unglücklich als allein. Gran sagte immer, dass die einzigen Menschen, die eine Beziehung verstanden, diejenigen waren, die sie führten. Was sie allerdings nie davon abhielt, ihren Senf dazuzugeben.

»Sie hat meine Bestellung durcheinandergebracht«, erzählte Zena und holte mich aus meinen Gedanken.

Ich schnaubte in meinen Martini. »Habe ich nicht. Du warst betrunken und hast es dir ungefähr fünfmal anders überlegt.«

Zena kicherte. »Ich weiß noch, dass dieser Trottel mich gerade verlassen hatte. Wie war noch sein Name?«

»Wir sprechen ihn nicht aus. Er hat es nicht verdient, dass man ihn nennt.«

»Amen.« Sie faltete die Hände wie zum Gebet. »Aber du hast meine Bestellung durcheinandergebracht und meine Guacamole vergessen.«

»Das war meine erste Woche als Kellnerin. Ich war eine dumme Anfängerin, die von nichts eine Ahnung hatte. Hör auf, auf mir rumzuhacken, Fräulein.«

Patrick beobachtete uns gedankenverloren.

»Du hast ihr hoffentlich kein Trinkgeld gegeben«, bemerkte Jack, der sich mit einem Bier in der Couchecke ausgestreckt hatte.

»Da sie mir einen Gratis-Margarita zugeschoben hat, hatte ich Nachsicht mit ihr. Seitdem sind wir Freundinnen.« Zena zwinkerte mir zu.

»Wie läuft es im Laden?«, fragte ich.

»Oh Gott, wann kommst du zurück? Du darfst mich nicht mit der Buchhaltung alleine lassen – das weißt du doch. Erst gestern ist eine neue Lieferung Saisonware eingetroffen, und ich würde dir die Füße küssen, wenn du kommen und mir beim Verbuchen helfen würdest«, sagte sie, sah mich verführerisch an und klimperte mit den Wimpern. Das volle Programm.

»Soso, das würdest du tun?«

»Du müsstest mir nur vorher nachweisen, dass du sie ordentlich gewaschen hast. Ich habe hohe Ansprüche.«

Ich lachte.

»Ich wasche meine jeden Tag äußerst gründlich«, meldete sich Jack zu Wort und hob einen seiner klobigen schwarzen Stiefel.

Zena sah ihn herablassend an. »Ich gehe vor keinem Mann in die Knie.«

»Hört, hört.« Ich hob mein Glas, um ihr zuzuprosten. Ernsthaft. Diese Frau war, gleich nach Gran, meine zweitliebste Vulvaträgerin auf der Welt.

»Hast du dir schon mal überlegt, noch jemanden einzustellen?«, fragte Patrick und nahm meine Hand.

Zena hob eine Braue. »Lässt du Norah etwa nicht zurückkommen?«

»Norah tut, was sie will.«

»Gute Antwort«, lobte Zena. »Aber ja, ich denke schon eine Weile ernsthaft darüber nach, die Boutique zu erweitern. Am liebsten würde ich in eine größere Räumlichkeit umziehen.«

Ich lächelte. »Das ist eine tolle Idee.«

»Finde ich auch. Aber obwohl es momentan gut läuft, werde ich erst in ein oder zwei Jahren über die notwendigen Mittel verfügen. Insbesondere, da die Hochzeit ansteht«, erklärte sie. »Was schade ist, weil ein Stück die Straße runter der perfekte Standort frei geworden ist.«

»Was ist mit einem Investor?«, fragte Patrick.

»Es gibt jemanden, der interessiert wäre, aber … Er könnte nur stiller Teilhaber werden«, sagte Zena. »Die Menschen, denen ich genug traue, um sie aktiv am Geschäft zu beteiligen, kann ich an einer Hand abzählen. Und die meisten von ihnen machen ihr eigenes Ding und sind zu beschäftigt. Wie beispielsweise deine Verlobte hier.«

Ich neigte den Kopf. »Aber ich habe kein eigenes Ding.«

Patrick sah mich fragend an.

»Ich meine, ich hatte Jobs, die ich gern gemacht habe. Doch ich würde nicht unbedingt sagen, dass sie ›mein Ding‹ waren«, sagte ich. »Jetzt, da ich genug Zeit und Geld habe, habe ich schon überlegt, mir mein eigenes Ding zu suchen.«

Zena hob wieder eine Braue.

»Was würdest du gern machen?«, fragte Patrick und drückte meine Hand. »Ich meine, wenn Geld kein Thema wäre?«

»Ich weiß auch nicht.«

»Du hast etwas von Onlinekursen erwähnt.«

Ich hob die Schultern. »Ich glaube, im Moment würde ich lieber etwas Praktisches tun, als zu lernen. Oder vielleicht gleichzeitig etwas tun und etwas lernen. Cole hat mich mit seiner Existenzgründung inspiriert. Vielleicht sollte ich mich mal mit ihm unterhalten.«

»Vergiss es«, entgegnete Jack. »Versteh mich nicht falsch, er ist ein gut aussehender Kerl. Aber dumm wie Brot.«

Patrick verkniff sich das Grinsen und nickte zustimmend. »Traurig, aber wahr. Doch du könntest dich mit mir unterhalten.«

»Na klar ist er das«, sagte ich trocken. »Und ich *unterhalte* mich gerade mit dir.«

»Du kennst dich mit der Boutique ebenso gut aus wie ich«, bemerkte Zena nachdenklich. »Ich stelle das einfach mal in den Raum. Allerdings müsstest du dich, wenn es dir wirklich ernst ist, schnell entscheiden. Dieser Investor, von dem ich erzählt habe, drängt mich zu einer Antwort. Außerdem weiß ich nicht, wie lange das andere Ladengeschäft noch verfügbar sein wird, was der Hauptgrund dafür ist, dass ich erwäge, jetzt diesen Schritt zu machen.«

»In ein Unternehmen zu investieren, über das du detaillierte Kenntnisse hast, klingt vernünftig.« Patrick strich mit dem Daumen über meine Fingerknöchel. »Du weißt, dass ich gern bereit bin, zu helfen, Norah.«

»Das weiß ich, danke. Aber ich würde das gern alleine machen.«

»Okay«, sagte er.

»Ich würde gern am Verkauf und am Bestellwesen beteiligt sein. Selbstverständlich nicht sofort. Aber in diese Richtung sollte es gehen.«

Zena nickte. »Na klar. Also, möchtest du das wirklich machen?«

»Ja.« Ich lächelte. »Möchte ich. Und je nachdem, welcher Betrag dir vorschwebt, kann ich es auch. Sofern du dir sicher bist, dass du es willst?«

Sie trank einen Schluck von ihrem Martini und sah mich über den Rand ihres Glases hinweg an. »Entschuldige, wenn ich kurz neugierig bin, aber es ist notwendig. Wie ließe sich das denn mit deinem neuen noblen Lebensstil in Einklang bringen? Wenn Patrick monatelang verschwindet, um einen Film zu drehen – hast du dann vor, ihn zu begleiten?«

Mein Mund öffnete sich, doch es kam nichts heraus. Weil das nämlich eine sehr gute Frage war. In den gefühlt ein, zwei Sekunden, die wir erst zusammen waren, hatten wir nie über die Zukunft gesprochen. Die Gegenwart schien schon unsicher genug zu sein. Patrick betrachtete mich aufmerksam. Und wartete fraglos darauf, was ich antworten würde. Das war vielleicht ein Druck. Aber auch wenn er mir sehr viel bedeutete, musste ich ein eigenes Leben haben. Eine Aufgabe, die über das Tragen schicker Kleider und das Stylen meiner Haare und Fingernägel hinausging. Andernfalls würde es bestimmt nicht lange dauern, bis wir beide anfangen würden, uns zu langweilen. Bis er in mir doch nichts anderes mehr sehen würde als einen dieser Geier, die es in dieser Stadt zuhauf gab und die es nur auf den Ruhm und das Geld anderer abgesehen hatten.

»Nein«, sagte ich schließlich. »Es ist schon lange her, dass sich mir die Gelegenheit geboten hat, etwas Gewichtiges zu tun. Ich werde sie nicht wegwerfen.«

Zena nickte.

»Obwohl es mir auch nichts ausmachen würde, dich hin und wieder am Set zu besuchen – falls du mich dort haben willst.«

Patricks Lächeln erreichte nicht seine Augen. »Auf jeden Fall.«

»Du bist sauer auf mich.«

»Was?« Patrick zog die Decke zurück und schob die Kissen gegen das gepolsterte Kopfende des Bettes. »Was meinst du damit?«

Zena war vor einer halben Stunde gegangen, und Jack war dorthin verschwunden, wohin auch immer er für gewöhnlich verschwand. Wahrscheinlich besuchte er Cole in seinem Club.

Ich stand am Fußende des Bettes und kämpfte mit meiner Gürtelschnalle. Ab einer gewissen Anzahl Martinis gehorchten meine Finger offensichtlich nicht mehr so gut. Upsi. »Als Zena gefragt hat, ob ich vorhätte, dir überallhin zu folgen, und ich Nein gesagt habe. Und dann hinzugefügt habe, dass ich dich sehr gern am Set besuchen würde.«

»Und?«

»Dein Lächeln war falsch, Paddy.«

»Nein, war es nicht.«

»Oh mein Gott. Jetzt hast du mich gerade schon wieder belogen.«

»Lass mich mal, kleine Schnapsdrossel.« Er schob meine Hände weg und machte mit dem Gürtel und dem blöden Reißverschluss darunter kurzen Prozess. Dann zog er mir die Jeans herunter.

Ich legte eine Hand auf seine Schulter, damit ich nicht das Gleichgewicht verlor und beim Hosenausziehen auf dem Hintern landete. Wie peinlich. »Sag mir, was du wirklich gedacht hast.«

»Ich habe gedacht, dass eine Partnerschaft mit Zena einzugehen nach einer vielversprechenden Gelegenheit für dich klingt«, sagte er.

»Sag mir, was du in Bezug auf dich und mich gedacht hast.«

Er richtete sich auf und blickte auf mich herab. »Norah.«

»Paddy.«

»Ich verrate dir, was ich jetzt gerade denke.« Er füllte seine Hände mit jeweils einer Pobacke. Also mit meinen Pobacken. Dann drückte er sie. »Wie fändest du es, wenn ich es dir von hinten besorgen würde?«

»Machst du diesen Vorschlag nur, damit du mir nicht ins Gesicht schauen und mit mir reden musst?«

»Nein, ich mache diesen Vorschlag, weil ich deinen Hintern mag. Sehr sogar.«

»Das ist nett. Los, aufs Bett.« Ich legte die Hände auf seine nackte Brust und schubste ihn, bis er auf der Matratze landete. Was für ein wundervoller Anblick. Ich krabbelte ihm nach und setzte mich rittlings auf seine Hüften. Einer meiner Lieblingsplätze. »Wir haben nie über diesen sehr wahrscheinlichen, ja unvermeidlichen Umstand gesprochen. Dass wir zeitweise eine Fernbeziehung führen müssen. Obwohl wir natürlich bis zum heutigen Tag noch nicht mal darüber gesprochen haben, dass wir eine Zukunft haben könnten.«

»Die Dinge entwickeln sich schnell«, sagte er und klang nicht gerade erfreut.

»Ja, so ist es.«

Seine Hände lagen auf meinen Oberschenkeln und

er seufzte. »Ich schätze, ich dachte, wir würden zusammen sein. Unter welchen Umständen auch immer. Aber ich kann verstehen, dass du nicht mein Schatten sein willst.«

»Ganz im Gegenteil. Ich wäre gern dein Schatten. Ich kann mir nichts Schöneres vorstellen, als den ganzen Tag an deiner Seite zu sein.«

»Aber du wirst es nicht tun.«

»Nein«, antwortete ich. »Das werde ich nicht. Und ich werde dich wie verrückt vermissen. Aber obwohl ich am liebsten an dir kleben würde wie eine Klette, glaube ich, dass wir voneinander unabhängige, eigenständige Erwachsene sein müssen, wenn das hier funktionieren soll.«

»Das ist sehr vernünftig von dir«, sagte er stirnrunzelnd. »Ist das wirklich alles, was du dazu zu sagen hast?«

»Was möchtest du denn hören?«

Männer. Also wirklich. Vielleicht hatte ich für dieses Gespräch doch nicht genug Alkohol konsumiert. »Ich möchte, dass du mutig bist und dich mir gegenüber ein wenig öffnest.«

Er ergriff den Saum meines Oberteils und zog es mir über den Kopf, bevor er sich an meinem BH zu schaffen machte. Und die ganze Zeit über grummelte er in sich hinein. »Wieso ist das überhaupt relevant, wenn ich sowieso keine Jobs in Aussicht habe?«

»Das wird sich jedoch ändern. Du bekommst doch weiterhin Angebote, oder?«

»Aber nichts, was ich machen will.«

»Noch nicht.«

»Noch nicht«, stimmte er zu.

»Es wird passieren, Paddy«, versicherte ich. »Das richtige Drehbuch wird kommen, und dann wirst du für ein halbes Jahr in Neuseeland oder Tschechien oder wo auch immer sein. Das ist etwas, worauf wir vorbereitet sein sollten.«

»Beziehungen sind schwierig«, sagte er ungehalten.

»Das stimmt.«

»Komm her.«

Ich kuschelte mich an seine Brust, und er nahm mich in die Arme. Es ging doch nichts über eine Umarmung, um alles besser zu machen. In seinen Armen war ich sicher. Größer und stärker und zu allem fähig. Ich konnte es mit der ganzen verdammten Welt aufnehmen oder zumindest mit einer kleinen Ecke davon. Genau dieses Gefühl gab er mir.

»Okay. Dann eben die Wahrheit. Ich hasse verdammt noch mal die Vorstellung, von dir getrennt zu sein.« Seine Finger drückten fester zu. »Aber die Schauspielerei ist mein Job und das Einzige, was ich jemals machen wollte. Und du hast es verdient, auch so etwas für dich zu haben.«

»Ja.«

»Es gibt in der Filmindustrie viele Fernbeziehungen, doch ich muss sagen, dass nicht viele von ihnen auch funktionieren.«

Nun war es an mir, zu seufzen. »Nein. Ich kenne auch nicht viele, die funktioniert haben.«

Für einen Moment schwiegen wir beide.

»Warum hast du noch immer dein Höschen an?«, fragte er.

»Konzentrier dich, Paddy. Wir reden gerade über uns.«

»Ich konzentriere mich doch. Ich denke nur, dass es für dich bequemer wäre, wenn du splitternackt auf mir sitzen würdest.«

Ich lachte.

»Du bist mein Kätzchen.«

»Ich bin nicht dein Kätzchen.«

»Manchmal frage ich mich, ob wir uns jemals auf einen Kosenamen für dich einigen werden«, sagte er. »Du stellst dich in dieser Hinsicht so an.«

»Das stimmt, ich bin wirklich schlimm.«

»Ach, na ja …« Er seufzte. »Du bist mir an deinen schlimmsten Tagen lieber als jeder andere an seinen besten.«

Mein Herz geriet ins Stottern. »Das hast du wirklich sehr schön gesagt.«

»Ich habe etwas richtig gemacht?«

»Du machst ganz viele Dinge richtig. Sei nicht so bescheiden. Du bist in diesem Beziehungskram besser, als du denkst.«

Seine Mundwinkel hoben sich zu einem zärtlichen Lächeln.

»Du bist sogar ein richtig guter Mensch, der Gutes verdient hat«, sagte ich und setzte mich auf. »Rutsch mal ein Stück auf dem Bett nach oben.«

Er sah mich neugierig an und tat wie geheißen, bis er mit dem Kopf in den Kissen lag und sein Ständer, den ich bislang ignoriert hatte, sich direkt vor meinem Gesicht befand. Halbnackte Umarmungen hatten offenbar eine immense Wirkung auf ihn. Der Kopf seines Glieds lugte, geschwollen und stolz, aus dem Bund seiner Pyjamahose, die gespannte Haut zart wie Seide. Ich schob die Hand unter den Stoff und umfasste ihn fest. »Mir gefällt dein bestes Stück wirklich gut.«

»Freut mich, das zu hören.«

»Der Rest von dir ist auch nicht übel.« Ich beugte mich vor, nahm die breite Spitze in meinen Mund und ließ die Zunge darum kreisen. Wie sich daraufhin seine Bauchmuskeln spannten, war wirklich erfreulich. Er roch nach Moschus und Salz, und sein Körper fühlte sich wunderbar warm an. Der Mann war die Versuchung in Person. Ich bezweifelte, dass ich ihm jemals nahe genug kommen könnte, genug Zeit damit verbringen könnte, ihn zu berühren, ihn zu schmecken. Nicht mal in hundert Jahren. »Ich freue mich, dass du dich öffnest und deine Gedanken und Gefühle mit mir teilst.«

Er stieß ein Schnauben aus.

Ganz lässig ließ ich meine Hand an seinem Glied auf und ab gleiten, fügte spaßeshalber eine leichte Drehung aus dem Handgelenk hinzu. Reibung war wirklich alles. Er wurde noch härter und auf der Spitze glänzte der erste Lusttropfen. Ich ließ die Zungenspitze über seine ganze Länge gleiten, fuhr die Venen nach. Welche Hitze und Intensität in seinem Blick lagen, während er mich beobachtete … Er blinzelte nicht mal. Als wäre ich eine mächtige Göttin, die vor ihm kniete und mit seinen Geschlechtsteilen spielte. Oder einfach nur ich selbst. Beides war in Ordnung.

Als ich ihn wieder in den Mund nahm und fest saugte, keuchte er auf. Was für ein erregender Laut. Ich ließ ihn meine Zunge spüren, bearbeitete den sensiblen Punkt an der Einkerbung unterhalb der Eichel. Und dabei streichelte ich ihn die ganze Zeit, brachte ihn mehr und mehr auf Touren. Als ich ihn fester umfasste, hob er mir seine Hüften entgegen. Der Gegensatz zwischen der Weichheit seiner Haut und der Härte darunter war irgendwie erregend. Weckte einen Urinstinkt, der meine Brüste sehnsüchtig schmerzen und meinen Schoß nass werden ließ. All die Gerüche und Laute und alles. Das für ihn zu tun war wahrlich ein Vergnügen.

Mit einem leisen Grollen stemmte er den Oberkörper hoch, streckte die Hand aus und packte meine Haare. Damit er mich besser sehen konnte. »Was du mit diesem hübschen Mund bei mir machst, Norah. Fuck.«

Ich gab ein zustimmendes Summen von mir, woraufhin er schon wieder ein tiefes Grollen ausstieß. Dann nahm ich so viel wie möglich von ihm in den Mund und spannte die Lippen. Wie die Muskeln in seinen Schenkeln und an seinem Bauch arbeiteten. Seine ganze Kraft unterlag meiner Kontrolle und Gnade. Meine Hand wurde schneller und er fluchte wieder.

»Fuck, ja«, sagte er mit kehliger Stimme. »So ist es gut, meine Schöne.«

Er packte meine Haare fester, sodass meine Kopfhaut brannte. Normalerweise stand ich im Bett nicht auf solche Sachen. Das zeigte mal wieder, wie viel weiter man mit jemandem, dem man vertraute, gehen konnte. Darüber würde ich gelegentlich, wenn ich nicht mehr ganz so beschäftigt wäre, genauer nachdenken. Und er war so verdammt kurz davor. Sein Atem ging nur noch keuchend und seine Bewegungen waren hektisch. Ich bearbeitete ihn weiter, saugte und ließ meine Hand auf und ab gleiten, bis er zum Höhepunkt kam. Sein dickes Glied zuckte in meinen Fingern, während sich ein Schrei seiner Kehle entrang. Versunken in seiner Lust vögelte er meinen Mund wie ein brünstiges Tier. Immer wieder stieß er mir die Hüften entgegen, während er mich mit der Hand in den Haaren an Ort und Stelle hielt. Verdammt heiß.

Ich streichelte ihn sanft, bis er sich langsam beruhigte. Er fiel zurück auf die Matratze und blieb ermattet liegen. In meinem ganzen Leben hatte ich noch nie etwas so Schönes gesehen. Der glänzende Schweiß auf seiner Haut und seine entspannten Gesichtszüge. Ich war jetzt die Einzige, die ihn so zu sehen bekam. Die erleben durfte, wie er sich in all seiner wilden, männlichen Schönheit vollkommen hingab. Bedauerlicherweise machte die Liebe offenbar eine Kitsch-Poetin aus mir. Sei's drum.

Eines seiner blauen Augen öffnete sich und musterte mich, während ich noch immer auf ihm saß und ihn anstarrte. Ohne ein Wort zu verlieren, ergriff er meine Arme und zog mich auf seinen Körper, bis ich schließlich auf ihm lag. Mit seinen starken Armen drückte er mich an sich und hielt mich fest. Sein Herz pochte langsam und gleichmäßig unter meinem Ohr. Patrick Walsh stand auf Kuscheln. Damit war es offiziell.

Seine Hände glitten über meinen nackten Rücken abwärts unter den Saum meines Höschens und legten sich wieder auf meine Pobacken. Er war ganz schön hinternfixiert. Also echt. Er drückte und massierte, während ich versuchte, mich nicht zu sehr unter seinen Berührungen zu winden. Und ich musste ebenfalls kommen. Je schneller, desto besser. Hätte es doch nur eine konkrete Anstandsregel gegeben, die festschrieb, wann es vertretbar war, einen Mann zu fragen, ob man sich auf sein Gesicht setzen durfte. Und es war auch noch ein so schönes Gesicht.

Wir waren noch immer frisch zusammen und hatten so etwas noch nicht gemacht. Vielleicht hatte er klaustrophobische Tendenzen. Oder er stand einfach nicht auf so etwas. Dazu kam noch diese unterschwellige und alberne Angst, die mit dieser Stellung verbunden war. Was, wenn ich ihn versehentlich erstickte? Ich würde in die Geschichte eingehen als die Frau, die einen Hollywoodschwarm mit ihren Schenkeln getötet hatte. Was für eine oberpeinliche Vorstellung.

»Wenn das deine Art ist, mich zu belohnen«, sagte er, »dann bin ich sehr gern bereit, mit dir zu reden, wann immer du willst. Über Gedanken, Gefühle oder was auch immer. Ich stehe dir zur Verfügung.«

»Ich werde es mir merken.«

»Damenwahl. Was hättest du gern?«

»Ich, ähm …« Und ich wusste nicht, was ich sagen sollte. Oh Mann.

»Was hat es zu bedeuten, wenn du so aussiehst?«, fragte er. »Norah, die Spitzen deiner Ohren werden ganz rot.«

»Hm.«

»Warum machst du nicht den Mund auf und sagst, was in deinem Kopf vorgeht?«

»Witzig, dass du das Wort ›Mund‹ erwähnst.«

Er lächelte. »Oral also. Und anschließend sollten wir

noch ein- oder zweimal vögeln. Einfach so, weil's Spaß macht.«

Bevor er mich auf die Matratze drehen konnte, kroch ich von ihm herunter. Keine Ahnung, was mich davon abhielt, einfach zu fragen. Das war so blöd. Als wäre es unhöflich, sein wunderhübsches Gesicht mit meinen Schenkeln zu schmücken. Ich war verdammt noch mal eine erwachsene Frau. Und ich durfte wollen, was immer ich wollte. »Warte.«

»Was ist?«

»Ich möchte gern, ähm …« Ich schenkte ihm mein aufreizendstes Lächeln. »Warum lehnst du dich nicht einfach zurück und machst es dir bequem, und ich zeige dir, was ich meine?«

16. Kapitel

»Wie geht es dir?«, fragte Patrick, der hinter meinem Stuhl aufgetaucht war.

Meine Make-up-Artistin Kelly bedachte ihn mit einem flüchtigen Lächeln, bevor sie sich wieder ganz dem Contouring widmete. Vollkommen unbeeindruckt. Wenn man für eine bekannte Talkshow arbeitete, wurden Begegnungen mit Promis wahrscheinlich schnell langweilig.

»Gut«, sagte ich und zitterte fast gar nicht.

»Alles wird gut.«

Ich nickte. Manchmal galt eben: Fake it until you make it. Und ein Auftritt in einer Nachmittagstalkshow vor einem Millionenpublikum zählte eindeutig zu den Gelegenheiten, bei denen dieser Spruch angebracht war. Vielleicht wären heute auch alle viel zu beschäftigt, um einzuschalten, oder würden etwas anderes schauen. Wer weiß? Margarita Ramirez zählte inzwischen seit über zwei Jahrzehnten zu den Talkshow-Königinnen. Deshalb hatte Angie sie auch für unser einziges großes Pärchen-Interview ausgesucht. In den Schulferien hatten Gran und ich immer gemeinsam ihre Sendung angeschaut. Und jetzt würde ich darin auftreten. Wow.

Mein Outfit war mit größter Sorgfalt ausgewählt worden. Ein schwarzes Crêpe-Midikleid mit Gürtel von Valentino, dessen kurze Ärmel die schlimmsten Blutergüsse verbargen, kombiniert mit Wildlederstiefeln mit flachen Absätzen. Patricks dunkler Anzug, den er ohne Krawatte trug, passte perfekt dazu. Ich fand, dass wir wie ein Traumpaar aussahen. Ich hoffte nur, dass alle anderen der gleichen Meinung wären.

Obwohl der Morgen recht hektisch gewesen war, hatte ich es geschafft, einige Anrufe zu erledigen. Zuerst hatte ich mit dem Anwalt gesprochen, der mich vertreten würde, und anschließend mit einem Immobilienmakler bezüglich des Ladengeschäfts, das Zena im Auge hatte. Morgen würden Zena und ich es besichtigen und uns ausführlich darüber unterhalten, was eine Partnerschaft beinhalten würde. Es passierte tatsächlich, und ich hätte kaum glücklicher sein können.

Aber zurück zum Hier und Jetzt.

Kelly gab mir ihr Okay und ich dankte ihr. Nun war es so weit. Ein Tonassistent verkabelte uns. Dann reichte ich Patrick meine Hand, und ein weiterer Assistent führte uns zu der Stelle, an der wir neben der Bühne warten sollten. Der Zuschauerraum davor war voll besetzt, und zwischen dem Publikum und dem Set wuselten unzählige Kameraleute und andere Mitarbeiter herum. Auf der Bühne standen einige cremefarbene Sessel, eine gemütlich wirkende Couch und ein Couchtisch aus dunklem Holz. Im Hintergrund, vor einem Bildschirm, auf dem Margaritas Name eingeblendet war, standen auf Sockeln große, leuchtend bunte Blumengestecke.

»Du wirst das großartig machen«, flüsterte Patrick mir ins Ohr.

»Ich war noch nie im Fernsehen.«

»Die Preisverleihung wurde auch im Fernsehen übertragen. Man hat dich sehen können und du warst wundervoll.«

»Das hier ist etwas anderes«, widersprach ich.

»Ich weiß, aber du bist ein Naturtalent.«

Ich runzelte die Stirn. »Was, wenn die Leute finden,
dass ich komisch rieche oder so?«

»Zu unserem Glück ist es bisher selbst im Digitalfern-
sehen nicht möglich, Gerüche zu übertragen. Niemand
außerhalb dieses Raumes wird es jemals erfahren.«

»Das sind immer noch eine ganze Menge Menschen.«

Patrick beugte sich zu mir herunter und schnupperte an
meinem Hals. »Ich kann nichts Komisches riechen. Versuch, dich nicht zu sorgen. Wir machen das zusammen,
okay?«

»Das ist eine Livesendung. Live, Paddy.«

»Ich glaube, sie wird mit einer fünfsekündigen Zeitver-
zögerung ausgestrahlt, aber ja, du hast recht.«

»Was, wenn ich es vermassele und die Leute dich für
einen Idioten halten, weil du mit mir zusammen bist?«,
fragte ich.

»Scheiß auf sie.«

Die Intro-Musik setzte ein und das Publikum applau-
dierte und johlte, und oh Scheiße. Es war durchaus möglich, dass ich mir gleich in die Hose machen würde. Genau
aus diesem Grund sollten Durchschnittsmenschen und
Stars nicht zusammenkommen. Das war viel zu gefähr-
lich. Unter anderen Umständen hätte ich mich jetzt, in
diesem Moment, vor der Welt versteckt, vollkommen un-

zufrieden mit meinem Leben, und hätte Besteck poliert. Doch stattdessen stand ich hier in Designerklamotten und hielt seine Hand. Obwohl meine Hand schweißnass war, ließ er sie nicht los.

Margarita betrat in einem coolen hellblauen Hosenanzug von der gegenüberliegenden Seite aus die Bühne und winkte dabei unablässig. Ihr offenes Haar wippte bei jedem Schritt auf und ab, während ihr Lächeln immer strahlender wurde. Dann setzte sie sich und begann zu sprechen und die Zuschauer ihrer Sendung zu begrüßen. Ihre Stimme klang in Wirklichkeit noch warmherziger und ihr Blick wirkte noch schärfer. Das war mal eine geballte Ladung Kompetenz. Als Kind hatte ich immer so sein wollen wie sie. Dann fing sie an, von Patrick zu erzählen. Von seinen Anfängen in Arizona und seiner Karriere bis zum heutigen Tag. Von seiner Dating-Vergangenheit und unserer kürzlich erfolgten Verlobung. Es wurden Fotos von ihm in diversen Filmrollen eingeblendet, wie er mit dem einen oder anderen Supermodel irgendwelche Clubs betrat, und dann eines von ihm und mir, wie wir vor dem Supermarkt von Paparazzi gejagt wurden. Eines, wie er bei der Preisverleihung den Arm um mich legte. Und schließlich ein Foto, auf dem wir, diamantbehangen und in Abendgarderobe, im Pool knutschten. Man sah alles, die Lust und die Bindung zwischen uns, die sehnsüchtig tastenden Hände und unsere gierigen Münder. So was von nicht für die Öffentlichkeit bestimmt. Hoffentlich sah Gran nicht zu. Das Bild brauchte dringend den Vermerk »nicht jugendfrei«.

Margarita fächelte sich theatralisch Luft zu und das Publikum drehte schier durch.

»Nur für den Fall, dass alles schiefgeht und ich etwas Falsches sage und du nie mehr mit mir reden willst«, sagte ich, »sollst du wissen, dass ich jeden Moment mit dir genossen habe.«

Patrick sah mich einen langen Augenblick nur an. Dann öffnete er den Mund und sagte: »Norah, sie werden dich lieben, genau wie ich es tue.«

Ich erstarrte. »Warte mal. Was hast du gerade gesagt?«

Doch es war keine Zeit mehr. Unsere Namen wurden verkündet und schon gingen wir auf die Bühne, während alle Welt uns dabei zusah. Ich setzte ein Lächeln auf und nahm die Schultern zurück. So viele Leute starrten uns an, und das war nur das Studiopublikum. Da ich keine Zeit oder Gelegenheit hatte, über das, was Patrick gesagt hatte, angemessen nachzudenken, schob ich es einstweilen beiseite. Wahrscheinlich hatte er sowieso einfach nur nett sein und mich aufbauen wollen. Etwas in dieser Art. Er mochte das L-Wort in den Raum geworfen haben, doch er konnte es unmöglich *so* gemeint haben.

Wir setzten uns aufs Sofa und Margarita legte direkt los. »Patrick, du bist berüchtigt dafür, dich bezüglich deines Privatlebens bedeckt zu halten. Was hat sich geändert?«

»Mit einem Wort: Norah«, antwortete er. »In den vergangenen Monaten war das Interesse an meiner Person groß, und ich möchte einige Dinge klarstellen. Ich bin mit dieser wunderschönen Frau zusammen und alles ist super.«

Margarita grinste. »Ach wie schön.«

Ich klammerte mich mit aller Kraft an seine Hand.

»Was sagst du dazu, Norah?«, fragte Margarita.

»Was soll ich sagen?« Ich grinste. »Ich bin eine sehr glückliche Frau.«

»Und er ist ein sehr glücklicher Mann.«

»Das bin ich«, pflichtete Patrick ihr bei.

Das Publikum geriet über unsere Liebesbekundungen in totale Verzückung.

Margarita rutschte in einer vertraulichen Geste ein Stück auf ihrem Sessel nach vorn. »Wie habt ihr beiden euch kennengelernt?«

»An meinem früheren Arbeitsplatz, einem wundervollen Restaurant namens Little Italy«, sagte ich. »Wenn Patrick sich in L.A. aufhielt, kam er alle paar Wochen dort vorbei.«

»Gibt es dort gutes Essen?«, fragte Margarita. »Ich liebe Pasta.«

»Sie servieren dort hervorragende Pasta. Die beste der Stadt. Du solltest sie gelegentlich probieren.« Patrick schenkte ihr sein oberlässiges Lächeln. Oh mein Gott. Dieses Lächeln zog einem das Höschen runter und gab einem einen Klaps auf den Po. Kein Wunder, dass er so viel Geld scheffelte. »Aber ich bin ihretwegen hingegangen. Jedes Mal, wenn ich wieder in L.A. war, konnte ich der Versuchung nicht widerstehen, bei ihr vorbeizuschauen und zu sehen, ob sie vielleicht endlich mit mir reden würde.«

Margarita hob eine Braue. »Sie hat dich zappeln lassen?«

»Das hat sie. Sie hat meine Bestellungen aufgenommen und mich sehr höflich behandelt, aber abgesehen davon hat sie nicht mit mir gesprochen. Hat mich nie etwas gefragt. Und mich auch nie um etwas gebeten.«

»Du mochtest, dass ich dir deinen Freiraum gelassen habe«, sagte ich und verstand nicht recht, worauf er mit alldem hinauswollte. Oder wie echt das alles gerade war. Das war das Problem mit Fakes. Nach einer Weile wurde es schwer, Fakten und Fiktion auseinanderzuhalten. Und ich würde bestimmt nicht anfangen, ihm im Fernsehen zur Primetime persönliche Fragen zu stellen.

»Ja, so war es«, stimmte er zu. »Aber deswegen bin ich nicht ständig wiedergekommen. Ich bin wiedergekommen, weil ich dich kennenlernen wollte. Deswegen habe ich mich in den hinteren Teil des Restaurants gesetzt, wo du dich oft aufgehalten und gearbeitet hast, und habe abgewartet, ob der Tag der Tage vielleicht irgendwann kommen würde.«

Mein Lächeln fühlte sich irgendwie komisch an. Verrutscht oder so.

»Das habe ich dir noch nie erzählt, oder?«

»Nein«, sagte ich. »Das hast du nicht.«

Sein Lächeln verwandelte sich, wurde plötzlich aufrichtig. Und war nur für mich bestimmt.

»Ihr habt noch nie darüber gesprochen?«, fragte Margarita. »Warum hast du ihr das nicht erzählt, Patrick?«

Er leckte sich die Lippen. »Ich schätze, weil ich dachte, sie wüsste es. Ich wollte nicht der schräge Typ sein, der ständig bei ihr auf der Arbeit auftaucht. Ich habe versucht, cool zu bleiben.« Er sah Margarita an, bevor er sich wieder mir zuwandte. »Ich dachte wirklich, du hättest es gewusst, Norah.«

»Das habe ich nicht«, sagte ich lachend. Wie unangenehm. »Ich dachte, dir würde das Essen schmecken. Meinst du das wirklich ernst?«

»Absolut.« Sein Blick verriet nichts. Oder womöglich auch alles. Es war wirklich schwer zu beurteilen.

»Du bist meinetwegen immer wieder ins Restaurant gekommen?«

»Selbstverständlich«, sagte er entschieden.

Mein Lächeln war noch immer irgendwie seltsam und zaghaft. Angie hätte mir wahrscheinlich eins übergebraten und mich ermahnt, mitzuspielen. Er sagte nur, was alle hören wollten. Verkaufte ihnen die größte Romanze des Jahrhunderts – der Hollywoodschwarm und das Fangirl. Ich wünschte nur, es hätte mir nicht so verdammt gut gefallen, diese Worte zu hören. Dass es ihm vielleicht von Anfang an um mich gegangen war, nicht um die Penne Ragù und die Fleischbällchen mit Parmesan. Nicht um eine Schnellschusslösung für seinen beschädigten Ruf. Sondern um mich allein. Konnte das wirklich sein?

Aber eigentlich waren wir hier bei der Arbeit und spielten unsere Rollen. Jetzt war nicht der richtige Zeitpunkt, um sich zu verrennen und alles infrage zu stellen. Später vielleicht.

»Wie fühlst du dich dabei, Norah?«, fragte Margarita mit gesenkter Stimme.

Er sah mich an, als wäre alles andere bedeutungslos. Als wäre alles, was ich sagte und tat, wichtig. Und selbst wenn ich es gewollt hätte, hätte ich den Blick nicht von ihm abwenden können.

»Besonders«, erwiderte ich, nachdem ich angestrengt geschluckt hatte. »Aber er gibt mir ständig das Gefühl, besonders zu sein. Unter uns gesagt: Deswegen habe ich ihn auch so gern in meiner Nähe.«

Das Publikum lachte erfreut.

»Oh, ich mag dich. Und dieses Band zwischen euch beiden ist einfach wundervoll«, sagte Margarita lächelnd. »Ich bin so froh, dass ihr heute in die Sendung gekommen seid.«

»Ich auch«, beteuerte ich und entspannte mich ein wenig. Soweit es unter den gegebenen Umständen möglich war. »Ich auch.«

Man merkt genau, wenn alles irgendwie die Erwartungen übertrifft. Wenn das Leben so verdammt nah an der Perfektion ist, dass man es förmlich schmecken kann. Das ist der Punkt, an dem unvermeidlich alles wieder auf den Kopf gestellt wird. Denn wir hatten nicht nur das Fernsehinterview überstanden, sondern es fühlte sich irgendwie so an, als hätten wir wahre Wunder gewirkt. Wir hatten sie überzeugt. Patrick und ich hatten allem Anschein nach das Studiopublikum und unsere Interviewerin bezaubert. Wir hatten auf eine Art witzig und authentisch gewirkt, wie ich es nie erwartet hätte. Insbesondere, da so viel an uns und unserer Beziehung nicht echt war. Alles war toll, und deswegen musste es natürlich im nächsten Moment mit uns bergab gehen. So richtig.

Als wir zu Hause angekommen waren und gerade durch die Tür gingen, klingelte sein Handy. Er schaute aufs Display, und im selben Augenblick wechselte sein komplettes Gebaren von entspannt zu alarmiert. »Janisha. Hey.«

Janisha war seine Agentin. Ich hatte sie noch nicht kennengelernt, aber sie war anscheinend charmant und absolut furchterregend. Eben so, wie man sich den typischen Hollywood-Agenten vorstellte.

»Selbstverständlich lautet meine Antwort Ja.« Sein Blick zuckte zu mir, bevor sich seine Kiefermuskeln anspannten und er sich abwandte. »So bald? Mist.« Als Nächstes fuhr er sich mit einer Hand beunruhigt durch die Haare. »Wenn sie es so wollen. Okay. Bis dann.« Damit legte er auf. In seinen Augen lag ein merkwürdiger Ausdruck, eine Mischung aus Traurigkeit und Resignation.

»Du hast den Job bekommen.«

»Ja«, sagte er.

»Glückwunsch.« Von allen falschen Lächeln, die ich jemals aufgesetzt hatte, würde dieses als das, was mir am allerschwersten gefallen war, in die Geschichte eingehen. Meine Wange zuckte heftig, und ich wäre am liebsten in Tränen ausgebrochen. Aber ich würde es nicht tun. Das alles fühlte sich in etwa so an, wie ich mir einen Boxhieb in die Brust vorstellte. Mein Herz wäre vielleicht nie mehr dasselbe. »Das ist klasse, Paddy.«

»Sie wollen, dass ich mich möglichst noch heute Nacht ins Flugzeug nach Ungarn setze.«

»Ungarn?«

»Ich werde etwas über drei Monate dort sein.«

»Wow.« Obwohl ich gewusst hatte, dass genau das irgendwann passieren würde, ging es mir zu schnell. Viel zu schnell. Doch das behielt ich für mich.

»Wir haben es geschafft«, sagte er und schob mit einem Lächeln auf den Lippen das Handy in seine Gesäßtasche. Er war so glücklich, dass jede Zelle seines großen Körpers Freude auszustrahlen schien. »Oder besser: *Du* hast es geschafft. So lautet die Wahrheit – du hast mich gerettet. Ich bin offiziell keine Persona non grata mehr.«

»Dort draußen laufen eine Menge Riesenarschlöcher herum, die es verdient haben, öffentlich runtergemacht zu werden. Aber du gehörst einfach nicht dazu«, sagte ich und erwiderte sein Lächeln.

»Wie auch immer, ich habe jedenfalls meine Lektion gelernt.«

Mein Lächeln wurde wackelig.

Er trat näher zu mir und zog mich an sich. Keine Ahnung, warum ich mich plötzlich verlegen fühlte. Als ob sich alles mit einem Schlag verändert hätte. Dieser Moment hatte unvermeidlich kommen müssen, und jetzt war er da. Ich schlang die Arme um seine Taille und hielt mich an ihm fest.

»Ich möchte, dass du im Haus bleibst«, murmelte er an meinem Kopf. »Wirst du das tun, Norah? Ich weiß, dass du einiges vorhast und dass du nicht mit mir kommen wirst. Aber auch wenn ich eine Weile fort bin, kann das hier immer noch dein Zuhause sein.«

»Es würde ziemlich verdächtig wirken, wenn ich ausziehen würde – denk an die PR und unsere Beziehung und diesen ganzen Vertragskram.«

»Das ist mir ehrlich gesagt im Moment alles völlig egal. Ich möchte nur sicher sein, dass du während meiner Abwesenheit zurechtkommst.«

Ich schnaubte amüsiert. »Ich bin schon ein großes Mädchen. Selbstverständlich komme ich zurecht.«

»Du bekommst morgen den Rest des Geldes ausbezahlt und der Vertrag wird zerrissen. Das hätte ich schon vor Tagen tun sollen. Keine Ahnung, wo ich meinen Kopf hatte.«

»Wir waren eben ziemlich beschäftigt, mit Sex und so weiter.«

»Du weißt, dass du mit mir kommen kannst«, betonte er. »Das muss dir klar sein. Aber ich weiß, dass morgen die Besichtigung mit Zena und dem Immobilienmakler ansteht und wie zeitkritisch das ist.«

»Vielleicht, wenn ich das erst mal alles geregelt habe …«

»Kümmere dich zuerst um deine Angelegenheiten hier. Danach sehen wir weiter.«

»Alles klar.«

Er rieb beruhigend mit der Hand über mein Rückgrat. Doch diesmal verfehlte es seine Wirkung. Er würde weggehen, und ich musste hierbleiben. Früher war ich es gewohnt gewesen, alleine zu sein, doch jetzt, nachdem wir ein Paar geworden waren, würde es schlimm werden. Selbst wenn es nur vorübergehend war. Ich bekam fast ein bisschen Mitleid mit Liv. Dermaßen hin- und hergerissen zu sein war wirklich beschissen.

»Wir kriegen das hin«, sagte ich und versuchte, es zu glauben. »Wir können uns Nachrichten schicken und chatten und über Skype Internetsex haben. Das wird sicher unterhaltsam und lehrreich.«

»Wahrscheinlich werde ich zu den unmöglichsten Zeiten arbeiten müssen. Aber wir schaffen das.«

Mei kam mit dem Handy in der Hand um die Ecke. »Janisha bombardiert mich mit Nachrichten und verlangt, dass ich für dich packen und dich ins Flugzeug setzen soll.«

Patrick grinste. »Ich habe den Part bekommen.«

»Das ist großartig!« Sie strahlte. »Dann fliegst du heute Nacht?«

Er nickte.

»Das Wetter in Budapest scheint derzeit mild zu sein. In den nächsten ein, zwei Monaten wird es dann eher heiß und feucht. Ich kümmere mich um alles, was du brauchen wirst. Und wir sollten uns kurz besprechen.«

»Klar«, sagte er. »Norah –«

»Mit mir ist alles in Ordnung. Mit uns ist alles in Ordnung.« Ich schenkte ihm noch einmal ein aufgesetztes Lächeln. »Geh und tu, was du tun musst, Paddy. Das ist der Sieg. Genau darauf haben wir hingearbeitet. Das ist etwas Gutes.«

Er verzog den Mund. Sein falsches Lächeln war auch nicht viel besser als meines. Was ein Kompliment war. Es bedeutete, dass er mir gegenüber nicht mehr versuchte, zu schauspielern. Dass wir einander so gut durchschauen konnten. Dann umfasste er mein Gesicht und drückte seinen Mund auf meinen. Und ich packte ihn ebenfalls. Da standen wir nun, umklammerten uns und hielten uns mit aller Macht aneinander fest. Das war ein gutes Zeichen. Das musste es sein.

Die Zeit verging wie im Flug. Nachdem er und Mei sich besprochen hatten, machten wir uns an die Arbeit. Patrick suchte Klamotten zusammen, und ich faltete sie und verstaute sie in Koffern, während Mei alles andere für seinen schnellen Aufbruch regelte. Drei Monate waren eine lange Zeit. Mehr als ein Vierteljahr. Das kam alles so plötzlich, dass ich wahrscheinlich ein wenig unter Schock stand. Zu wissen, dass etwas geschehen wird, war das eine, aber plötzlich vor vollendeten Tatsachen zu stehen, war etwas ganz anderes.

»Hast du auch genug Socken?«, fragte ich und stopfte vorsichtshalber noch ein weiteres Paar in den Koffer.

»Du hast mich ein Dutzend Paare einpacken lassen. Das ist viel. Ich bin mir außerdem ziemlich sicher, dass es in Budapest auch Socken gibt.« Patrick lud einen Berg Toilettenartikel auf dem Bett ab. »Ich kann mir jederzeit welche kaufen. Wie bald, glaubst du, kannst du kommen und mich besuchen?«

»Ich weiß es nicht.«

»Wir können erst mal abwarten, bis ich weiß, wann ich ein paar Tage freihabe, damit ich mit dir Tourist spielen kann. Das macht bestimmt Spaß.«

»Ja.«

»Ich freue mich schon darauf, bei den Autoverfolgungsjagden im Film einige der Stunts selbst zu machen«, sagte er. Als wäre es nichts. »Bei einer soll das Auto über dem Rand einer Klippe hängen.«

»Du würdest mir einen großen Gefallen tun, wenn du es dir verkneifen könntest, über irgendwelchen Abgründen zu hängen.«

Er lachte. Liebe Güte, er war so glücklich. Wie könnte ich mich nicht für ihn freuen? Er schob die Hand in meinen Nacken und beugte sich dicht zu mir. »Norah, du machst mich fertig. Du siehst aus, als wolltest du gleich weinen.«

»Stimmt doch gar nicht, du schließt wohl von dir auf andere«, witzelte ich. Schlechtester Witz aller Zeiten. Er würde garantiert nicht weinen. Kein bisschen.

Stattdessen blinzelte er nur verwirrt. »Okay. Ich stopfe rasch noch die übrigen Sachen hier rein und dann werden wir uns unterhalten.«

»Der Wagen kommt in fünf Minuten«, rief Mei. »Oh, vergiss es, er ist da!«

»Wir haben keine Zeit zum Reden. Du musst deinen Flug erwischen.« Ich atmete tief durch. »Ruf mich später an.«

»Ja. Okay.« Er runzelte die Stirn. »Ich wünschte, das käme nicht alles so plötzlich.«

»Ich weiß.«

»Wir kriegen das hin«, sagte er, als ob es einer Bestätigung bedürfte.

»Selbstverständlich.«

»Koffer fertig gepackt?«, fragte Mei, die ins Schlafzimmer gesaust kam. »Küss deine Süße, Paddy. Es ist Zeit, zu gehen.«

Er tat wie geheißen. Es war ein sanfter, zärtlicher Kuss, den ich für immer festhalten wollte. So süß und voller tiefer Zuneigung und Bedauern. Dann legte er die Stirn an meine und wir sahen einander einen langen Moment in die Augen. Wie das Klischee eines total verknallten Pärchens. Aber genau das brauchte ich in diesem Augenblick. Vielleicht würde es in Zukunft immer so sein. Er würde in den abgelegensten Ecken der Welt arbeiten und ich würde zurückbleiben. Vielleicht würde ich mich eines Tages daran gewöhnen und ihn mit einem aufrichtigen Lächeln verabschieden. Auf diesen Tag freute ich mich schon. Da uns keine Zeit mehr blieb, und es auch nichts zu sagen gab, was irgendetwas geändert hätte, schwiegen wir. Genossen nur diesen gemeinsamen Augenblick, atmeten den Atem des anderen ein, prägten uns unsere Gesichter ein. Dann war unsere Zeit abgelaufen. Er saß in einem Wagen auf dem Weg zum Flughafen. Er war fort.

»Dieses Gesicht, das du gerade machst, ist der Grund, warum es mir nichts ausmacht, dass ich seit meiner Scheidung keine Dates mehr hatte.« Mei trank neben mir auf der Couch einen Schluck Bier. Dass wir es mit diversen Eiscremesorten kombinierten, war wirklich ekelhaft, aber egal. »Du siehst total elend aus, Norah. Das gefällt mir gar nicht.«

»Ich wusste nicht, dass du geschieden bist«, sagte ich und grub in der Packung mit Chocolate-Chip-Cookie-Dough-Eiscreme nach den besten Häppchen. Nur Fett und Zucker konnten diesen Tag noch retten. Oder besser diesen Abend. Liebeskrank und von Herzleid geplagt saß ich auf der Couch und fühlte mich irgendwie benommen.

»Ist vor einigen Jahren gewesen. Er hat ein Haus in Toronto geerbt, und mit uns lief es ohnehin nicht so besonders. Ich hatte das Gefühl, dass der Umzug in ein anderes Land nicht das Richtige für mich wäre.« Sie seufzte. »Also ist er gegangen, und ich bin geblieben.«

»Habt ihr es mit einer Fernbeziehung versucht?«

»Nein. Ehrlich gesagt war es eigentlich sowieso vorbei.« Sie trank noch etwas von ihrem Bier. »Ich denke, man wächst entweder zusammen oder driftet auseinander.«

»Tut mir leid, dass dir das passiert ist.«

Sie zuckte mit den Schultern. »Ach was. Wir sind zusammengekommen, als wir noch jung waren, und es hat eben nicht gehalten. In seinen Zwanzigern und dann beim Übergang in die Dreißiger verändert man sich so stark. Prioritäten, Wünsche und Bedürfnisse – das ist alles noch in der Schwebe.«

»Stimmt.«

»Ich glaube, du und Paddy habt sehr gute Chancen, es zu schaffen«, meinte sie.

Ich horchte auf. »Findest du?«

»Ich meine, entweder man gibt sich Mühe oder eben nicht. Aber ich glaube, dass ihr beiden es hinbekommen könnt.«

»Wir sind doch erst seit ungefähr fünf Sekunden zusammen. Das ist meine größte Sorge. Dass es kein großes, solides Fundament gibt, auf das wir aufbauen könnten.«

»Ja«, sagte sie. »Beziehungen sind knifflig. Es geht nicht nur darum, wie gern man einander mag, sondern auch darum, wie gut man in die Welt des jeweils anderen passt. Wie sehr man es will und was man bereit ist, dafür zu opfern.«

Ich sank gegen die Sofalehne und ließ meine Eispackung auf dem Couchtisch zurück. »Meinst du, ich hätte mit ihm gehen sollen?«

»Ich kann dir diese Entscheidung nicht abnehmen.«
Sie klopfte mit den Fingernägeln gegen die Bierflasche.
»Mir selbst ist es schon schwer genug gefallen, ihn alleine
gehen zu lassen und ihm für drüben am Set eine neue Assistentin zu besorgen. Aber ich möchte die Produktionsfirma an den Start bringen. Ich will anfangen, vorwärts-
zukommen, verstehst du?«

»Ich verstehe dich. In der Theorie klang das alles so logisch«, sagte ich. »Selbstverständlich wollte ich nicht sein
Schatten sein. Aber jetzt, nachdem er weg ist …«

»Bist du supertraurig.«

»Ja.«

»Armer Paddy. Von uns beiden im Stich gelassen.«

»Er ist ein großer Junge. Er kommt zurecht.«

Sie lächelte. »Seitdem du zur Tür hereinspaziert bist,
hat er gewaltige Fortschritte gemacht. Ich glaube, Paddy
ist ein Alles-oder-nichts-Typ. Und keine andere vor dir
hat ihn dazu gebracht, den Sprung ins kalte Wasser zu
wagen.«

Ich gab ein nachdenkliches Brummen von mir. »Erzähl
mir von deinen Plänen für die Produktionsfirma.«

»Ah, ich habe zwei Bücher, bei denen ich hoffe, dass
er am Erwerb der Rechte interessiert ist. Das eine ist ein
Liebesroman, das andere eher so ein Action-Abenteu-
er-Ding«, berichtete sie. »Ich lasse dir eine Ausgabe von
dem Liebesroman zukommen. Schau mal, was du davon
hältst. In der Geschichte geht es viel um Ängste und so
weiter.«

»Das würde gut passen. Paddy ist ein ziemlicher Grüb-
ler.«

»Ja, nicht wahr?«, sagte sie. »Ich glaube, er wäre fantastisch für die Hauptrolle geeignet. Ich dachte mir, wir suchen erst einmal ein paar Sachen für ihn. Später können wir das Ganze dann vielleicht ausbauen und versuchen, neue Schauspieler oder Regisseure zu etablieren und so weiter. Das alles auf die Beine zu stellen wird ein hartes Stück Arbeit werden, aber wir haben die richtigen Beziehungen, um es zu verwirklichen.«

»Du wirst das großartig machen, Mei.«

»Verdammt richtig, das werde ich.«

»Danke, dass du heute Abend bei mir Trauerkloß geblieben bist und mir Gesellschaft geleistet hast«, sagte ich. »Und dafür, dass du die Eiscreme bestellt hast.«

»Jederzeit, Norah.«

Ich konnte mich nicht dazu durchringen, in seinem Zimmer zu schlafen. Sein Duft, der noch in den Kissen hing, ließ mich ihn zu sehr vermissen. Eigentlich konnte ich mich ziemlich lange generell nicht zum Schlafen durchringen. Stattdessen starrte ich die Schatten an der Decke an und stellte so ziemlich jede Entscheidung infrage, die ich seit meiner Geburt getroffen hatte. So was halt.

Doch vor allem grübelte ich über die Dinge nach, die ich gesagt und getan hatte, seitdem ich meinen Fuß in dieses Haus gesetzt hatte. Ich konnte nicht behaupten, dass ich rückblickend irgendetwas anders gemacht hätte. Doch mein Hirn würgte trotzdem alles wieder hoch, damit ich mir nach Herzenslust den Kopf zerbrechen konnte.

Trotz meiner guten Vorsätze, Single zu bleiben und alles auf die Reihe zu bekommen, war ich in einer Beziehung gelandet. Das konnte man in gewisser Weise als ein Versagen meinerseits werten, obwohl ich mich von Anfang an sehr stark zu ihm hingezogen gefühlt hatte. So oder so wäre ich bei der ersten sich bietenden Gelegenheit mit dem Mann im Bett gelandet. Patrick Walsh nackt und willig würde ich nie im Leben widerstehen können. Dass wir über die vertraglichen Verpflichtungen und den Versuch einer Freundschaft hinaus nun eine Beziehung miteinander hatten, war wirklich der Hammer. Das hatte ich absolut nicht kommen sehen. Doch nun waren wir zusammen, obwohl er sich gerade auf der anderen Seite der Welt befand (oder zumindest auf halber Strecke dorthin), und ich hatte keine Ahnung, was die Zukunft bereithalten würde. Oder ob wir überhaupt eine Zukunft hätten.

Das war das Problem bei mir mit Beziehungen. Ich stürzte mich immer zu schnell zu tief in sie hinein. Lange bevor ich kapierte, was ich tat, war es schon zu spät, und ich steckte bis über beide Ohren drin. Wenigstens war ich diesmal so schlau gewesen, mir jemanden zu suchen, der mich ebenfalls wollte. Gott sei Dank. Und ich wollte Paddy ganz. Die Scheinbeziehung war für eine Weile ganz nett gewesen, aber die echte war um Lichtjahre besser. Doch mit ihm zusammen zu sein durfte nicht auf Kosten meiner eigenen Karriereplanung gehen.

Die vernünftige Norah würde das nicht zulassen. Die von Liebeskummer geplagte Norah mochte heulen und mit den Zähnen knirschen, aber das war ihr Pech. Ich konnte es mir nicht leisten, wieder nur mit meiner Vulva und meinem Herzen zu denken. Meinem Hirn musste ebenfalls ein Mitspracherecht eingeräumt werden. Es war nun mal eine Tatsache, dass Beziehungen oft nicht ewig hielten. Das hatte ich aus meinen früheren monumentalen Dating-Reinfällen gelernt. Ich konnte nicht nur zugunsten eines Mannes existieren. So verlockend das auch sein mochte. Es wurde verdammt noch mal Zeit, die Gunst der Stunde zu nutzen und mein Leben in die Hand zu nehmen.

Und das würde ich auf jeden Fall tun, gleich nachdem ich mich in den Schlaf geweint hatte.

Mein erster Morgen ohne Patrick verlief wie folgt: Zum ersten Mal seit einer Ewigkeit hatte ich keine neuen Nachrichten von Angie. Es gab keinen Patrick-zentrierten Tagesplan, an den ich mich halten musste. Mein Leben gehörte wieder mir, und ich hatte eine Menge freie Zeit zur Verfügung. Was sich nach den vergangenen Wochen irgendwie seltsam anfühlte. Es hatte immer irgendetwas Nervenaufreibendes angestanden. Irgendein riesiges, öffentliches Spektakel. Aber jetzt nicht mehr. Nun, da er fort war, warteten wahrscheinlich nicht mal mehr Paparazzi am Tor. Vielleicht könnte ich ja bald den Bodyguard loswerden und wieder eine freie Frau sein. Wie ungewöhnlich, sich wieder in die breite Masse einfügen zu können.

Ich wusch mir das Gesicht, putzte die Zähne und trug ungefähr drei Tuben Concealer auf, um die dunklen Ringe unter meinen Augen zu übertünchen. Für meine vom Weinen geröteten Augäpfel hätte ich Augentropfen gebraucht, die ich jedoch nicht hatte. Vielleicht konnte ich sie zwischenzeitlich hinter einer großen Sonnenbrille verstecken. Ich weigerte mich, die Rolle des traurigen, einsamen Mädchens zu spielen. Ich war eine erwachsene, eigenständige Frau. Und wenn ich meinen leicht deprimierten Hintern schon in die Stadt schleppen musste, würde ich es wenigstens mit Stil tun. Also band ich mir die Haare zu einem Pferdeschwanz und schlüpfte in ein blaukariertes Sommerkleid von Carolina Herrera. Zwar sah ich darin aus, als wäre ich einem idyllischen Landpicknick entsprungen, aber dafür wirkte es wenigstens fröhlich, verdammt noch mal.

Dies war der erste Tag vom Rest meines Lebens. Ich konnte das schaffen. Ich konnte mehr sein als Patrick Walshs Verlobte. Es hatte ja nur dreißig Jahre gedauert, so weit zu kommen, doch andererseits würde ich immer unfertig sein und auf dem Weg, die bestmögliche Version meiner selbst zu werden. Jawohl.

Und ich glaubte an meine Worte, bis zu dem Augenblick, in dem ich die Küche betrat und Mei und Patrick am Tisch sitzen und Kaffee trinken sah. Er wirkte ziemlich mitgenommen, das T-Shirt knittrig und das Haar zerzaust. So wie es immer aussah, wenn er unruhig war und es sich über einen längeren Zeitraum ständig raufte. Sein Unterkiefer war stopplig, und die dunklen Schatten unter seinen Augen waren sogar noch ausgeprägter als meine. Beeindruckend.

»Was tust du denn hier?« Oh Gott. Ich war in meinen schrillen Tonfall abgerutscht. Das klang nie schön. »Paddy?«

Mei stand auf. »Ich lasse euch beide mal allein.«

»Danke«, sagte er.

Sie nickte nur und lächelte mir kurz zu.

Aus irgendeinem Grund zitterten mir die Knie. Die Wand, gegen die ich mich mit dem Rücken lehnte, war so ziemlich das Einzige, was mich noch aufrecht hielt.

»Warum setzt du dich nicht?«, fragte er.

»Warum beantwortest du nicht meine Frage?« Ich schlug die Hand vor den Mund, und als ich weitersprach, war meine Stimme sehr leise. »Verdammt. Ist etwas passiert? Wurde das Jobangebot zurückgezogen? War etwas, das ich getan habe, der Grund dafür?«

Er runzelte die Stirn. »Weswegen sollte es an etwas liegen, das du getan hast?«

»Keine Ahnung. Ich habe gerade eine Panikattacke«, grummelte ich. »Du solltest eigentlich in einem Flugzeug sitzen, das in wenigen Stunden in Ungarn landet, doch stattdessen bist du hier, und das wirft mich wirklich vollkommen aus der Bahn, weil das seit dem Augenblick, in dem ich dir zum ersten Mal begegnet bin, genau das war, worauf du hingearbeitet hast und was du wolltest.«

»Ja.« Er zog den Kopf ein. »Das ist eine ziemlich lange Geschichte. Zuerst hatte der Flug Verspätung. Nachdem wir uns so gehetzt hatten. Irgendein mechanisches Problem in letzter Minute, das sich immer weiter hinzog. Und ich saß die ganze Zeit in der Lounge und habe über alles nachgedacht. Habe alles einfach wieder und wieder in meinem Kopf durchgespielt. Und als es schließlich hieß, dass ich ins Flugzeug einsteigen soll … konnte ich das nicht.«

»Was?«

»Ich weiß. Ich konnte es einfach nicht.«

»Warum nicht?«

»Deinetwegen«, sagte er.

»Meinetwegen?«

»Ja. Deinetwegen.«

Mein Hintern landete auf dem Boden. Was wehtat. Aber egal.

Patrick sprang so abrupt auf, dass sein Stuhl ein Stück über den Fußboden rutschte. »Geht es dir gut?«

»Ich denke schon.«

Er kniete sich vor mich. »Ich konnte nicht ins Flugzeug steigen, Norah. Die Vorstellung, dich so bald wieder zu verlassen … Es fühlte sich einfach nicht richtig an. Vielleicht wäre es in Ordnung gewesen, wenn wir schon eine Weile zusammen gewesen wären. Aber nicht jetzt. Da du nicht mit mir kommen konntest, muss ich eben hier bei dir bleiben. Zumindest für die nächste Zeit.«

»Wow.«

Er hob die Schultern. »Mit meiner Karriere sieht es gerade ganz gut aus. Und hier in L.A. werden ja auch Filme gedreht. In der Zwischenzeit kann ich mit Mei am Aufbau der Produktionsfirma arbeiten. Eine kleine Pause wird mir bestimmt nicht schaden. Ich habe seit meinem einundzwanzigsten Lebensjahr eigentlich ununterbrochen gearbeitet.«

»Ist das dein Ernst?«

»Absolut. Auf diese Weise werde ich die nächsten Monate hier sein, um dich, bei was immer du auch vorhast, zu unterstützen. Das ist viel besser, als über Skype Sauereien zu machen und sich mit Zeitzonen herumzuschlagen.«

Ich sank wieder ermattet gegen die Wand. »Paddy, du bist gerade so ziemlich perfekt.«

»Gewöhn dich nicht daran. Früher oder später werde ich bestimmt wieder Mist bauen.«

»Das glaube ich nicht.« Ich seufzte. »Eigentlich hatte ich mir vorgenommen, das mit dem Laden zu regeln und anschließend zu dir zu fliegen, um wenigstens einige Tage mit dir zu verbringen, bevor ich anfange, Vollzeit für Zena zu arbeiten. Obwohl du erst ein paar Stunden weg warst, habe ich dich wie verrückt vermisst.«

»Baby«, sagte er mit einem zärtlichen Lächeln, das mein Herz in Verzückung versetzte. Ich hatte sein Fakesmile schon in Filmen gesehen, aber das hier war ungefähr eine Milliarde Mal besser. Es war echt, und es war allein für mich bestimmt.

»Du hast gesagt, ich wäre kein Baby. Das war doch der erste Kosename, den du ausprobiert hast.«

»Ich habe gelogen. Es fühlte sich einfach zu persönlich an, oder was auch immer. Doch jetzt finde ich, dass es perfekt zu dir passt.« Er fasste mich an der Taille und zog mich vom Boden hoch. Dann setzte er sich hin, mit mir auf dem Schoß. Selbstverständlich schlang ich die Arme um seinen Hals und kuschelte mich so dicht wie möglich an ihn. Ich war ja keine komplette Idiotin. Er musterte mich mit erhobenen Brauen. »Ich möchte nur ungern an dir herumkritteln. Aber warum bist du angezogen wie Pollyanna?«

»Du bist weggegangen. Mein Herz war gebrochen. Ich habe versucht, fröhlich zu sein.«

»Ach so«, sagte er. »Warum hast du eigentlich nicht in meinem Zimmer geschlafen?«

»Davon wurde ich zu traurig.«

»Es ist schön, zu wissen, dass wir beide es nicht mögen, getrennt zu sein.«

»Kein Stück.«

Ich hob das Kinn und er kam mir entgegen, drückte seine Lippen auf meine. Der Kuss blieb für ungefähr eine halbe Sekunde lang keusch. Was gut und schön war. Dann spürte ich seine geschmeidige Zunge an meiner und schon verschlangen wir einander nach besten Kräften. Heiße, feuchte Küsse waren an sich schon Belohnung genug. Ich hoffte, dass wir uns immer so innig aneinander festhalten und unsere Münder immer so gierig aufeinander bleiben würden. Sein Geschmack war so köstlich vertraut. Sein leichter Duft von Schweiß und seinem Eau de Cologne war ein Traum. Unsere Zähne trafen aufeinander, und unsere Küsse wurden immer begehrlicher. Das Gefühl, wie er an meinem Po langsam hart wurde, war geradezu göttlich. Wir mussten so schnell wie möglich ungestört sein und unsere Kleider loswerden.

Doch zuvor war da noch eine Sache: Es war ein riesiges Zugeständnis seinerseits gewesen, dass er nicht in dieses Flugzeug gestiegen war. Er hatte mich an die erste Stelle gesetzt, was noch nie ein männliches Wesen für mich getan hatte. Nun musste auch ich ihm entgegenkommen. Das Risiko eingehen.

»Ich liebe dich, Paddy«, sagte ich, so fest, wie es mir unter den gegebenen Umständen möglich war.

»So, tust du das?«

»Ja.« Ich seufzte glückselig. »Du brauchst es nicht auch zu sagen oder so. Ich weiß, dass wir noch am Anfang

stehen. Obwohl du es in gewisser Weise schon vor dem
Fernsehinterview gesagt hast. Wir hatten nie Gelegenheit, ausführlicher darüber zu sprechen, nicht wahr? Aber
ich möchte, dass du weißt – «

»Ich liebe dich auch.«

Ich stockte. Er war so schön, innerlich wie äußerlich.
Ich konnte nichts anderes tun, als ihn anzustarren. »Tust
du das?«

»Warum glaubst du, bin ich nicht ins Flugzeug gestiegen?«

»Hm.«

»Norah, du kannst von mir alles haben, was du willst.
Das habe ich dir schon mal gesagt. Vielleicht wirst du es
mir diesmal ja glauben.«

»Ich glaube dir.« Ich lächelte, und mein Herz schien
vor Glück schier platzen zu wollen. Was eine ziemlich
unschöne Angelegenheit geworden wäre, aber egal. Mir
wurde langsam klar, dass die Liebe genauso war. Mal un-
schön, mal magisch und alles andere dazwischen ebenfalls. Und diese Realität mit ihm zu leben war um Längen
besser als alles, was die Kinoleinwand zu bieten hatte.

Ein Rockstar in der Kleinstadt

Kylie Scott
SWEETER THAN FAME
Aus dem australischen
Englisch von
Anika Klüver
320 Seiten
ISBN 978-3-7363-1896-0

In der Kleinstadt Wildwood ticken die Uhren langsamer, und genau so will Ani es auch haben. Doch mit ihrer Ruhe ist es vorbei, als der Rockstar Garrett Hayes nebenan einzieht. Ani gibt sich alle Mühe, das Fangirl in sich zu unterdrücken, denn sie weiß, dass er um seine verstorbene Frau trauert. Aber als Garretts bester Freund zu Besuch kommt und Ani bittet, den Rockstar ab und an zu einem »Nicht-Date« aus seiner Abgeschiedenheit zu holen, kann sie nicht Nein sagen. Mit jedem Treffen schleicht sich der wortkarge Musiker mehr in ihr Herz. Doch welche Chancen hat Ani bei einem weltberühmten Rockstar?

»Was für ein Lesevergnügen.« *ESCAPIST BOOK BLOG*

LYX